7

Jul.

人间少年

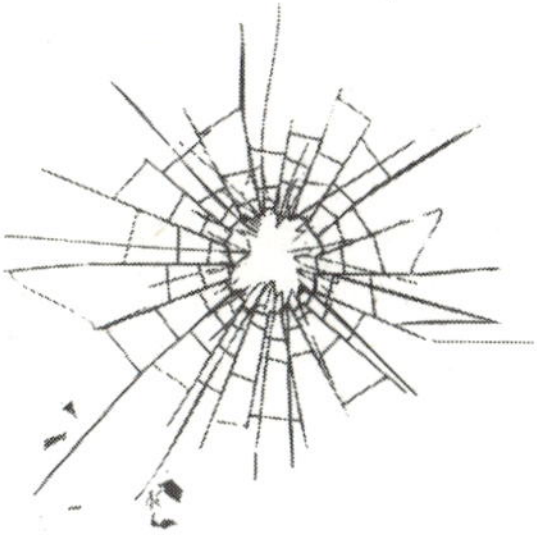

苏童 著

浙江人民出版社

图书在版编目(CIP)数据

人间少年 / 苏童著. -- 杭州 : 浙江人民出版社, 2020.11
ISBN 978-7-213-09828-4

Ⅰ. ①人… Ⅱ. ①苏… Ⅲ. ①中篇小说—小说集—中国—当代②短篇小说—小说集—中国—当代 Ⅳ. ①I247.7

中国版本图书馆CIP数据核字（2020）第159894号

人间少年
RENJIAN SHAONIAN
苏 童 著

出版发行 浙江人民出版社（杭州市体育场路347号 邮编 310006）
责任编辑 卓挺亚
责任校对 朱 妍
封面设计 所以设计馆
电脑制版 飞鱼时光
印 刷 河北鹏润印刷有限公司
开 本 880毫米×1230毫米 1/32
印 张 8.75
字 数 167千字
插 页 4
版 次 2020年11月第1版
印 次 2020年11月第1次印刷
书 号 ISBN 978-7-213-09828-4
定 价 48.00元

如发现印装质量问题，影响阅读，请与市场部联系调换。
质量投诉电话：010-82069336

目录

古巴刀

世纪末的知识分子突然开始热衷于一个拉丁美洲人的名字：切·格瓦拉。我在一些杂志和报纸上看见那个革命者的照片，是个英俊逼人的穿着军装的白种男子，头戴无舌帽，一脸络腮胡子，他的明亮深邃的眼神令人难忘。这样的眼神在现实生活中是罕见的，因此它使一些随波逐流又不甘平庸的灵魂感到惊悚。有个学西方历史的研究生告诉我，她每次看到格瓦拉的照片就会浑身颤抖。她的这种过度的反应使我惘然。我对一个已故的遥远的革命者的感情也是遥远的，他的照片让我浮想联翩，我猜想摄影师是在玻利维亚的崇山峻岭里拍下了这张具有珍贵价值的照片，那是他当年打游击的地方。我真正感兴趣的是具体的东西，也就是格瓦拉当时的目光所在，他在注视什么？我首先想到了山鹰，在我的意识中山鹰是常用的真正的革命者的象征，但后来我就在一张报纸上看到了一篇文章，文章说格瓦拉六十年代两度访问中国，并且和当时的政府做了一笔食糖生意，作者说那就是三十年前许多中国人尝到了古巴红糖的原因。我回忆起小时候母亲菜篮里的那种酷似黄沙的红糖，甚至回想了它的滋味，不知为什么，我认为这样的联想对一个革命者是不恭的，也是不公平的，几乎是在突然之间，我觉得我理解了格瓦拉的眼神，那样的眼神来自六十年代，到达亘古未变的广袤的天空，到达地球另一侧的东方的中国，然后我看见格瓦拉手持一把刀在甘蔗田里砍甘蔗的情景，我要说的就是他手里的那种刀，那种刀被我和我的小学同学称为古巴刀，不管你信不信，我肯定格瓦拉的甘蔗刀产自中国，而且我可以肯定那是我们熟知的一家工厂的产品。

必须说说这家生产刀具的工厂。无论是过去还是现在，它在我的家乡都不是什么著名的工厂企业。过去它的名字叫作日用五金厂，孩子们有理由鄙视它，现在它更名为刀厂，同样也不能引起别人足够的尊敬。工厂就坐落在香椿树街上，对面是整个香椿树街最脏最臭的公共厕所。有时候你看见从厂里飞快地跑出来一个工人，心急火燎地冲进厕所，过了一会儿你看见那个人慢悠悠地走出厕所向厂门走去。孩子们对日用五金厂的鄙视有一部分是这些来往于厕所的人造成的。学校的老师说工人阶级领导一切，学生们就想起日用五金厂的那些急着上厕所的工人，他们对工厂的生活了如指掌。工厂里只有一个厕所。工人他们就像一台台机器一样照看另外一台台机器，他们守着一台台冲床、车床、铣床、刨床，让堆在露天的一叠叠钢板最后变成了各种各样的水果刀、电工刀、菜刀。谁会对这样的工厂感兴趣呢？让人感兴趣的是一些不确定的事，比如电镀车间的电镀池，传说人不小心掉进池子就会像冰一样融化，连骨头也捞不起来。但我们谁也没听说有这种悲剧发生。

除了古巴刀的故事，值得一说的是工厂大量的废脚料，总是有人在街上央求工厂的某个工人，问他能不能把厂里的下脚料带出来，钉在窗户上当铁栅栏用。那工人也许会说，你明天在围墙外面等着。孩子们在工厂围墙外面见过大量的隔墙飞出的铁皮，铁皮一张张落在地上，琅琅有声，给墙外等候的人带来一种丰收的喜悦。你看见一张张带有整齐图案的铁皮，它们早已经被机器冲压过了，留下来的空白部分乍看就像一片片绿叶，直到此时你才发现街上流行的绿叶形铁栅栏全部是这家工厂扔下的废料。除了古巴刀，你可以从许多人家的窗户上发现香椿树街与工厂唯一亲密的关系。

如果仔细考察，我们会发现日用五金厂的冲床工人陈辉是这种亲密关系的创造者。我前面所说的那个被家庭妇女们当街拦住的人，那个在围墙内侧扔铁皮的工人就是陈辉。

陈辉是个苍白的看上去病恹恹的青年，人们从他的脸色上就能得出他身体不好的结论，只是没有人知道他到底有什么病。

我们街上著名的青年领袖三霸和陈辉混得很熟，三霸不认为陈辉有什么病，他说，这家伙经常让人打出血，血出多了就变成个白脸，这有什么奇怪的？三霸还反对别人把陈辉说成他的朋友，三霸说，这家伙窝囊，老挨人揍，他送我那么多刀是拍我马屁，他有事要我摆平。

我们都见过陈辉送给三霸的各种各样的水果刀和电工刀。陈辉下班经过三霸家时会顺便拐进去，推开三霸那间乌烟瘴气的房间的门，拿出他的礼品。有的刀三霸并不喜欢，顺手就送给了别人。我哥哥就在三霸那里得到过一把水果刀，是没有镀过的，刀背上刻着一行草书：上山下乡为人民。

我们头一次见到古巴刀是在冬天。那天下起了大雪，年轻人都很规矩地待在家里，我哥哥那帮人照例聚集在三霸的房间打康乐棋，那天他们看见陈辉像往常那样，有点拘谨地推开门走进来，他的绿色棉军帽上结着一层白色的雪珠。像往常一样，没有人向陈辉多看一眼。陈辉示意三霸到一边去。三霸却不动，三霸说，我在玩你没看见，有什么好东西放在桌上好了。陈辉站在一边，犹豫了一会儿，过了几秒钟他们看见陈辉把手伸进裤腰里，小心地抽出一把刀。一把造型奇特的刀，刀身一尺来长，带有一定的弧度，刀刃两侧都已经开锋，闪烁着银白色的光芒。

古巴刀，陈辉注视三霸的目光中明显地带有一种期盼，他说，你们都不知道的，我们厂里现在在生产古巴刀。

屋子里的人对这种刀都很陌生，他们觉得这是一把怪刀，就像它的名字一样。三霸说，什么古巴刀？为什么叫古巴刀？陈辉说，我也不知道，反正厂里人管它叫古巴刀，说是支援古巴革命的。三霸有点疑惑，问陈辉，古巴革命用刀？他们用刀打仗？陈辉说，有人说是砍甘蔗用的，不管那么多了，反正我觉得这刀不错，我在厂里试过了，砍铁皮，一砍就是两半。三霸嘿嘿地笑起来，他说，砍铁皮痛快，砍人就更痛快了，既然是好刀，明天再给我弄几把嘛，我这里的小兄弟，一人一把。

陈辉脸上流露出一种为难的表情，他避开三霸的眼睛，低头擤了下鼻子。不是我们车间做的。他说，是三车间在做古巴刀，看得很紧，拿那么多不行。陈辉的婉言谢绝使三霸很不习惯，三霸皱了下眉头，说，拿几把刀有什么了不起的？我让你拿你就拿。谁找你的碴子，你找我解决。

陈辉站在那里，看着三霸把古巴刀扔在床底下。拿那么多肯定不行，最多再拿个两三把出来，他看着三霸说，你不知道，三车间看得很紧。三霸却不耐烦了，他挥挥手说，别跟我废话连篇的，你看着办吧。

然后三霸就和我哥哥他们继续打康乐棋，他们玩起来就把什么都忘了。陈辉过来，站在三霸身后看了一会儿，我哥哥记得他还给屋子里的人发了一圈香烟，是很高级的群英牌香烟，后来陈辉就不见了。他们打康乐棋打得热闹，人人眼睛盯着棋盘上的棋子，这种棋子天生就是被杆子击打的，他们看着棋子被打出各种角度的滑行路线，棋子撞在棋盘四壁发出清脆的响声，谁也不知道陈辉是什么时候走的。

说的仍然是那年冬天的事。第一场雪刚刚融化，第二场大雪又纷纷扬扬落在我们城市的大街小巷，走出家门满眼都是白色。这种雪量密集的冬天在南方是很少见的，孩子们得到了意外的礼物，他们在香椿树街的所有空地上堆起了雪人，我的两个表弟那天在日用五金厂门口堆雪人，他们恰好目睹了陈辉东窗事发的一幕。

表弟说他们看见陈辉和一群女工一起向工厂大门走来，有个女工的饭盒掉在地上了，正好掉在陈辉脚下。女工对陈辉喊着，陈辉，帮我捡一下。陈辉愣了一下，他说，你自己捡。陈辉站在那里看着地上的饭盒，他说，懒货，你自己没有手？那个女工叫着陈辉的绰号，死白脸，你拿什么架子？让你捡是看得起你！陈辉就笑了，他弯腰去捡地上的饭盒，旁边的人都发现他弯腰的动作很僵硬，好像是腰部出了毛病。陈辉的腰好像是出了毛病，他改变了姿势，就像给饭盒下跪一样，他跪下来捡那个女工的饭盒，女工们看着他，说，死白脸，你怎么这样笨，腰闪了？陈辉摇着头，他终于把饭盒捡了起来，与此同时，女工们都听见了他的工作服被什么利器划破的声音，她们走过去看他的衣服，紧接着女工们便发出了那阵惊叫声。

陈辉的裤腰里插着三把古巴刀，三把刀已经刺穿他的蓝色工装，露出锃亮的刀尖和刀锋。

表弟说他们看见陈辉被人围了起来，许多人从办公楼里向厂门口跑，然后他们看见陈辉从人群里冲了出来，陈辉举着三把刀从人群中冲出来，向外面跑，他的身后有一群人在追赶。他们看见陈辉的脸色像地上的积雪一样白，陈辉的口袋里有一串钥匙掉在雪地里，但他没有管它，他举着三把刀拼命地向香椿树街的西侧奔跑，工厂的那些人在后面追，他们一边追赶一边叫喊着，陈辉你别跑，回来把事情说清楚！陈辉不理睬他们，他举着三把古巴刀在街上狂奔，路上的行人都看见了他手里的刀，他们先是下意识地躲避，等到明白过来，那些人也加入了追赶的队伍，表弟说起码有二十几个人在后面追陈辉，但是他们都没有追上他。

人们看着陈辉跑进了三霸家，谁也没想到他会跑到三霸家，追赶的人后来就聚拢在三霸家门前，一边敲门一边议论着，他跑到三霸家是什么意思？

我哥哥那天也在三霸家。他们看见陈辉失魂落魄地闯进来，他把古巴刀扔在地上，喘着粗气，他说，古巴刀，我给你拿来了。三霸听见了门外的动静，他说，怎么回事？外面怎么这样闹？三霸到窗前向外面望了一眼就明白了，他说，给人逮着了？给人逮着你还往我家跑？陈辉站在那里，不敢直视三霸的眼睛，他说，你把他们撵开，你能把他们都撵开的。三霸冷冷地看着陈辉，不说话。陈辉求援似的看着屋子里的其他人，他说，是你们要古巴刀，我才拿的。你们出去把他们撵开吧。三霸把康乐棋棋杆扔在桌上，他说，好啊，陈辉，你倒是仗义，偷刀往我家跑，杀了人要不要也往我家跑？陈辉仍然不敢正视三霸，他侧着脸听着外面的动静。外面有人在用力敲门，外面的敲门声已经越来越粗暴越来越响亮了，可以听见敲门声中夹杂着厂里的保卫科长的北方口音，他在外面喊，三霸同志，请你开门，三霸同志你给我想想事情的后果！

据我哥哥透露，当时屋子里的气氛很紧张，他们都看着三霸，看得出来，三霸虽然装得若无其事，但他也有点紧张，他的目光在地上的三把刀和陈辉脸上闪闪烁烁的，他的脸上停留着一种虚假的微笑。大约这样沉默了五分钟，外面的嘈杂声更加厉害了，好像是派出所来了人。三霸向窗外瞥了一眼，然后他弯腰捡起了地上的刀，他将三把刀码齐了，往陈辉的怀里放，他说，拿着，你出去。

屋子里的人都看见了陈辉绝望的眼神，他没有接三霸手里的刀，他说，是给你的刀，是你们要的刀。我哥哥说他清楚地看到陈辉眼睛里的一星泪光，他觉得陈辉说那句话的时候快哭出来了。

三霸不看陈辉的眼睛，他说，把手伸开，接着刀。听见没有？把手伸开！

他们看着三霸将刀用下巴夹住，把陈辉背在身后的手扭了过来，然后三把刀准确地落在陈辉的怀里，三霸说，孬种，好好拿着，滚出去。

他们看见陈辉捧着三把古巴刀站在那里，陈辉傻眼了。陈辉失血的嘴唇恐惧地哆嗦着，他的眼睛却愤怒地瞪着三霸。他们看见陈辉捧着三把刀向门外移了两步，然后他回头瞪着三霸，他的嘴唇哆嗦着，说不出话。三霸说，你他妈瞪着我干什么？给我滚出去，滚出去！

一件不可思议的事情在瞬间发生了。我哥哥看见陈辉的脸在这个瞬间燃烧起来了，陈辉苍白的脸像一团火突然烧得通红，陈辉喉咙里的声音听上去就像一声呻吟，他说，三霸，我认识你了。然后他们看见陈辉调整了握刀的姿势，他的右手抓了两把刀，左手握了一把刀，他对三霸说，你给我开门，你要连开门都不敢，那你就是孬种。

是三霸为陈辉开的门，三霸打开门以后，陈辉像电影里的骑兵一样冲了出去，陈辉狂叫着挥舞手里的三把刀，围在门外的人一哄而散，但是仍然有几个人被吓呆了，他们看见陈辉怒吼着将手里的刀砍向两边的人群，他们不知道躲闪，结果就被砍倒了。我哥哥他们隔窗观望着外面的骚乱场面，他们很想知道陈辉这种人，逼急了他会做出多大的事情，他们都抱着与己无关的态度，看着陈辉手里的刀和刀向两边挥舞时划出的光带，竟然还有人向陈辉叫喊道，砍得好，砍得好！窗外响起了谁的惨叫声，一个看热闹的男孩突然跌倒在三霸家的窗玻璃上，我哥哥说他觉得有一股鲜血热乎乎地溅到他的脸上，然后他看见那男孩的一只手向他伸来，他看见男孩的另一条胳膊，它像一棵被折断的树枝在窗前悬荡。

突然出现的血腥场面使许多人乱了方寸，包括日用五金厂的人，包括闻讯赶来的民警，他们不能接近陈辉。抓住他，快抓住他，这样的叫喊声不绝于耳，但是谁也没能及时制服陈辉。被砍伤的不只是那个男孩，还有杂货店的一个女店员，一个挑担卖菠菜的农民，一个本来腿脚就不方便的老头，人群向四周散去，很明显他们被疯狂的陈辉吓着了。陈辉的一把刀掉在地上，他蹲下去捡刀，就在这时意想不到的事情发生了，陈辉向三霸家的窗子看了一眼，看见三霸和一群青年挤在窗前，他们也在看他，陈辉捡起刀，他的鼻子急剧地抽搐着，然后人们听见疯狂的陈辉张大嘴巴哭了起来，他像一个受了委屈的孩子那样，张大嘴巴哭了起来。我哥哥说民警和保卫科长就是趁这个机会扑上去剪住了他的双手。这家伙不是那块料，我哥哥引用三霸的话说，草包充好汉，迟早要露馅的！

一个瘦小的腰系围裙的女人在曲终人散的时候赶到了三霸家门口。有人认出那是陈辉的母亲。他们看见她手里抓着一把鸡毛掸子。她用鸡毛掸子敲三霸家的窗户，三霸他们在里面继续打他们的康乐棋。三霸对大家说，别理她，她会用鸡毛掸子打人，别看是鸡毛掸子，打在头上也很疼。三霸他们不理睬陈辉的母亲，有人起身拉上了窗帘。过了一会儿他们听见了那个女人的哭声，三霸说，让她哭，千万别理她，让她进来我们就遭殃了。他们继续打康乐棋。康乐棋的棋子在棋盘四壁乒乒乓乓地响着，他们不再关心外面的动静。陈辉母亲也不再敲窗了，她的哭声渐渐地向西飘浮，渐渐地窗外恢复了平静。三霸站起来重新打开窗户，向街上张望了一眼，他说，陈辉现在肯定戴上铐子了。屋子里的青年都附和着说，那还跑得了他？肯定戴上了。然后他们听见三霸突然发出莫名其妙的笑声，看看我捡到了什么好东西？三霸转过身来，脸上笑开了花，他们看见他的手里拿着那把鸡毛掸子。

古巴刀在我们街上风行是在陈辉事件之后。冬天的时候人们都在谈论陈辉，谈论陈辉就一定会谈到他手中那种奇怪的刀，后来就连妇女和孩子都知道古巴刀的厉害了。据说日用五金厂在陈辉事件之后专门召开了全厂大会，警告所有的工人不得将古巴刀带出厂门。没有听说古巴刀是经过什么渠道流出工厂的，不知道是什么人在步陈辉的后尘，总是将危险的古巴刀带给别人。一九七八年发生在城北煤场的集体斗殴死了好多愣头青，警方收缴的武器大多是日用五金厂出产的古巴刀。这事相信香椿树街上的人都听说过，没听说过的是我前面提到的那个拉丁美洲人，切·格瓦拉。

我说的不是切·格瓦拉的故事，他的故事不属于我。这个优秀的革命者与我们无关，即使他的手里曾经握着我所熟悉的古巴刀，我也没有理由因此就同人家套近乎。

这是一种奇特的体验，我把一个早已被杀害的古巴革命者当成了我熟悉的友人，我热爱他的眼神和他的无舌帽。我对这个革命者一生的想象因此出现了某些无稽的内容，我想象古巴炎热的旱季，甘蔗地一望无边，我想象切·格瓦拉在甘蔗田里砍甘蔗，手里拿着我熟悉的古巴刀，我还把他出身高贵的母亲想象成一个普通的农妇，她从山冈上的茅屋里端出一盆清水，等待着儿子从甘蔗田归来。我没有见过他母亲的照片，所以在我的想象中那个南美洲母亲的形象与我母亲是一样的。我清晰地看见那个母亲倚门望子的表情，就像我母亲在七十年代的一些深夜倚门等待我哥哥归来一样。

而且我看见那个南美洲母亲返身走进茅屋，再次出来时她的手里拿着一把鸡毛掸子。

回力牌球鞋

回力牌球鞋的颜色大致有三种，蓝的、黑的和白的。陶的那双是白色的，是陶的叔叔从外地带回香椿树街的，陶脚上那双白色的回力牌球鞋在一九七四年曾经吸引了几乎每一个香椿树街少年的目光。

陶有两个好朋友，许和秦。陶第一次穿上那双鞋子是在黄昏，他迈着异常快乐和轻盈的步子在石板路上走，他朝着许的家中走，人像鸟一样有飞行或者飘浮的感觉。在昏暝的天色中陶看见自己的双足拖拽着一道漂亮的白光，可惜当时是黄昏，街道上的人群没有注意到那道漂亮的白光和它的实际内容。

在许的临街的窗户前陶站住了，陶弯下腰用手掌拍了拍回力牌球鞋的鞋帮，然后他推开那扇临街的窗子，陶首先看见了一只简陋的沙袋悬在屋子中央，它左右摇晃着，房梁随之发出嘎吱嘎吱的声音，许光着脊梁站在那儿，他的左手戴着手套，右手则是光着的。

你在干什么？陶隔着窗子问。

练练手。你不是看见了吗？许没有停止他的练习，他说，你也来练练吗？从窗子里跳进来吧。

陶爬上窗台的时候窥见许对他的鞋子立刻做出了反应，许把他拉下窗子，你穿着什么？回力牌球鞋？许架起陶一条腿，凑得很近地打量那双鞋子，真的是回力牌？许的手指在鞋帮上那个圆形图案四周按了按，抬起眼睛凝视着陶，操你妈的，他说，真的是一双回力牌。

你别乱动。陶从空中收回了他的腿，他突然有点不快。

在哪儿买的？是在上海买的吧？许说。

我叔叔从外地带回来的。陶说。

我问你在哪儿买的？回力牌是上海产的，他们说到上海能买到这种鞋。许说。

这种鞋很少见，不是谁都能买到的。陶说。

你脱下来让我试试，让我试试穿这鞋是什么滋味。许蹲下去拉住陶的新鞋的鞋带，看上去他急于把那条鞋带解开。

别乱动。陶的声音变得紧张而愤怒起来。他推开了许的手，陶说，你不能穿这鞋，那么大的脚，会把我的鞋撑坏的。

许的嘴里咬着拳击手套，许的两只手窘迫地举在半空，他有点惊愕地望着陶，陶的表情在黄昏的光线中显得倨傲而自得。

这使许感到很陌生。许猛地挥拳将沙袋击向陶站立的地方，嘴里咬着的拳击手套噗地吐到地上。操你妈的，有什么稀罕的？许说，不就是一双回力牌球鞋吗？

在许的家里发生的龃龉并没有打击陶的好心情，陶离开许的家后径直走到秦家。秦的家紧挨着工农浴室，秦的家里因此常常坐满了一些头发湿润面色红润的青年，他们洗完澡拐个弯就到了秦的家，坐在长凳和床沿上，抽红旗牌或者大铁桥牌香烟，喝绿茶末泡的茶水，聊天，争吵，互相讽贬，有时互相追逐着抓捏裤裆，秦的家里因此常常是香椿树街最热闹的场所。

陶吹着口哨闯进秦的家里，使他感到意外的是外屋空空荡荡的，除了那些新打的未上油漆的白木家具，没有一个人影，他放开嗓门喊了一声秦的名字，然后他听见里屋响起一阵窸窸窣窣的声音，秦将门拉开一条缝闪了出来，他的脸上带着一种诡秘的笑意。陶注意到秦出来的时候正在提短裤。

你躲在里面干什么？陶好奇地问。

没干什么。秦回过头望了望里屋的门，他有点厌烦地说，你来干什么？

来坐坐。陶说，今天你家怎么这样冷清？

这几天浴室锅炉坏了，不营业了，他们不往我家跑。秦说着朝陶挤了挤眼睛，他说，再说妞妞现在经常到我家来，他们在这里多不方便。

妞妞？陶说，你搞上妞妞了？

秦发出一声短促的笑声，他拍了拍陶的肩膀，这时候他注意到了陶的新鞋所散发的那圈白光，秦低下头大叫起来，嘿，回力牌球鞋，哪儿来的？

哪儿来的？陶将两只脚交叉着换了个位置，倚在墙上说，当然是买的，我叔叔从外地带回来的。

新的还是旧的？秦说。

屁话，当然是新的。陶说。

我看怎么像是双旧的？秦说。

告诉你是新的就是新的。陶愠怒地拉亮屋里的电灯，他朝秦跷起一只脚说，你看吧，是新的还是旧的，我怎么会穿旧鞋呢？

听说猫头的回力牌球鞋被人偷了。秦迟疑了一会儿突然说，他说他抓住偷鞋的就把他揍扁，我不骗你，他前几天在我家亲口对我说的。

那跟我有什么关系？你说的全是屁话。陶扫兴地缩回脚，他正想对秦说什么，里屋传来了笃笃地敲墙的声响，大概是妞妞那个小破鞋在敲墙。陶朝秦瞪了瞪眼睛就朝门边走，我走了，他说，你跟她好好地泡吧。

等一会儿。秦追到门边拉住陶，他又低下头看了看陶的新鞋，这么热的天穿回力牌够热的。秦摸了摸陶的新鞋，他说，你难道不嫌热吗？

屁话，陶大声说，他觉得无从发泄莫名的火气，于是他俯到秦的耳边轻声补充一句，我告诉你，妞妞是个超级小破鞋，你小心染上杨梅大疮。

天气确实闷热不堪，六月杨槐树枝叶繁茂，知了在看不见的树叶间长吟短唱，街道上是一种夏日独有的空旷而慵倦的气氛，出没于店铺、居所和工厂大门的人们衣衫不整，步履滞钝，他们的脸上普遍带有一种委顿和烦躁的神色，南方的六月是最讨厌的季节，但对于新买了回力牌球鞋的陶来说，一切都是美好而充满生气的。

下午陶从围墙上翻进了八一中学的操场。陶已经很久没上学了。他走到教室门口，看见一群少男少女的脑袋在几扇窗户前飘忽不定，有人在座位之间窜来窜去的，不知在忙些什么，而那个胆小怕事的女教师正用一种外乡口音讲述着拖拉机的功能。是上课的时间，陶犹豫了一会儿，最终还是舍弃了进教室展览新鞋的念头。他对教室和上课这类事物真是厌恶透了。

陶站在空空荡荡的操场上，六月骄阳使学校的红色教舍闪烁出一种刺眼的红光，一半是沙一半是泥的操场蒸腾着热气。陶弯腰紧了紧回力牌球鞋的鞋带，跑两圈玩玩，他对自己说，然后陶沿着操场的不规则跑道跑了一圈、两圈，又跑了一圈、两圈！陶在操场上独自奔跑的时候听见脚下响起细沙与橡胶摩擦的声音，嚓，嚓，轻微而富有节奏，陶第一次意识到自己的奔跑是优美而有力的，陶第一次在学校的操场上跑了这么长的距离。

陶跑到第三圈的时候，有人爬上了学校的围墙，他坐在围墙上静静地观望着陶两只脚在空中的互相击打，那是猫头，来自与香椿树街毗邻的老王街的猫头。陶奔跑的时候居然没有发现围墙上的猫头。后来猫头开始把墙上的灰泥剥下来朝陶的头顶扔，陶的马驹式的奔跑才戛然而止。陶仰起脸看见了猫头，起初他以为猫头在跟他开玩笑。陶一边撩起背心擦汗一边朝围墙走去，他说猫头你蹲在墙上干什么？猫头没有回答，猫头的喉咙里呼噜一声，啐下一口黏痰，幸亏陶反应敏捷，他往左侧跳了一步，看见那口黏痰落在板结的沙坑里，看上去令人恶心。

猫头你他妈疯啦？你到底想干什么？陶高声叫道。

听说是你偷了我的鞋。猫头从围墙上跳了下来，他的结实而高大的身体落地时响起沉闷的反弹声。猫头拍着手上的尘土向陶走近两步，又后退两步，他眯起眼睛打量着陶脚上的回力牌球鞋，怎么变新了？他说，你用什么东西把它擦得这么白？你以为把它擦新了我就认不出来啦？

猫头你他妈的真是疯了。陶下意识地退到围墙边，本来就是双新鞋，陶说，是我叔叔从外地带回来的。我怎么会偷你的鞋？难道我会偷你的旧鞋穿吗？

那么你把鞋底亮出来让我看看。猫头声色俱厉地说。

看吧。陶再次跷起了他的脚，自从穿上回力牌球鞋以后他已经重复了无数次这个动作，唯有这次他的心情是屈辱的，与往日大相径庭。看吧。陶说，是不是你的鞋看看就知道了。陶的心里很想对准猫头的脸飞起一脚，他看见自己的脚在猫头的手掌里颤动了一下，脚弓绷紧然后又颓然松弛下来，他缺乏这份勇气。他知道老王街的猫头不是好惹的。

是新鞋，比我那双新多了。猫头说着放下陶的脚，这时他听见陶发出了嘲谑的一笑，陶的笑声听来古怪而居心叵测。猫头狐疑地盯着陶沉吟片刻，他说，不过也难说，谁知道你搞的什么鬼名堂?

陶看着猫头纵身翻上围墙，很快就消失不见了。陶朝围墙骂了一句脏话，他想他跟猫头一向无怨无仇，说不定是秦在中间搞了什么鬼，他想他跟秦也无怨无仇，秦又凭什么在中间搞鬼呢?

从学校出来后陶就去了秦的家。陶怒气冲冲，秦却矢口否认陶的种种诘问，你胡说什么？我一句也没听懂。秦懒洋洋地躺在竹椅上，用手一遍遍地弹着田径裤的松紧带。秦的表情显得有点滑稽，他说，猫头那双回力牌是蓝的，而你那双不是白的吗？谁要再诬陷你我陪你揍他去。

陶站在秦的家里愣了半天，最后骂了一句，我操。陶觉得世界突然变得莫名其妙，他走到外面，香椿树街上几个行人的背影也显得鬼鬼祟祟。陶低头注视自己的白色回力牌球鞋，他发现条形鞋头和雪白的鞋面甚至鞋带上都出现了阴影，这些阴影在午后灼热的阳光下闪烁、飘移，陶不知它们来自何处。

陶有很长时间没去找过许和秦，后来是许和秦结伴来到了陶的家里。从前的形影不离的朋友现在坐到一起竟然有点尴尬。陶隐约预感到两个朋友登门的目的，但他没有开口问，他想他们有什么目的迟早会说出来的。

许和秦几乎同时发现陶那天穿着一双拖鞋，这个发现使两个人互相交换了一下眼色。在他们的印象中，自从陶穿上了回力牌球鞋后始终未脱下过。

回力牌呢？许问陶。

洗了。陶说。

总算洗了，可能比咸鱼还要臭了吧？秦在旁边笑着，秦对许挤了挤眼睛。

晾哪儿了？许又问陶。

晾哪儿关你什么事？陶对许的问题有一种本能的反感，然后他又转向秦说，臭了关你什么事？

开个玩笑，你何必当真呢？秦拍了拍陶的肩膀，他说，好像我们想抢你鞋似的。其实我们不过是想求你帮我们买两双回力牌，求你叔叔帮我们买两双回力牌。

买不到。陶想了想用一种冷淡的语气说。

求你叔叔帮我们买。秦说。

我叔叔也买不到。陶说。

不要这样，一点义气也不讲。许说。

他什么时候讲过义气？秦说。

操，有什么稀奇的，过几天我穿一双回力牌给你们看看，许说。

陶没有再说什么，但他发出一声不加掩饰的冷笑。他站起来做了一个送客的姿势，与此同时陶也做出了跟两个朋友一刀两断的决定。陶记得他当时下意识瞟了眼面向天井的院墙，他看见刚刚洗净的回力牌球鞋上放射出一种洁白如雪的光芒，两只球鞋一只朝东，一只朝西，它们在院墙上沐浴着夏日午后的阳光，它们使陶的疲惫的心灵受到了极大的安慰。

夏日午后的阳光从护城河的水面上折射到陶的脸上，陶在炎热的天气里昏昏欲睡。陶记得他做了一个短促而奇怪的梦，他梦见那双白色回力牌球鞋像两片树叶在风中飞舞，它们在香椿树街上空飞行了一段距离后就消失不见了，陶被这个梦吓醒了，他从床上跳起来往院子里跑，他边跑边说，这是梦，这不是真的。但现实与梦境的吻合几乎使陶瘫在那堵院墙下，他发现墙上的回力牌球鞋已经不翼而飞了。

陶脸色苍白，对着那堵院墙发出了一声凄厉的惨叫，陶觉得头顶上的天空正在哗啦啦地倾塌。

陶提着一把菜刀冲到秦的家里，秦的家里没有人。邻居告诉他秦和许一起进浴室洗澡去了。陶就提着菜刀追到浴室里，他看见两个朋友正坐在风扇前说话。陶注意了他们的脚，他们的脚上都穿着浴室专用的木屐，陶又弯下腰去看木榻下面，木榻下面一双是解放鞋一双是秦的塑料拖鞋。陶和两个朋友对视了片刻，他滞重地吐了一口气说，你们把我的鞋藏到哪儿去了？

你说什么？秦和许的表情都很惊愕。

谁拿了我的鞋？陶把菜刀砰地砍在浴室茶几上。

谁拿了你的鞋？你在胡说什么？秦说。

我们没拿你的鞋，谁拿你的鞋谁是乌龟王八蛋。许说。

陶缓缓地收起了菜刀，他的眼睛里燃烧着一种阴郁的火焰。我会知道是谁偷了我的鞋，陶咽了口唾沫，用指尖试着菜刀的刃口，他说，我会用这把刀剁碎他的脚趾。

第二天清晨陶又站在秦的家门口，秦推着自行车匆忙上班的时候，门口黑魆魆的人影吓了他一跳，原来是陶倚在电线杆上，陶的目光直直地投射在秦的脚下。

秦穿着一双半旧的黑皮鞋。

你疯了？我说过我没偷你的鞋，秦跨上自行车，回过头又骂了一句，你他妈真的疯了，秦骑出去几米远，猛然又发现陶在后面用一只小手电筒照他，照他的鞋子，秦想这个家伙是真的有点疯了。

陶倚在电线杆上一动不动，半明半暗的天色使他的面容模糊不清，唯有眼睛里阴郁的火焰迸发出两点白光。

下午秦遇到许，在交谈中知道许也受到了陶的监视，两个人商议该怎么对付陶但也没找到什么妥善的办法。秦最后对许说，我们也不用动手揍他，假若他还不死心，我会有办法收拾他。

陶连续三天在秦和许的家门口守候，始终没有发现他的回力牌球鞋的下落。到了第三天秦经过陶的身边时，突然跳下车子，将自己的双脚轮流举高了给陶看。不是这双吧？秦微笑着说，你真的疯了，看在几年朋友的面子上，我告诉你，老王街的猫头新穿了一双回力球鞋，不过我可没说那双就是你的，你自己去看看吧。

那双是黑的，我昨天看见了。陶沉默了一会儿说。

白鞋可以变成黑鞋，只要少涂上点颜料，在颜料里掺上一点锅炭就行了，这是他们说的，秦重新跨上自行车，他嬉笑着回头补充一句，我可没说猫头那双就是你的。

陶目送着秦骑车的背影消失在早晨的人流里，他弓起腿向后蹬踢着水泥电杆，一下，两下。陶的疲惫的眼睛里升起一种湿润的雾气，面前的香椿树街街景变得模糊而飘忽不定了。

血祸发生在香椿树街与老王街交会的街口。当时是天气最炎热的正午时分，卖西瓜的摊贩目击了整个血祸的过程，他们认为祸端首先是陶引起的。所以他们提供的证词后来对陶极为不利。

猫头站在西瓜摊前吃西瓜，猫头的脚上穿着一双本地罕见的黑色回力牌球鞋，一切都发生得猝不及防，陶突然从杂货店那儿穿过街道奔来，陶来到猫头的身后，蹲下来用手指摸了摸猫头的球鞋，猫头起初没有在意，陶就拿出一块刀片在猫头的球鞋上刮了一下，又划了一下，陶的举动令人吃惊。猫头大叫了一声，丢掉半块西瓜，身体敏捷地跳了起来。

你干什么？猫头向陶怒吼道。

不干什么，我看看你的鞋，陶说。

你敢用刀片划我的鞋？你划我的鞋干什么？

是真的黑鞋，不是涂上去的颜色。陶木然地盯着手里的刀片喃喃自语，他有点负疚地望了望猫头，扔掉了手中的刀片掉头往香椿树街走。

陶走到路中央时被猫头叫住了。猫头说，狗娘养的东西，你吃了豹子胆啦？你敢用刀片划我的新鞋？猫头从西瓜摊上捞起一只铁质秤砣朝他追过来。陶向香椿树街跑了几步，他听见身后响起一阵疯狂的风声，他回过头恰巧看见猫头手持秤砣猛烈一击的动作，陶已躲闪不及。

卖西瓜的摊贩看见陶扑倒在街心，头顶上有鲜红的血汩汩地流淌出来。

陶从医院里出来时头发已经被剃光了，头顶上缠着一道十字纱布，他的因失血过多而显得苍白的脸上有一种抑郁而茫然的神情。香椿树街的居民都认为陶这回大难不死，陶的运气还算是不错的。有好事的人询问陶那天用刀片划猫头那双鞋的原因，但陶什么也没说。陶什么也不想说。

杨槐树梢上的蝉鸣声日趋稀落，夏天匆匆地过去了。有一天陶去工农浴室洗澡，在那里他遇见了过去的两个好朋友秦和许。陶摘下了那顶平时用以遮蔽疤痕的黄军帽，他从镜子里发现他们正在注视自己头顶上的那块疤痕，他们窃窃低语，并发出了类似的诡秘的微笑。

我已经不想找回我的鞋了，陶走到两个朋友身边心平气和地说，现在可以告诉我了，到底是谁拿了我的回力牌球鞋?

秦和许两个人对视了一眼，继续诡秘地笑着，过了一会儿两个人的笑声变得疯狂而不加节制了，浴室里的人都朝这边张望，陶完全被两个朋友弄糊涂了。

告诉你你也不会相信，秦在木榻上笑得前仰后合，他说，是一个捡破烂的老头，我们亲眼看见他把你的鞋扔到垃圾筐里去了，他把你的鞋当破烂扔到垃圾筐里去了。

我们亲眼看见那老头到墙上够你的鞋，把你的鞋和破胶鞋烂拖鞋装在一个垃圾筐里。许赌咒发誓道，骗你是小狗，老头肯定把你的鞋卖到废品收购站去了。

陶对这个意外的结果半信半疑，但他最后也跟着两个朋友笑起来，陶一笑头顶上的伤口就像刀割似的疼痛，于是他只好捂住嘴，继而捂住整个脸部。陶知道他现在的笑容一定非常丑陋。

香椿树街上有一些行为古怪的少年，陶就是其中一个，通常陶的目光总是下斜的，不管走到哪里，陶总是喜欢观察别人的脚，观察别人脚上穿的鞋子。

骑兵

我表弟左林是个罗圈腿，这意味着他无论如何努力，腿部以及膝盖是无法合拢的。我姨父左礼生将这不幸归咎于左林幼时对一匹木马的迷恋，也不知道有没有科学根据。那是一匹从街道幼儿园淘汰下来的木马，苦命的大姨当时还健在，是幼儿园的保育员。她利用关系，花五毛钱为儿子买下了这件庞大的礼物。她知道这礼物对丈夫也有益，有了木马，左礼生就不用天天趴在床上给儿子当马骑了。那匹木马我小时候也见过，却无缘一试，左林不让别人骑。我记得马身蓝色的油漆已经剥落，马头两侧的手柄经过无数个孩子的抓捏，很像一对活生生的光滑而油腻的马耳朵。左林从早到晚骑在木马上摇晃，他在木马上吃饭，看连环画，有时候困了，就抱着马头睡着了，左林就是那么自私，宁肯抱着木马睡，也不让别人骑。

左林九岁那年冬天，我大姨在幼儿园门口出了车祸，她双手提着孩子们的两个尿桶在结冰的街上走，结果被煤店运煤的卡车撞了。就隔了一夜，好端端的大姨像一只惊鸟似的飞走，飞走再也不回来了，也应了大姨讲的鬼故事里的圈套，任何东西都会变成魔鬼，任何魔鬼都擅长变戏法，最后不知是尿桶魔鬼还是煤渣魔鬼变了这个恶毒的戏法，把大姨自己变没了。据我母亲他们回忆，给大姨办丧事的时候他们便发现左林的腿不对劲，他不会跪。他跪着的时候两个膝盖井水不犯河水，并不拢，人好像盘腿坐在地上。大家当时处在混乱与哀恸之中，有人上去搬弄过左林的腿，弄了几下，没用，也就算了，那样的场合谁还顾得上讨论左林的腿形问题呢。过了很长时间左礼生带左林去看骨科医生，他扒下儿子的裤子问医生，我儿子不会是罗圈腿吧？医生说，就是罗圈腿呀。左礼生急了，在医院里等着医生手到病除，医生却告诉他，你儿子的腿形矫正不过来了，也没有必要矫正，不碍什么事，只不过走路难看一点。左礼生对医生的话是信任的，同时也不盲从，他认定儿子的腿与木马有关，回家后就把那匹木马当柴火劈了。左林那天的尖叫声引来了半条街的邻居，孩子们面对那匹被毁的木马心情复杂，一方面感到可惜，另一方面忍不住地幸灾乐祸，而大人们对左礼生的劝慰引起了他更大的愤怒，骑马骑马，左礼生挥舞着柴刀说，骑马骑出个罗圈腿，我劝你们以后别让孩子骑马，木马也别骑！

左林是个罗圈腿。我们香椿树街上的孩子崇拜胳膊上有老虎刺青的三霸，崇拜断了一根食指的阿荣，甚至崇拜练拳击的豁嘴丰收，却没有人瞧得起我表弟左林。大家认为左林走路不仅是难看，而且可笑，他站立的时候两条腿似乎永远准备夹一件什么东西，如果他确实是骑在一匹马上，我们会敬仰他，可惜他不是在内蒙古的大草原上，我们香椿树街除了几条狗、几只猫，还有王德基家不顾卫生禁令擅自养的一群鸡，连一头小毛驴也不产，连地头蛇三霸也无马可骑，他左林能骑什么呢？左林唯一可骑的是我大姨留下来的旧自行车，他借助黄昏暮色的掩护，在街上偷偷地骑车玩，总有人无事生非，斜刺里插出来拽住他的自行车。下来下来，我骑车，你来追！有人特别喜欢出左林的洋相。有人喜欢看左林出洋相。他们互相挤眉弄眼，目光的焦点对准了左林的腿。左林弯着腿站在人们的视线里，他那两个可怜的膝盖似乎在艰难地喘息着，就像牢笼里的困兽在喘息，然后左林奔跑起来，他徒劳地向劫车人高喊道，停住，给我停住！他的两只膝盖也依次发出了嘶哑的呼喊声，黄昏的香椿树街两侧响起了一片笑声——为什么左林一奔跑大家就发笑呢，说起来你不会相信的，左林的膝盖在奔跑时会发出声音，它们会尖叫，它们甚至还会哭泣。

如果左林是一棵树就好了，树永远不需要立正，随便怎么长得歪歪斜斜的，都无人在意。可左林不是树，是人就会听到立正的命令，这命令对绝大多数人是容易执行的，人人都能立正，我表弟左林却立不正。

左林不喜欢体育课，不喜欢团体操，不喜欢军训，可我们的学生时代几乎就忙着做那些事了。平心而论好多教师或领队在处理左林的特殊情况时能够特殊处理，别人立正时由他一直稍息着，有的干脆就将他从整齐的队列中剔除出来了，但也有人天生多疑，吹毛求疵，比如我们学校的体育教师，他误解了左林那种故作轻松的微笑，始终怀疑左林是以调皮的站姿逃避着什么，发泄着什么，对抗着什么。他曾经把左林从操场拉到了厕所里，让左林褪下裤子，亲手检查了他的膝盖，在分外安静的环境中，体育教师也惊愕地听见了左林膝盖的声音。你的膝盖在吱吱地响！体育教师蹲在地上用两根手指敲打左林的双腿，他受惊似的瞪着左林，你的膝盖怎么会响的呢？

左林的嘴角上流露出一丝得意之色，一种不恰当的表现欲使他把双腿交叉起来，人像一根麻花一样站在体育教师面前，他没说话，但眼神分明是在向体育教师炫耀着什么，于是体育教师清晰地听见左林膝盖发出了尖叫声，一种浊重的带有金属碎裂的尖叫声。

怎么叫起来了？别这么站！体育教师一定被左林的膝盖吓着了，他开始慌乱地替左林摆弄站姿，他说，快别这样，小心拧断了腿！

左林记得很清楚，他是如何依靠自己的膝盖震慑一个粗暴蛮横的成年男子的，这种机会并不是太多，左林因此感到莫名的宽慰，他好像局外人似的欣赏着对方脸上丰富的表情变化，从惊吓到尴尬，从尴尬到悲悯，左林咬着手指偷偷地笑。后来体育教师叹了口气说，是站不直，冤枉你了，可是……可是你这腿，以后不能当兵啦。左林满不在乎地拉好了裤子，拉好裤子后又解下，对着小便池撒尿，他说，谁稀罕当兵！他侧过脸偷窥着体育教师，体育教师是当过兵的，他的军裤在左林眼前放射着沉重的绿色的光芒，绿军裤下隐约可见一个体形标准的男人健壮而笔直的下肢线条。那个瞬间左林耳边响起了很多人和他开过的一个玩笑，左林，你以后可以当骑兵。那些人心情各异，却为他的腿设计了同一个美妙的未来，包括街上的地头蛇三霸，他也这么安慰过他——腿弯怎么了，好骑兵腿都是弯的，左林，你以后当骑兵去！

我以后当骑兵。左林站在小便池前左顾右盼，他开始嘟囔起来。某种处境逼迫他思考着什么。厕所的地面中午时被冲洗过，现在半干半湿的，秋天的阳光从排窗里投进来，左林突然发现那块不规则的光影和地上的水渍尿痕混在一起，形状酷似一匹奔马。我骑马。他说。我当骑兵。

体育教师离开后左林仍然留在厕所里，他瞪着厕所的地面，他看见奔马状的水渍在阳光的辐射下开始膨胀，开始起伏，开始向上跳，向上跳，然后那件神奇的事情便发生了，他听见外面的女贞树丛里响起了一阵细碎但异常悦耳的马蹄声，他抬起头向厕所窗外张望，清晰地看见一匹白色的长鬃骏马从树影中向操场奔驰而去。

是一块宣传橱窗挡住了左林的视线，当他追到宣传橱窗后面，白马不见了，马消失的速度比它的到来更加迅捷，最后的马蹄声也被一种嘈杂的刺耳的声浪淹没了。左林看见的依然是学校的灰土操场，操场上尘土飞扬，九月干燥的阳光映照着排练国庆团体操的队列，广播喇叭里一个女声重复着口令，一二，打开……三四，收拢。操场上排成花环形状的人群按照口令模仿花朵的绽放。那匹白马不见了。左林躲在宣传橱窗后心神不定，他怀疑是自己看花了眼，学校里永远也不会跑来一匹马的。但左林不甘心放弃一个奇迹，他耐心地等待着，向每一个发出可疑声息的方向张望。奇迹却没有再次出现，他看见的只是一座类似军营的学校，一半安静，一半喧闹，安静与喧闹尖锐地对峙着。一只金黄色的蜻蜓撞击着玻璃橱窗，一页作业纸在低空中飞了一会儿，落在花坛上。那不是左林等待的奇迹。白马不见了。左林很失望，他不愿意再回到操场上去，在排练接近尾声的时候他独自离开了学校。

按理说左林经过传达室应该是猫着腰匆匆而过的，但左林想再次证实一下来访的白马到底是一次奇迹还是一种幻觉，他敲传达室的玻璃窗，问里面那个老门卫，有没有一匹白马跑到我们学校来？老头说，什么马跑到我们学校来了？左林说，一匹白马，你有没有看见一匹马跑到我们学校来？老头这回听清楚了，他暴怒的反应令左林不知所措，一定是误以为左林戏弄他眼神不好，老头抓过一把扫帚向窗户外扔了出来，我没看见白马，就看见你这头黑驴！

好多人对左林怀着炽热的仇恨，左林下意识地夺门而逃，他是突然想起来老头患有眼疾的，一只眼睛时常用一块纱布蒙着，有时分不清谁是教员谁是学生。他记得老头从传达室里追了出来，老头咒骂他的声音先是愤慨，而后充满了意外的惊喜，他说，好呀，左礼生的儿子！你也配笑话我，我看不清别人看得清你这头小黑驴，你跑呀，跑呀，长着个罗圈腿，你他妈的还想跑多快？

侮辱对于左林是司空见惯的，左林很少为受辱而生气，但他很好奇，为什么别人用了这么多的智慧和词汇来形容他的步态。有人说他走路像撒着尿，一路走一路撒，有人打赌说铁匠家的大黄狗能从他的腿裆里穿过去，有人形容得温和，说他像南极洲的企鹅，有的就令左林记仇了，春耕就这么说过他，像一个刚刚被日本鬼子强奸过的妇女！左林在黄昏的街道上奔跑，他的膝盖照例发出了无声的尖叫。左林听不见自己膝盖的叫声，他纳闷老头为什么把他称为黑驴，隐约记起来在一部战争电影里看见过一个村妇骑着驴子到敌占区去，驴背上驮着两只花包裹，里面装的是地雷。但驴子的模样在他的记忆中有点模糊，左林在一路奔跑的时候看见的仍然是一匹白马，这回他清醒地意识到那是一匹虚拟的马，因此马奔跑的速度近乎疯狂，他看见自己骑在那匹疯马的马背上，从狭窄的人来人往的香椿树街上疾驰而过，所有的人都驻足观望，左林的嘴里发出了驭手雄壮的吆喝，驾，驾，驾，他对准前方的一辆自行车做了个挥鞭的动作，而后他像一匹马或者像一个骑兵一样在黄昏的街道上奔驰起来。

那年秋天左林按照他想象中的骑兵那样在马背上生活。我母亲去他家送鸡汤，看见他把一堆棉被放在三张椅子上，人坐在棉被上晃着腿，肩膀一耸一耸的。我母亲说左林你搞什么名堂，被子会让你磨坏的。左林从来不向别人解释他古怪的行为，他坐在那匹虚拟的马上把一锅鸡汤都喝完了。我母亲说，喝鸡汤还抖腿呀，看汤都洒了，左林你都那么大了，怎么还玩小孩子的把戏呢？我母亲回家后一直在哀叹没娘疼的孩子不容易长大，更让她担心的是左林坚定的旁若无人的表情，那表情在宣告，我玩的就是小孩子的把戏，不要你管。那年秋天左林独来独往，心中怀着一个灼热而令人费解的秘密。连我都觉察出左林对骑兵生活的疯狂的妄想，我看见过他骑在学校的围墙上，就像骑在马上，一只手威武地指向空中。左林的举止让大家为之担忧，他们都提醒左礼生注意儿子的心智发育问题，左礼生却不乐意听这些，他说，左林就是腿骨头歪了，大脑没长歪，他脾气怪，是让人欺负的，再说他立志要当骑兵有什么不好？瞎子学算命，罗圈当骑兵，那是造化！

由于香椿树街地处南方，除了动物园养着几匹光吃不跑的斑马，你甚至找不到可以替代的牲畜。左林的骑兵生涯的难度大家可想而知。左林为他的马而时刻焦虑着。他无法慢慢地走路，他一走路就听见踢踏踢踏的马蹄声，这声音逼着他以驭手的速度一路小跑，可是他清楚胯下的马并不存在。他从家里找到了一把镰刀，拆下木柄挂在腰上试一试，有点像一把马刀，马刀马靴马鞭都可以用别的替代，独独最重要的马却很难寻觅，整整一个秋天左林做着马的梦，他在学校的厕所附近等待奇迹，但白马再也没有来。然后是一个雨后的清晨来临了，左林醒来发现宿醉的父亲正躺在他的身下，在梦里他爬到了父亲的背上，在梦里他像一个骑兵跃马一样跃到了父亲的背上。那个瞬间左林很惶惑也很惊喜，他轻轻地在父亲背上颠了几下，左礼生宽厚的后背柔软而坚实，让他联想起一匹好马的马背。左林是多么留恋父亲的后背，可是他听见父亲在睡梦中咕哝了一声，起来，小便去。左林就去小便了，一种奇妙的快感仓促间结束了，它不会再来。左林深知他再也不能跃到父亲的后背上去了。

大家都说创作讲究灵感，我表弟左林也是从一次意外中吸取灵感的，就是从那个雨过天晴的日子开始，左林着手从人中间物色他的马。

左林在纸盒厂附近拦马，第一个拦住的是小安，他让小安弯下腰，做他的马。小安是个精明的孩子，怎么肯做左林的马，推开左林就溜了，回过头还威胁道，左林你给我小心点，明天我让三霸来打你。左林说，三霸算老几，明天我让我表哥来打三霸！左林退回到墙影下，继续在街上来往的人群里物色他的目标。他成功地拦住了纸盒厂张会计八岁的儿子，这次他吸取了教训，用了智慧，他说，怎么没有人跟你玩？我来跟你玩，我们玩个好玩的游戏吧。张会计的儿子上了当，可是当他发现左林其实是把他变成一匹马在街道上骑着玩的时候，他就不干了，他怎么推搡左林左林也不下来，小男孩就哭叫起来了。纸盒厂的好多女工都从窗户里向他们探头张望，左林不得不放开小男孩从纸盒厂转移。只骑了五六米远就终止了骑马练习，左林不甘心，他怏怏地环顾四周，忽然觉得这条热闹的街道其实很荒凉。

香椿树街上行人无数，每一个行人其实都可以当他的马，他们好像一匹一匹马从左林面前奔驰而过，却没有一匹马愿意停下来让他跃上马背。火车隆隆地驶过了香椿树街，火车是世界上跑得最快的铁骏马，那么多人骑过它，离得这么近，左林却从来没有上过火车。左林向火车车厢里一些模糊的人脸挥手，那些人一闪而过，火车也像一匹骏马一样一闪而过。在秋天苍白的阳光里，左林感受到了某种深深的孤独。

左林沮丧地来到了铁路桥桥洞，他看见傻子光春胖墩墩的身影在桥洞里左右摇晃着，他在水泥墙上磨一把锁。左林说，傻子，你磨锁干什么？傻子光春说，你不知道锁里面的芯子是铜的？把铜芯子取出来呀。左林说，傻子就是傻子，你花那么大力气磨那点铜？有个屁用，收购站不收的。傻子光春说，不送收购站，我跟货郎换洋画片的。左林说，你简直是世界上最傻的傻子，你不会从家里找吗，听说你奶奶以前是个地主婆，别说是铜了，没准儿她还有金子呢。傻子光春说，我们家什么也没有，我奶奶喜欢藏东西，家里找不到铜了，我奶奶把她箱子上那把铜锁藏起来了，货郎说那样的大铜锁能换十五张，水浒一百零八将，我再有三十多张就收齐啦。左林鄙夷地从鼻孔里哼了一声，这么大的人了，还收洋画片。但与此同时左林听见桥洞里开始回荡着马蹄杂沓的声音，那声音来自傻子的脚下，左林的心跳得厉害。在幽暗的光线里傻子光春呈现出令人欣喜的马的气象，傻子的黑色塑料凉鞋像两片现代化的马掌，傻子修长的骨节突出的双腿比马还要粗壮，傻子浑圆结实的后背是多么理想的马背，而傻子蓬乱的不加修剪的头发似乎模拟着马鬃的形状。左林的呼吸急促起来。他的迷离的眼神透露了一个狂热的心思，傻子光春，多好的一匹马！傻子光春，你就是我的马！

仅仅是在一瞬间，左林的眼前降落下一块小小的草原，还有一匹马。左林像一个驭手向他的马走过去，他忍不住地摸了摸傻子光春的脖子，那脖子很光滑，而且有点油腻，但左林还是感觉到了他想象中的柔软浓密的白色马鬃，傻子光春对左林的举动有点惊讶，他推开左林的手，你为什么摸我脖子？左林凝视着傻子光春，他的手固执地伸过来，在傻子光春的后背上抚摸了一下，他的手告诉他，这是在香椿树街上能找到的最宽厚最安全的马背。但傻子光春怕痒痒，他一边躲闪一边咯咯地笑起来了，他说，左林你疯啦？我又不是女的，你为什么要摸我脖子？左林看了看经过桥洞的行人，竖起一根手指示意他别嚷嚷，他对傻子光春说，我们做个游戏，你当马，我当骑兵，你不会吃亏的，如果你做得好，我马上送你一把铜锁，如果你天天做我的马，我把我的一百零八将洋画片都送给你！

桥洞听见了左林的承诺，当时从两个孩子头顶上经过的一列货车也听见了左林的承诺，却都是没有记性没有嘴巴的东西，没有一个人可以为此做证，傻子光春不放心，他提出要和左林勾指起誓，左林犹疑了一会儿答应了，他说，平时看你傻，要东西的时候怎么不傻了呢？后来他们就隆重地勾了手指。

属于铁路部门的贮木场是左林练习骑术的主要场地。从香椿树街到贮木场去要穿过三条肠状小巷，一个化学品仓库，还有一口池塘。别人不去那里。别人不去的地方是左林的乐园。左林用他父亲的一双高帮雨靴替代骑兵们的马靴，马鞭相对容易一些，左林一开始用的是一条麻绳，但麻绳看起来太粗笨，不像一条马鞭，更重要的是傻子光春怕疼，总是埋怨麻绳抽起来太疼，左林只好换了一条废电线，废电线当马鞭用，傻子光春不怎么抗议了，但它不能发出那种响亮的清脆的啪啪之声，这是左林的一大遗憾。

也可以沿着铁路走到贮木场去。贮木场其实就坐落在铁路路坡下面，很大的一片地方，用铁丝网和木棍草草地围着，除了铁路货运部的人偶尔开着卡车来装运木材，此地永远是安静的。曾经有个高大的长着鱼泡眼的老人看守过这里的木材，后来看不见那老人了，或许是去世了，或许是回乡下养老去了。贮木场的大门锁了起来，但门的两个部分好像闹不团结，都赌气似的歪着，留下一个空隙，正好可容闯入者侧身通过。左林和傻子光春就是从门缝里钻进去的。

看门人的小屋空空荡荡的，透过破碎的窗玻璃能够看见一个脸盆架和半片床板立在满地废纸和煤渣中间，无人居住的屋子看上去都很脏，似乎隐藏着某个阴谋。左林对所有看门人都怀着某种怨恨，包括贮木场的老头。他有个模糊的印象，老头也曾经像别人一样吓唬过他，不知在什么时候什么地方，他也曾模仿过自己走路的模样。左林头一次来贮木场的时候就说服傻子光春，一人在小屋里拉了一泡屎，这让左林感到报复的快乐，但是这个唐突的行为也给他们自己带来了不利，两个人后来走过小屋时，都忍着不向窗户里看，一看就看见了那两堆东西，苍蝇绕着它们飞，更不利的是小屋本来可以作为他们的休息室的，现在却搬了石头砸自己的脚，不好进去了。

秋日的阳光照耀着贮木场的木材和杂草，不远处的铁路上时而有列车轻盈地驶过，车上的旅客如果向南侧路坡下张望，他们会有幸见到左林最辉煌的那段骑兵生涯，他的马是另一个少年，他的马场虽不正规，却是全封闭的无人干扰的，马和骑手当时明显地处于艰难的训练阶段，而贮木场里的一堆堆陈年的圆木和沥青泡过的枕木充当着沉默的观众。

不准偷懒，你再把腰弯低一点，再低一点，左林说，你这么弓着背，哪像一匹马，你像一头长颈鹿！

弯不下来了，再弯我就没法跑了。傻子光春说，你还说我偷懒？你不信，不信我们换一下试试？

慢点，慢点，我要掉下来了。左林说，这哪像个骑兵，像骑驴。

一会儿要快一会儿要慢，我累死了。傻子光春说，我不跑了，休息，休息休息。

不准休息，才跑了一圈你又偷懒。左林高高地举起了他的电线马鞭，练习的不顺利使他控制不了自己的火气，啪的一声，他听见傻子光春尖叫了一声，傻子光春惊恐地回过头，小罗圈，你真用鞭子抽我？你抽那么狠？傻子光春起初仍然以马的姿势驮着左林，突然意识到什么，猛地就把左林从背上掀下去了，一只手使劲地往后背上摸，却摸不到，傻子突然哭起来，说，出血了，一定出血了！

左林跌坐在地上，他知道傻子怕疼，不该抽鞭子的，可是后悔也来不及了，他站起来查看傻子的后背，一边安慰他说，没事，只起了一道红印，划破了一点点皮。左林怀着歉意在傻子光春的伤处比画了一下，没想到傻子推开了左林，傻子空洞的眼睛里燃烧着觉醒的怒火，这怒火使他吼叫起来，我要抽还你一鞭！

傻子光春夺下了左林手里的电线，左林起初一边躲闪一边还用语言威胁对方，很快发现那已经不起作用，傻子就是傻子，他冲动起来就只认唯一一件事，抽还你一鞭！抽还你一鞭！左林能够想象傻子的蛮力会使那一鞭变得多么可怕，所以他只好拼命向大门那里跑，这个情景描述起来似乎有点可笑，一匹马挥着马鞭追逐着骑兵，而骑兵落荒而逃，尽管可笑，但这是一个事实，左林后来脸色煞白地从贮木场逃了出来，他的“马”不依不饶地在后面追赶他！

傍晚时分绍兴奶奶拉着傻子光春闯进了左林家。他们确实是闯进来的，如果他们事先敲门了，或者绍兴奶奶不是那么沉得住气，先骂几句发个警报什么的，左林是有时间从窗户里逃避这场灾难的。可是左林和父亲两个人吃着饭，只听见门吱嘎一声，绍兴奶奶的声音就像霹雳在身后炸起来了。

左礼生，你还吃得下饭？又吃米饭又吃馒头，你们不怕噎着？

左礼生茫然的表情很快转化为阴郁的怒火，他看了看绍兴奶奶祖孙俩，一只大手敏捷地捉住了左林的手，别动，他对儿子说，你跑我打断你的腿！

绍兴奶奶对事件的描述虽然有添油加醋的成分，但总体上是事实，事实简洁明了，他让傻子当他的马，他答应给傻子一套水浒一百零八将的洋画片，结果傻子一张画片也没得到，后背上却挨了一鞭子。你看看，你那好儿子下的毒手，绍兴奶奶把傻子的衣服撩了起来，看看，看看，皮都烂了，左礼生，平时看你是个忠厚老实的人，我还张罗着给你说媒呢，是不是，你怎么教育了个禽兽不如的儿子出来，别人欺负他，他就来欺负我家傻子，你们家的祖坟要冒黑烟的呀！

左林说，我不是故意抽他的，我不是故意的——这句话没说完，左礼生掴了儿子一巴掌，下半句话咽回去了。左礼生说，给我跪在那里，现在没你说话的份儿，你去把你的一百零八将拿出来给他。左林就跪在地上了。他看见绍兴奶奶还撩着傻子的衣服，展示傻子背上的鞭痕，突然觉得不公平，便在一边嚷了一句，他也要打我——这句话同样没有说完，左礼生过来掴了儿子第二个耳光，他说，你给我去拿你的画片，马上去拿。左林说，你让我跪的。左礼生说，先去拿，拿给他了再跪，你要跪一晚上呢，有你跪的。左林不动，仍然端正地跪着。左礼生踢了儿子一脚，紧接着他意识到了什么，他看见左林的眼睛里突然涌出了泪光。怎么回事，你没有一百零八将的画片了？你舅舅给你的画片呢？左林转过脸看着墙壁说，都送光了，林冲鲁智深李逵，那些好的都给东风拿去了，春耕打我，我让东风去打他的。左礼生焦急之中顾不上别的了，追问道，那剩下的呢，一百零八将，有一百零八张呢！左林似乎感觉到父亲的巴掌将再次袭来，预先用手捂住了脸，他就那么捂着脸交代了画片的去向，其他都给郁勇抢走了，他说他当我的保护人。

左林记得父亲举起了拳头，值得庆幸的是傻子光春突然爆发的哭声救了他，绝望的傻子哭起来就像一个三岁的孩子，左礼生被那样沙哑而稚气的哭声吓着了，他丢下儿子向傻子光春走过去，他摸着傻子的脑袋，傻子晃了晃脑袋，把左礼生的手晃开了，继续张着大嘴，绝望地哭。左礼生手足无措地看着绍兴奶奶，他说，我要打死他，绍兴奶奶，我让左林给气晕了，事情弄到这一步，该怎么罚他，该怎么罚我，你老人家说句话吧。绍兴奶奶向左礼生翻了个白眼，似乎要说出什么刻毒的话来，突然却急火攻心，喉咙里涌上一口痰，就是这一口痰的停顿，让绍兴奶奶想起了事件之外的许多事件，绍兴奶奶一下子悲上心头，捂着胸，叫了一句，我们祖孙俩的命怎么这样苦呀——竟然也哭起来了。

绍兴奶奶和傻子光春一个尖锐一个粗哑的哭声在左家回荡了大约三分钟，三分钟后左礼生恢复了理智，他做出了一个非常合理而公正的决定，他把左林推到傻子光春面前，一只手按住了左林的背部。光春，现在轮到你骑他了！只有这个办法才能解决问题，左礼生一只手按住儿子，一只手去扶傻子上马。傻子光春止住了哭声，看得出来他对左礼生的方案很感兴趣，只是不敢贸然行事，他用眼神向绍兴奶奶征求意见，绍兴奶奶却沉浸在几十年的悲伤中了，她在左家的藤椅上坐了下来，闭着眼睛，一口口地吐气，吸气。傻子光春听从了自己的意愿，他骑到左林背上的时候有点羞涩，还要马鞭呢，他说，左林把马鞭放在抽屉里的。左礼生说，好的，给你拿马鞭。左礼生从抽屉里果然找到了那条废电线，他把电线递给傻子的时候看了看左林，左林弯着腰驮着傻子，他的矮小的发育不良的身体在微微摇晃，他的干瘦的双腿也颤抖着，呈现出一个悲壮的半圆形，左礼生很想看见儿子的脸，却看不见，左林低着头把傻子光春驮在背上，他的脸埋在灯光的阴影里。

傻子光春一会儿便快乐起来了，他咧着嘴笑，似乎对他的角色转变充满了信心和期望。他说，左叔叔，我能把他骑到街上去吗？

左礼生迟疑地看了看藤椅上的绍兴奶奶，绍兴奶奶睁开了眼睛，她犀利而坚硬的目光使左礼生有点慌乱，左礼生嘿地一笑，说，当然能骑到街上去，左林骑你也是在外面嘛。

先是三个人来到了夜色初降的香椿树街上，后来绍兴奶奶也出来了。四个人，其中包括一个骑兵一匹马，两个观众兼裁判，他们在刚刚亮起的路灯下以混乱的队形和速度由东向西行进。路人们和一些邻居都看见了这支队伍，孩子们之间的骑兵游戏并不让人吃惊，人们好奇的是为什么左林和傻子光春的这场游戏由左礼生和绍兴奶奶陪伴着，他们居然不加制止。他们问绍兴奶奶，绍兴奶奶，你为什么让光春骑在左林背上呀？绍兴奶奶觉得人家问得没道理，她气呼呼地不理睬人家，倒是左礼生，自己给自己一路打着圆场，说，孩子闹着玩，让他们闹着玩去。

左礼生一直紧跟着儿子和傻子光春，他关注的是儿子的腿，以及儿子的膝盖，正如预料的那样，左礼生很快听见儿子的膝盖发出了呻吟的声音，儿子没有哭，但他的膝盖开始哭泣了，那声音是努力压抑着的，却像碎玻璃一样溅开来刺痛了左礼生的心，左礼生感到了那种难以承受的刺痛，他向傻子光春赔着笑脸，说，怎么样，出了气了吧，街上人多，还有汽车，要不要先下来，让他给你再道个歉。傻子光春却骑得正得意，他说，不行，他骑我骑了很多次了，他骑我骑得比这久多了。左礼生转过脸看绍兴奶奶，绍兴奶奶偏不回应他的信号，只是看管着孙子手里的电线。不许用鞭子，骑就骑了，不能用鞭子抽人。她说着忽然加强了语气，旧社会的恶霸地主才用鞭子抽人呢。左礼生无奈地说，那就再骑一会儿吧。

左林的膝盖却开始尖叫了，左礼生听见了那尖叫声，他相信绍兴奶奶和傻子都忽略了左林膝盖的声音，左林的膝盖快碎裂了，左林的膝盖快爆炸了，他们听不见那可怕的声音。他们听不见。左礼生在万箭穿心的情况下急中生智，他果断地拉住了骑兵和马，不由分说地把傻子光春架到了自己的背上，给你换一匹大马骑，左礼生说，骑大马最舒服了。快，叔叔让你骑大马！

绍兴奶奶反应过来以后试图去拦马，她摆着手说，礼生这可使不得，孩子的事情，你大人不该夹进去，你这让我的脸往哪儿放？绍兴奶奶命令孙子下马，但傻子光春一定发现骑左礼生这匹大马舒服多了畅快多了，他不肯下马，于是骑兵和他的马在香椿树街上一路奔驰起来，骑马啦，骑马啦！左礼生和傻子光春的欢呼声一个低沉一个高亢，骑兵和马都在急速奔驰中发出了狂热的呼啸声，骑马啦，骑马啦，骑马啦！

我表弟左林记得那天夜里空中飘着些小雨，昏暗的路灯光下有一些昆虫在飞舞，他坐在地上，看着傻子光春骄傲地骑在父亲背上，他像一个真正的骑兵，手执马鞭，身体直立，策马向前飞奔。他看见骑兵和马融为一体，渐渐消失在香椿树街的夜色中，就像他梦想过的骑兵和马消失在草原上。

左林哭了。左林一哭他的膝盖也跟着哭了，膝盖一哭左林就哭得更伤心了。在极度的虚弱和疼痛中他再次看见了马，马从铁路上下来，不止一匹马，是一群马向他驰骋而来，群马穿越黑暗的雨中的城市，无数马蹄发出惊雷似的巨响，他依稀闻见细雨中充满了青草和马的气味，整条街道回荡着马的嘶鸣声，后来他感到马群来到了他身边，他感觉到谁的手，不知道是谁的手，把他扶到了马背上，他骑上了一匹真正的白色的顿河马，他骑在马上，像一支箭射向黑暗的夜空。

狂奔

风吹起来的时候，房屋和大地一起在黑暗中飘浮。在很远的地方，也许就在榆睡的这间旧瓦房里，有一种看不见的物质在咯吱咯吱地响着。外面的风刮得太猛烈了，榆对此感到莫名的恐惧。他把印花土布制成的床帐掀开了一点，朝窗外眺望。窗外是蓝紫的天空和稀疏的几枝树影，一切都很安详。榆猜想在夜里发出声响的也许是一种巨兽，他不知道它叫什么，他即使睁大眼睛也看不见它隐藏的地方。榆不知道的事物太多了，他是一个乡村中少见的羸弱文静的孩子。自从患上了一种头疼病后，榆就没有离开过他家的院子，有时候榆坐在晒场的草垛上，看一群鸡啄食场上残留的稻谷，但这往往是早晨以后的事了。

早晨天色渐亮时，榆急匆匆地下床去撒尿，他经过奶奶的房间时把门推开，看见奶奶坐在便桶上，一只手伸到床底下抓草纸，另一只手捂着胸，她又在大声地咳嗽。奶奶好像已经这样咳嗽了一辈子了。榆冲着里面说，我去撒尿。他经过母亲房间时再次撞开门，母亲已经起床，她正对着墙上的镜子梳妆，那些很黑很亮的长发被绾起来绾成一个髻子，垂在母亲的头后面。榆说，我去撒尿，他飞快地跨上了门槛，朝外面霜迹斑驳的泥地上撒了一泡尿。榆在系裤子的时候看见村庄浑圆的轮廓一点点地发亮，慢慢地清晰了，放牛的人已经到达了池塘，从晒场那儿飘来了粮食的清香。

有时候榆坐在晒场的草垛上，看一群鸡啄食场上残留的稻谷。这是早晨以后的事了，下地的村里人都会看见榆一动不动端坐在草垛上，榆的手里捏着吃剩的半块干饼，干饼上栖息着一只或几只苍蝇。

榆，你的头疼病又犯了吗？

没有。榆说，我在吃干饼。

榆，你爹快回家了吗？

快了，等过年爹就回家了。

榆的身影在阳光下泛出和草垛一样的淡黄色。当他咽进最后那点干饼时，脑袋又嗡嗡地胀疼起来。榆爬下草垛，他听见母亲在门口高声喊着，榆，回家来吃药。榆踉踉跄跄地跑过晒场，这时他看见从公路上下来一个人。一个挎着帆布工具包的木匠。榆站住了朝那个人张望，他很像榆的父亲，这是走路的姿势和那些锯斧推刨墨斗的缘故，榆其实不认识他。那不是我爹，榆自言自语地说，他朝那个木匠的方向吐了一口唾沫，然后就一溜烟地跑回了家。

榆喝着又苦又涩的草药，这是母亲按照民间偏方去山上采集来的。采来的是草茎和草叶，它们被母亲堆在一只竹匾里放到太阳下暴晒，晒干后再切成粉末状装到篮子里。榆的母亲每天都要从篮子里抓一把草药熬汤给榆喝。榆害怕草药的苦味，他把药倒给院里的狗吃，狗摇了摇尾巴就走开了。榆想连狗都不肯吃这药，我为什么要吃呢？榆总是偷偷地把药泼在泔水桶里。他母亲发现后就坐在榆的对面，看着他把药喝光才离开。她说，榆，你要听话，有病就要吃药，你不吃药会死的。明白吗？死是那么可怕的事，难道你不怕死吗？

门口站着一个人。榆发现他就是从公路上下来的那个木匠。榆还发现母亲认识那个木匠，他们站在门边说了一会儿话，木匠就一步跨了进来，坐在凳子上讨水喝。榆看见他的工具包与爹的那只一样破旧不堪，里面露出推刨锋利的刀刃。

这是你表叔。母亲从水缸里舀了瓢水，一边抬头对榆说，他是你爹的好朋友，以前上我家干过活儿，你还记得他吗？

不。榆摇了摇头说，我什么都不记得。

你爹去东北做活，过年回不来了。母亲把一瓢水递给木匠，她的脸上露出一种罕见的笑容，她说，榆，你爹带钱回家了，他今年赚了很多钱。

榆皱着眉头喝完了草药，把药碗倒扣在桌上。他说，我喝完了。榆抬起头用一种疑惑的目光看着木匠和母亲，他们也正用同样的目光看着榆。木匠的脸上长满了疙瘩，还有一颗大黑痣。木匠突然对榆笑了笑，露出一口酱黄色的牙齿，他说，你过来，我给你糖吃。榆说，我不吃，我要出去了。榆朝门边走，他听见母亲用带有歉意的语调说，这孩子不懂事，脾气很怪，都是该死的头疼病害了他。

榆倚着墙偷听母亲与木匠的谈话，但是他们没再说什么，后来母亲领着木匠走进了奶奶的屋里。他们明显在商量一件什么事，榆仍然听不清他们在说什么，他隐约觉得这件事与他有关，他们到底想干什么？

姓王的木匠后来在榆的家里住下了。第二天木匠把榆的房门卸下来，铺到两张长凳上做了一张桌子。榆尖声对木匠喊，你要干什么？你跑到我家想干什么？木匠说，问你妈去。榆就跑到他母亲身边，他说，他卸了我的房门，他到底要干什么？母亲说，他要开始干活儿了，干木工活儿没有门板不行。榆说，我爹也是木匠，他为什么不来家干木工活儿？为什么要让那个人来呢？母亲有点不耐烦起来，她搡了榆一把，榆你的耳朵在哪里？对你说过多少遍，爹去很远的地方干活儿，今年不回家了。榆不再说话，过了一会儿他说，他要给我家打柜子吗？母亲说，打柜子有什么用？不是打柜子，是打棺材。榆的脸一下子变得苍白起来，他回头朝堂屋里的那摊工具看了看，榆拉住他母亲的胳膊，为什么打棺材？打了棺材给谁呢？母亲正在淘米，这一天她的情绪似乎很坏。榆看见母亲把竹箕啪地摔在地上，她说，你这烦人的孩子，我受不了。打棺材给谁？就给你睡。给你睡！

榆惊恐地看着竹箕里的米溅在水缸边。母亲怒气冲冲，她穿着花布夹衫和青卡其布长裤，衣袖和裤脚都挽着。她的脸色因为烦躁和愤怒变得很红，榆看见她的额角上沁满汗珠，隐约可见一些淡蓝色的血管像蚯蚓似的蠕动着。榆觉得一切都猝不及防，他嗫嚅着说，我做错了什么？我什么也没做错，我只是不喜欢那个木匠。

母亲后来弯下腰捧起了地上的米，继续用水漂洗着。母亲说，榆，我不是故意朝你发火，我是太累了。我不知道淘这些米够不够他吃，家里的米缸快空了，你爹却不回来。

木匠的推刨从早到晚嗞啦嗞啦地响着，地上堆满了木屑和那些一卷卷的刨花。木材的清香改变了空气霉味的成分，榆总是在睡梦中被木材的气味和声音惊醒。他的房门没有了，现在他躺在床上就可以看见堂屋的动静。木匠弯着腰，一次次地将某块木板推平，他的耳朵上夹着一支红蓝双色笔。在旁边的桌上放着一瓶白酒，木匠经常停下手里的活儿，走过去喝一口酒。他喝酒的间歇家里恢复了宁静，榆听见奶奶的古老的咳嗽和吐痰的声音，母亲在院子里吁吁地喂鸡。

榆从地上捡起一条刨花，他用刀子在上面挖了两个洞，套在眼睛上。然后榆就坐在炉边，透过那两个洞审视着姓王的木匠。木匠在用力推平一块木板，他的动作机械而充满力度。

喂，你为什么要到我家来干活儿？榆说，为什么不到别家去呢?

木匠不说话，除了干活儿，他很少开口说话。

我家不要棺材，你为什么要到我家来打棺材呢?

木匠侧脸看了看榆，他的脸上没有任何表情。榆看见他的两根手指把一颗铁钉从木板上拔了起来，一扬手扔到地上。

你打好了也没有用的。榆对木匠说，我们家没人想睡棺材，除非你自己去睡。

榆听见木匠朗声笑起来，他直起身子绕着木板走了一圈，抬起脚把满地的木屑朝墙角踢。木匠摸了摸那块长方形的渐渐光滑的木板，他说，棺材打好了总会有人睡的，棺材是世上最好的木器，你长大以后会明白的。然后木匠突然坐到了木板上慢慢地躺下，木匠的身体横躺着显得无比巨大，他仍然微笑着对榆说，躺在棺板上面那么舒服，你长大以后就会明白的。

木匠跳下地的时候榆不由得后退了几步，木匠炯炯发亮的眼睛使榆感到恐惧。榆看见木匠朝他张开双臂，他说，孩子，我抱你上去，尝尝睡棺木的滋味，这是世上最好的床，比你的小床舒服多了。榆靠到墙上，他几乎是哭叫着喊，不，我不要。但木匠有力的双臂还是揽着了榆。榆感到他像一颗草籽般轻盈地落在那块棺板上，棺板冰凉冰凉的，松木的清香又浓又酽，紧接着是一种致命的晕眩，榆在棺板上昏厥过去。

榆在半小时后苏醒过来，他看见母亲和乡村医生，还有病重的祖母都围在床边。母亲的眼睛红得厉害，她好像一直在哭。祖母鸡爪似苍老的手重复地在榆的额角上抚摸着。乡村医生舒了口气说，现在没事了，他只是受了惊吓。

我不睡。别让我睡棺材。榆对他祖母说，他觉得自己非常虚弱，好像真的死了一回。

可怜的孩子，你怎么会睡棺材呢？祖母说，那是我的寿材，我老了，我快要进棺材了。

榆从床上坐起来，他看见姓王的木匠仍然在堂屋干活儿。木匠背对着他们，谁也看不见他的表情。榆的母亲说，王木匠怎么搞的，把孩子吓成这样，我不知道说什么才好。

别让我睡棺材。榆拉住他母亲说，我害怕，你答应我别让我睡棺材。

你看把孩子吓成这样。榆的母亲哽咽着说，榆，你别怕，你没听奶奶说，这是奶奶的寿材，你爹孝敬奶奶，特意请王叔叔来家打这副寿材。

可是我觉得我快死了。我的脑袋要炸开来了。榆抱着头痛苦地说。

这个秋天，榆不再独居一室，夜里他和奶奶一起睡觉。奶奶身上的那种苍老苦涩的气味伴随榆昏昏入睡。她的讨厌的咳嗽声从午夜一直持续到清晨。榆经常被突然惊醒，他看见奶奶的嘴微微张开，像一个黑洞，她的浑浊的眼睛在浅色月光下忽明忽暗。在外面的堂屋里，姓王的木匠打着响亮的呼噜，榆真想用一块破布把他的嘴堵上。他埋怨他们为什么不肯安安静静地睡一会儿，天快要亮了，天亮了就要起床了。

奇怪的就是这个秋天的夜晚。深夜时分榆看见奶奶扶着墙站在门边，她的老迈衰弱的身体东摇西晃的。榆跳下床去扶她，榆说，奶奶你要干什么？奶奶说，我解手，你别管我。榆迷迷糊糊地回到被窝里，他听见奶奶在黑暗中咬牙切齿地说，骚货，不要脸的骚货。榆不明白奶奶在骂谁，他心里说，谁是骚货？谁不好好睡觉谁就是骚货。

白木棺材很快就初具雏形了，它的一半躺在门板上，另一半倚在墙上。奶奶经常出来监督木匠，她用拐棍敲敲棺壁说，薄啦，但是我前世没修来福气，睡这口棺材也心满意足了。木匠从不解释什么，他只是用一种嘲弄的目光扫视着苍老的奶奶，他的眼睛里有无法掩饰的冷酷，这双眼睛也使榆感到深深的恐惧和悲哀。

榆后来的惊人之举就是针对姓王的木匠来的。榆无意中在仓库里发现了半瓶农药，瓶签上的红字和骷髅人头象征着死亡。榆想起村里每年都有人吞下这种农药而死去。榆浮想联翩，后来他就把半瓶农药倒在水杯里，悄悄地放在桌子上，他知道姓王的木匠已习惯于从桌上拿水喝。那是正午时分，木匠满头大汗地拍接着两块棺板间的榫头。榆从外面的窗户里窥视着里面的动静，他看见木匠在擦汗，然后他的一只手伸到桌上抓过了那只水杯。榆的心狂跳着，他猛地蹲下来捂住了自己的眼睛。

姓王的木匠在屋里发出了一声狂叫，那只水杯从门里飞了出来摔在地上。榆拔腿就跑，他不敢回头望一眼，一直跑到乡村小学操场上。操场上没有人，只有几堆大草垛在微风中簌簌作响，榆发现草垛里有一个洞，他就钻了进去，又抓了几捆草挡住了洞口。一切都变得幽暗无边，隐隐地可以听见小学教室里的读书声，那是些无疾无灾的孩子，这个上午他们在读书，谁也不知道榆干了什么。

榆听见了小学下课的钟声，孩子们喧哗着奔出教室，经过操场和榆栖身的草垛。有个孩子扒开了洞口，他惊讶地喊起来，你躲在这里干什么？你在拉屎吗？榆用手挡住了脸，他呜咽着说，我头疼，我头疼得厉害。

傍晚时分榆爬出了草垛，他脸色苍白摇摇晃晃地走回家去。远远地能看见家里的烟囱冒着炊烟，母亲正在门前的菜地里起菜，好像什么事也没有发生过。榆走到家门口，母亲说，榆，你这一天跑哪里去了？榆站住了，伸出手指抠着门框上的油灰。母亲又说，看你失魂落魄的样子，谁欺负你了吗？榆摇了摇头，他说，我头疼，我头疼得厉害。

榆跨进家门时打了个冷战。姓王的木匠独自坐在桌前呷酒。木匠的目光刀刃般犀利地刺透榆的心。榆低着头，踢着地上的刨花。他听见木匠嘿嘿地笑了一声。木匠说，你回来啦？你妈找你半天了。榆说，找我干什么？木匠说，不干什么。我的活儿干完了，我明天要走了。榆抬起头看见白棺材竖在墙边，他从来没有这么近地面对一口棺材。新打的棺材表面光洁流畅，散发着一种树木的清香。

这口棺木打得好不好？木匠说。

我不知道。榆说。反正我不要睡棺木，再好也不要。

你是个聪明的孩子。木匠走过来，一只手搭在榆的肩上，另一只手在榆的脸上拧了一把，他说，这是我打过的最好的棺木，你们家总会有人睡上这口好棺木的。

第二天早晨姓王的木匠离开了村子。他没有把农药的事情透露出去，这让榆感到很意外，一种深深的迷茫笼罩着榆以后的生活，榆无法忽略姓王的木匠在家里留下的种种痕迹和阴影。

秋天和落叶一起渐渐随风而去。

巨大的棺木停在堂屋一侧，阳光透过窗棂照亮了棺木一角，另一半是不规则的阴影部分。这是在白天，到了夜里榆始终不敢正视那口棺木，他害怕它会突然打开盖板，把他关在里面。夜深时分榆依然听见家里有一种物质在咯吱咯吱地响着，他怀疑这声音来自棺木内部，一个最秘密最黑暗的地方。

母亲说奶奶的病一天比一天重了，恐怕活不过这个秋天了。奶奶自己也这样说过。秋天已经过去，奶奶却依然无恙。她穿上了棉袄，怀里揣一个小暖炉坐在床上，一声声地咳嗽，奶奶的脾气也变得古怪难测，她经常坐在床上，朗声咒骂榆的母亲。榆不知道这是为什么，他看见母亲的眼里常常噙着泪。榆也不知道奶奶会不会死，他不想奶奶死，但是一旦奶奶死了就会睡进那口棺木，而棺木也将被抬出堂屋，埋到河边的墓地里去，这是榆希望的事。

榆夜里不敢和奶奶一起睡了，他开始搬到母亲的房间过夜。这使榆的睡眠变得香甜而沉稳。榆曾经看见母亲朝肚子上贴膏药，贴了很多。榆说，为什么贴那么多膏药，母亲回答说，我肚子疼，贴了膏药就不疼了。这是很久以后榆回忆起来的一个细节，它对榆最终弄清母亲的死因有所帮助。

一个寒风凛冽的早晨，榆在仓库里发现母亲仰卧在地上，那个被榆用过的农药瓶倒在她的身边。榆闻见了一种强烈呛人的气味，它由农药和伤膏药的气味混合而成，榆几乎窒息，他挣扎着去拉母亲的手，那只手冰凉冰凉的，已经僵硬了。

榆的母亲在家中停灵三天。前来守灵的村里人交头接耳窃窃私语，他们问榆许多莫名其妙的事，其中多次提到那个姓王的木匠。榆只是哭泣着说，我不知道，我不知道，我以为奶奶快死了，我不知道妈妈为什么会死。村里人说，孩子还不懂事，他奶奶不说，谁还说得清呢？

榆的父亲没有回家奔丧，谁都知道他也是一个游村走街的木匠，没有人知道他在什么地方。

第四天榆的母亲被装进了棺木。棺木是原色的，还没有油漆，因为一切都猝不及防。死是一件意料不到的事。榆跟着四个抬棺的汉子朝河边走，那是清晨霜降的时候，雪白的霜无声地落在棺木上，落在送葬者的头顶上，原野和树木也弥漫凝霜，乡村的景色一如既往地肃穆恬淡，适宜于任何一种出殡的形式。

在离墓地几步之遥的公路上，榆突然站住了。榆的目光落在公路前方，那里出现了一个肩挎工具的木匠。送葬的人们也站住了朝那儿张望。有人说，会不会是榆的父亲？他们很快发现那不是榆的父亲，公路上游村走街的匠人是很多的，这天早晨出现的是又一个陌生的木匠。

我怕。

榆就是这时候发出了凄厉的尖叫。他推开人群在公路上狂奔起来，榆头戴白色孝布在公路上狂奔起来，远看很像一匹白鬃烈马。

乘滑轮车远去

在风行滑轮车的年月里，十八岁的猫头一直是街上少年所崇拜的英雄。猫头是制作滑轮车的大师。那时候在我们街上吱扭扭横冲直撞的滑轮车有二十余辆之多，它们几乎都出自十八岁的猫头之手。

猫头个子很高，腿与手臂很长。猫头的眼睛像他母亲一样的乌黑发亮，猫头的鼻子像他父亲一样的挺拔威武。就这么回事。猫头实际上是一个小美男子。我的两个姐姐都这么说，说他以后肯定能找一个上海姑娘结婚的。

所以我不相信那天看见猫头干的下流事是真的。

那天是九月一日。少年们秋季入学的头一天。我在铁匠弄里的红旗中学上高一了。早晨的时候我决定把黄书包收起来，采用另外一种上学姿势：把所有的课本笔记本夹在腋下。这是我们街上高中生和初中生小学生的区别。你必须遵守这种街规，你要是在我们街上长大，会懂得这种街规比学校的校规重要得多。

我一出门就看见我弟弟在化工厂的大门外偷玩我的滑轮车，我冲他喊了一声，“停住！”他就慌了，我看着他笨头笨脑慌慌张张地放开了龙头。滑轮车驮着他的半片屁股撞到铁质语录牌上。当。我就知道滑轮车要完蛋了。我把腋下的书本全甩到水门汀上冲过去，朝我弟弟的屁股踹了一脚，但已经来不及啦，滑轮车的四只轮子滑出了木轴，在地上乱滚一气。那时已经快上课了，中学生们走过化工厂门口汇向铁匠弄，而我和弟弟满头大汗地修理滑轮车，怎么也弄不好，你要知道我弟弟是个废物，一点也帮不上忙。后来他哭哭啼啼地说，“去找猫头吧。”

就去找猫头。猫头天天在家里。猫头不想到乡下去插队，猫头才有工夫给我们做那么多的滑轮车。我们扛着可怜的破车来到猫头家。那扇暗红色的门反锁着，四只手一齐敲门，无人答应。我弟弟说，“猫头去上学了吧？”我说，“放屁！人家早毕业了。”我想猫头早晨是不出门的，他为什么不给我开门呢？说不定他是躲在家里研究新式的滑轮车。我闯进隔壁木木家，我知道从木木家窗子跳过去就是猫头家的天井，而猫头的房间窗户又对着天井，可以看看他在干什么。就这样我钻到了猫头的窗前。窗开着，却垂着窗帘，里面悄无声息。我轻轻掀开窗帘一角朝里张望，看见猫头站在地板上，红裤头褪到膝盖处。猫头在玩他自己的鸡鸡。是真的，一点不骗你。

猫头怎么会干这种事？我怪叫了一声就逃开了，翻回木木家窗子。我想不到猫头除了做滑轮车还做这种事。我弟弟见我出来就问，“猫头呢？”我嘻嘻嘻笑。他摸不着头脑，又问，“猫头在干吗？”我涨红脸憋了半天说，“猫头是个臭流氓。”说完我把破车子朝弟弟肩上一搁就朝铁匠弄跑了。

那天是九月一日，秋季开学的头一天。但是头一天我就迟到了。

我要说的其实不单是猫头的故事。

我要说的是九月一日那一整天的事，那天的事情发生得莫名其妙稀奇古怪，但对于我来说显得意义深远，直到现在我还记得很清晰。

我气喘吁吁跑到教室门前喊报告。

教室里的混账东西都幸灾乐祸地龇牙咧嘴地对我微笑。世界上迟到的事是天天发生的，我不知道他们凭什么要笑我。政治教师齐大胖朝我点点头说，“你还行。你还记得教室的门。进来吧。”我刚跨进教室推开半掩的门，一把扫帚一只畚箕就掉到我头上肩上。我听见教室里一片哄笑，这全是混账教师齐大胖唆使同学干的。齐大胖一贯如此混账。你要知道他是根本不配教马列主义政治的。

我忍气吞声地找到座位，发现邻座是女的，而且是李冬英。我的气就更不打一处来。凭什么让我跟班上最脏最丑的女孩坐？上课的时候我不断地用胳膊和腿把李冬英往外面拱，李冬英就木呆呆地往外面移，最后她差不多是坐在过道里了，我才罢休。我听见齐大胖突然抽查起毛主席诗词来了，他把张矮叫起来啦，他提问："春风杨柳多少条？"张矮说，"万千条。春风杨柳万千条。"齐大胖又问："六亿神州怎么摇？"张矮摸了摸脑袋，回答："六亿神州尽舜尧。"我很怕抽查到自己头上，我的脑袋乱得一塌糊涂，眼前尽是猫头干的下流勾当。那辆滑轮车还找不找他修呢？

"哇！"木头人丑八怪李冬英忽然张大嘴巴哭嚷起来，大家都惊讶地望着她。"你怎么啦？"齐大胖走下讲台，他看看李冬英又看看我。"是不是你把她惹哭的？"我说，"我没惹她，她自己爱哭有什么办法？"齐大胖就去拉李冬英坐到原来的位置上，李冬英却僵硬地仰着头，夹紧了双腿依然大声哭号，有人突然惊叫，"哎呀，她流血了！"低头看她坐的椅子，果然有血。紧接着我的头被齐大胖敲了一记，"又是你干的好事，给我滚出去。"齐大胖一边怒骂一边把我揪出来朝门外推。我让李冬英搞迷糊了，愣头愣脑地出了教室。站在窗前听着李冬英哭了一会儿又戛然而止。

我想今天碰到的事情都出鬼啦。但是不让我上课也没什么可伤心的。我沿着学校的围墙走。九月的阳光在头顶上噼噼噗噗地奔驰而过。有一只小白兔从围墙的窟窿里钻进来，在草丛里蹦蹦跳跳的。那只兔子的眼睛像红宝石一样闪闪发亮。我撒开腿去追兔子，兔子就惊慌地逃了。我也不知道追兔子有什么好玩的。问题是你不追兔子又有什么好玩的呢？

最后兔子被我撵到围墙尽头，那是个死角，一边是学校废弃的旧仓库。那只兔子就呆呆地蹲在墙角，神态活像该死的李冬英。我一个箭步上去抓住了兔子，我看见兔子闭了下眼睛，随后发出了一种很奇怪的轻微叫声。它在我的手里一动不动，显得老实而驯顺。我试着松了松手看它跑不跑，它依然不跑。我觉得那只兔子真是像透了木头人李冬英。九月的阳光在头顶上噼噼噗噗地奔驰而过，兔子的皮毛摸上去温暖舒服。我从兔子身上狠狠地拔下一把兔毛，放开了它。

问题还是出在兔子身上。那只该死的兔子有钻窟窿的癖好，我看见它逃走后又从旧仓库的大门窟窿里钻了进去，紧接着我听见旧仓库里发出一个女人的惊叫，紧接着是破桌椅乒乒乓乓地倒在地上，我跑过去扒住大门，跪在地上，低下脑袋从窟窿里张望，我先是看见了纠缠在一起的四条腿，然后我又看见了一男一女两个人，男的是我们学校的江书记，女的是教过我们唱歌的音乐老师。

这又是怎么啦？

我的手里抓着一撮兔毛。在阳光下兔毛温暖而柔软，发出雪白的光泽。我举起那撮兔毛仔细地看了看，一边走一边鼓起腮帮把兔毛一根根吹走。我的脸憋得又烫又红。

放学时我是和张矮一起走的。张矮比我矮半个头，但我知道他是已经发育好了的。张矮跟你一起走路时就要勾肩搭背，但是只有他搭你的份，绝对没有你搭他的份。那天张矮就这样搭着我的肩出了校门。我要往东走回家，他却用劲推着我肩膀朝西走。

张矮说，“跟我去石灰场看热闹。”

我说，“去石灰场干什么？”

张矮说，“有人约定在那儿单甩（一对一打架）。”

我说，“我的滑轮车坏了，我得回家修去。”

张矮吸紧鼻子嘘了我一下，他说，“玩滑轮车算什么东西？我明天替你砸了烧炉子。还是跟我去石灰场吧。”

“谁跟谁？”我问。

“猪头三跟癞八。”

我嘀嘀咕咕地跟着张矮朝石灰场去。石灰场是以前建筑队烧石灰的地方，现在窑已倒塌，成了一片空地，是街道开群众大会和少年们决斗的好地方。我们走到石灰场时看见里面已经聚了好多人，有认识的，也有陌生的。你一见他们就知道个个是狠客。我靠在一堵断墙边不走了。

“不是单甩。”我说，“你他妈骗我。”

“单甩不单甩的都一码事。反正要放血。”张矮笑了笑，推我，“进去呀！”

“我先在这儿看看。等会儿再说。”

“好吧，等会儿再说。”张矮又勾住了我的肩膀。

原来是群架。我分不清那一大群人谁是猪头三的人谁是癞八的人。猛听见人群中爆发出一声怪叫，紧接着那些人影就急剧地波动开了，他们跳跃着碰撞着怒骂不绝，相互殴打，在正午的太阳下仿佛奔马嘶鸣，蔚为壮观。

“恐怕猪头三打不过癞八。他眼睛开花了。”我说。

“你懂个屁。猪头三后发制人。”张矮说。

石灰场里的形势正如我判断的，猪头三快顶不住了，我看见他的人马有几个偷偷溜了出去。这时候张矮开始紧张地喘气，他的手臂勾住我的脖子快把它勒断了。我对他说：“你快松松手。”张矮盯着猪头三根本没听见。张矮眼睛绿了一下，突然推了我一把，“上，我们上！”

“我们上？我们帮谁？”

“当然是猪头三，他是我师父。”

“我不想上。”我抓住了一根树枝，抛开张矮的手说，“我要回去修滑轮车了。”

“你敢不上？”张矮瞪着鬼眼睛，“你今天不帮我忙明天我踩你肋骨。”张矮说完大吼一声跳过断墙朝癞八扑过去了。

我这才明白张矮是带我来打架的。张矮已经悄悄地加入了猪头三的队伍，我事先一点不知道。我看见癞八不屑地微笑着躲掉了张矮的扑击，然后抬起那条著名的弹簧腿朝张矮的下巴踢了一脚。张矮的脸一下子就变形了，他的下巴脱臼了。张矮站在人堆里捧住下巴，眼睛看着我。他的眼神绝望而愤怒。我忽地打了个冷战，转身朝铁匠弄跑去。我想这不能怪我，张矮的下巴是瘸八踢掉的不关我什么事。

我在铁匠弄拼命奔跑的时候，觉得自己就像那只兔子被追逐着拼命奔跑。

按照时间顺序，下面该讲到九月一日的下午了。

九月一日的下午我没去学校，我一直在家里鼓捣修理滑轮车。我父母都在家。母亲找出一捆红绒线，让父亲伸出胳膊把线绷紧了，她就开始团线。他们夫妻两个配合默契，母亲像幼儿园的阿姨，父亲像幼儿园的好孩子。

从下午开始隔壁的疯女人一直在哭号，时断时续。疯女人的哭号是没有规律的，我们一家已经习惯。每当隔壁鸡犬不宁时，母亲就要批判疯女人的男人，“谁让他色迷心窍。要找漂亮的漂亮的，不漂亮的不要。好，总算找到了漂亮的。漂亮的又是疯的。”这番话包含着某些哲理。但我觉得有些颠倒是非，好像发疯的不是那女人而是她的男人小孟了。

疯女人在漫长的哭号过后总要从孟家后门冲向河滩，这也是习惯。据说疯女人都是喜欢溺水的。然后小孟就追出来抱住疯女人杨柳般的腰肢，把她拖回家。以往都是这样，但九月一日下午有所不同。我看见疯女人半裸着上身，举起双臂朝水里走，肮脏发黑的河水已经没到了她的腰肢上。小孟却还不出来救她。我尖叫起来：

“她要淹死啦！”

母亲边缠线边说，“小孟怎么还不出来？”

父亲回答说，“小孟恐怕起杀心了。”

我看见疯女人越走越深，现在她丰满洁白的乳房像睡莲一样漂浮在水面上。她举起双臂就像吴清华被缚在椰子树上。我浑身的血突然一热，“我去救她！”我这样喊了一声就飞步冲向了河滩。我跳进河水里向疯女人游去。要知道在水里救人是很讲究技巧的，你不能去抓溺水者的手，而要抓他的头发，你要像拎一只小鸡一样把他拎到岸上，否则大家一起完蛋。我抓住了疯女人的头发就往回游，没想到她一下子抱住了我，贴在我的身上。“放开，别抱我。”我吓白了脸，但疯女人是不管你的技巧和安全的，她光滑的身体像条鱼一样嘬着我，充满了危险的热量。很快地我也成了溺水者，如果不是我父亲及时赶到，我就随疯女人一起到东海龙王那儿厮混了。

我和父亲浑身精湿地把疯女人推到小孟家后门。我要说那个疯女人确实美丽绝伦，在岸上我不敢再看她半裸的身体了。我父亲对我说：“背过脸去。”我就背过了脸，我觉得自己有点不对劲了。

小孟的脸在后门黑黝黝地一闪，把疯女人往里一拽，然后砰地把门关上了。他连“谢谢”都没说，这实在不懂礼貌。我和父亲救了他老婆，他却砰地把我们关在门外了。依我看小孟根本不配活在这世界上。

我在房里换衣服的时候，听见有人走进了我家，听声音是猫头他妈。她急速地跟母亲说着猫头怎么猫头怎么的。我就隔着一道门板问：“猫头怎么啦？”

“正要问你呢。”母亲说，“猫头不见了。”

“猫头怎么不见了？”我说，“他不见了关我什么事？”

“猫头跟他妹妹说，他要找你算账。”猫头他妈敲了敲门板，“你们到底怎么回事？你知道猫头上哪儿了吗？”

“算账？算什么账？”我很惊奇，突然想起早晨的事。也许猫头知道我看见了他干的下流事？我考虑了一下就大声说，“我没看见！我没看见他干的事！”

我很恼怒。早晨的事难道能怪我吗？猫头凭什么找我算账？我还有点害怕。猫头毕竟是猫头，他既然要找我算账就早一点吧，他怎么又找不见人影了呢？

夜里街上大乱。突然听见一个女人的哭声像拉起了警报。我跑出门外，看见街上到处是人。一辆三轮车慢慢地经过人群，骑车的是猫头他爸，猫头他妈坐在车上掩面大哭。我看见猫头满身血污躺在三轮车上。原来是猫头死了。我头皮一麻，目瞪口呆。

“猫头怎么死了？”

“让汽车撞了。”

“猫头玩滑轮车，钻到汽车肚子里去了。”

我追着那辆三轮车。我看见猫头的脸被一块手帕蒙住了。他被汽车碾过的长臂长腿松弛地摊在车板上。我看不见猫头的脸，但我看见了猫头自己的滑轮车堆在他的身边。昔日街上最漂亮的滑轮车现在已成为一堆废铁残木。我想不通的是猫头驾驶滑轮车的技术无人匹敌，他怎么会让汽车撞了呢？

我最终想说的就是九月一日的夜里。那是我学生时代睡觉最晚的一夜。夜里我发烧了，我知道自己烧得很厉害但我不想对父母说。我裹紧了一条旧毯子躺在小床上，听见外面的街道寂静无比，蟋蟀在墙角吟唱，夜雾渐渐弥漫了城市，钻进你的窗子。我的思想在八千米高空飞行。如果那真的是思想的话，你用一千把剪子也剪不断那团乱麻。我不知道我是否睡着了，只记得脑子里连续不断地做梦。其中一个梦我羞于启齿。梦中，我正模仿着猫头的那个动作，而我的滑轮车正在一条空寂无人的大路上充满激情地呼啸远去。

犯罪现场

启东有一天满头大汗地闯到莫医生家，说他祖母死了。启东拉起圆领衫的下摆在额角和鼻子上胡乱地擦着，露出一个浑圆的食物过剩的肚子。“我祖母死了！”启东一连说了三遍，说到第三遍时他已经不再结结巴巴，他的目光绕过莫医生和他手里的书，像一束探照灯的灯光照亮了橱柜上的那堆东西：听诊器、血压计、红十字药箱和一只异常光滑而洁净的铝盒。莫医生没有留意启东的目光，他一边穿上白大褂一边说，“什么时候死的？”启东说，“刚刚死的，莫医生你干吗把针筒藏在饭盒里？”莫医生这时突然意识到什么，他的脚步停在橱柜旁边，“已经死了？”莫医生皱着眉说，“死了我去有什么用？你叫我去干什么？”启东咽了一下唾沫，脖子扭来扭去的，“我没说她死了，也许，也许她还没死透呢。”他偷偷地瞄了莫医生一眼，又说，“你是医生嘛，不找你找谁？”

你知道莫医生那个人的，他是个古道热肠的好心人，虽然他的医术囿限于治疗感冒惊风一类的病症，但只要你求助于他，他总是一丝不苟地把你的嘴用木片撬开，把听诊器按在你胸口，听你的心是如何跳动的，我们街上不知有多少人的心跳声被莫医生听过。所以那天莫医生照例拿起听诊器塞在口袋。“去了也不一定有用，”莫医生说，“可不去也不行，都是街坊邻居嘛。”

莫医生随手拉上门走到街上，走了几步突然发现启东不见了，他想启东应该在前面带路的，怎么一下子就不见人影了呢？他高声喊了几声，没听见启东的回应，倒是几个妇女满脸堆笑地跟他打招呼，莫医生柔声应酬着，一边大步流星地朝街东走，他心里想启东肯定先跑回家去了，病人的亲属们跑起来都像一阵风，这没什么奇怪。莫医生一边走一边又想起启东的祖母，那个眉毛上长了三颗痣的老妇人，几天前还看见她提着一篮腌菜在街上走呢，怎么突然就不行了？莫医生对这件事突然有点疑惑，但你知道莫医生那个人，救死扶伤是他的最高信条，有人在奄奄一息地等他，他不容许自己产生这样那样的疑惑。在通往启东家的路上，莫医生预先设想了老妇人的病症，他猜那肯定是脑溢血，肯定是脑溢血。

莫医生不知道他随手把启东反锁在家里了。

我们至今难以确定那天的事是一次意外，还是谁蓄谋已久的计划。让人哭笑不得的主要是启东，莫医生拉门的时候他一声不吭，鬼知道他葫芦里卖什么药？唯一可以确定的是启东愿意被反锁在莫医生的家里。

门被拉上后光线突然暗了下去，启东的心随着撞门声怦然一跳，然后它也渐渐地沉到一种奇妙的幽暗中去了。启东张大了嘴，呼呼地喘着粗气，他闻到一股酒精或者乙醚的气味，有点刺鼻，但也令人警醒，眼前的处境酷似某个梦境的翻版，启东只是记不清什么时候做过这个梦了，你可以想象他当时脸上的表情，一个间谍潜入敌方的档案库该是什么样子？启东就是那样，他握住一支假想中的手枪，朝屋子的门窗瞄准着，一步步往橱柜那儿退去。

启东打开了橱柜上的那只铝盒，不出所料，盒子里装着整套的注射用品：三个针筒、七八个针头、两瓶普鲁卡因，还有一堆药棉。启东先是抓起针筒往口袋里塞，转念一想他为什么不连盒子一起拿走呢。启东想把铝盒往口袋里塞，但口袋太小了，塞不进去，一着急就把口袋撕扯坏了。启东抓着铝盒在莫医生家里徘徊，他在假想莫医生失去了这只铝盒会怎么样，会怎么样呢？不会怎么样的，他是个大好人，启东想他这样的大好人不该把他当小偷的，再说，他是个医生，医生才不会稀罕针筒针头这些东西呢。

墙上的自鸣钟当当地敲了几下，突然敲响的钟声使启东吓了一跳，启东决定离开莫医生的家。当启东从门上的气窗缝里一点点地挤出脑袋时，他最后打量了一眼莫医生的家，古旧的漆色剥落的家具，有点潮滑的水泥地面还有被他最后撞到的电灯绳，它们都在启东的视线里摇摇晃晃，启东仍然觉得这幕画面像一个梦境，这个梦境很像一个熟悉的犯罪现场，只是他想不出究竟在哪儿见过这个犯罪现场了。

启东落地的时候差点踩到一只猫的尾巴，他认出那是理发师老张的猫。老张的猫用冷峻的目光瞪着启东，它的叫声听起来夸大其词地尖锐，启东挥起手朝猫做了一个打耳光的手势，他说，“你他妈的瞎叫什么？我又不是小偷！”

眉毛上有三颗痣的老妇人是启东的祖母，有一天她躺在床上午睡，突然看见一个体形瘦长的男人站在纱布蚊帐外面，男人伸手要撩起蚊帐，老祖母便像一个姑娘一样尖声大叫起来。

“原来是莫医生！”是莫医生老祖母就放心了，但她仍然不知道莫医生为什么突然造访。她掩饰了惊慌之色起床招待客人，但她的眼光仍然疑窦丛生，试探着莫医生的来意。

莫医生脸色苍白，他在藤椅上坐了三次，结果都站起来了，莫医生说话吞吞吐吐的，他说，“你不像……你没什么不舒服吧？”

“就是偏头疼。”老祖母说，“老毛病了，都是让启东气出来的。”她端详着莫医生的脸，犹豫了一会儿说，“我看莫医生你的脸色倒不太好，你也没什么不舒服吧？”

“我不，我不太舒服。”莫医生苦笑起来，他的手在白大褂口袋里愤怒地抓挠着，但他就是不愿意把愤怒摆到脸上。“启东，启东这孩子，”他说，“启东是不是很喜欢撒谎？”

“就是，没有他不敢撒的谎。”老祖母蓬乱的脑袋左右摆动起来，“我不能骂他，一骂他，他就对别人说我死了，说我死了。”她的声音突然堵在喉咙里，巨大的悲愤之情使老祖母的诉说语不成调，“有一次他打电话到火葬场，火葬场……装死人……车……车就开来了。”

莫医生没有让她再说下去，他挥了挥手，好像要把这件不愉快的事情驱走，然后莫医生就匆匆告辞了。老祖母追出去向莫医生要几张麝香药膏，莫医生没有听见，他大概还在思考启东撒谎的原因，启东的祖母看见莫医生突然站住，回过头说了一句无关痛痒的话，“不要骂他，骂有什么用？他毕竟是个孩子嘛。”

那天傍晚时分莫医生神情空茫地来到公共小便池附近，逢人便问，“你看见启东了吗？”人们都反问他，“莫医生你找启东干什么？”又有人说，“刚刚见他在码头上呢，你现在去肯定能找到他。”莫医生站到一只废油桶上朝码头那儿瞭望了一会儿，旁边有人说，“启东肯定在码头上，你去找他吧。”但莫医生最后摇了摇头，他说，“算了，算了，他毕竟还是个孩子嘛。”说完他踮着脚尖走到了小便池边，我们都听见莫医生一边小便一边沉重地叹息着。

我们当时不知道莫医生是什么意思。那天夜里理发师老张的猫暴死在街头，老张用一只畚箕装着死猫沿街咒骂一个不知名的凶手，老张不知道他在骂谁，我们就更不知道了。我们街上有许多人自以为聪明盖世，但没有一个人具备侦探必备的嗅觉和眼光，没有人会把老张的死猫与莫医生在小便池边的言行联系起来，更没有人会由莫医生寻找启东的事件中想到那只猫的死因了。

你知道老张的死猫仅仅是开始，后来街上发生的怪事就不可收拾了。

启东给老张的猫打了一针，猫很快就死了。事情进行得如此干脆有效，出乎启东意料之外。启东原先并没有想置猫于死地，他记得那天夜里拿着针筒在街上走，他只是想给什么东西打针，一时却找不到目标。走过浴室外的煤堆时启东又看见了老张的猫，猫的眼睛让启东想起恫吓、目击者和敲诈勒索这些字眼，猫爬过煤堆时频频回首的样子显得诡秘而阴险，启东不怕那只猫向莫医生告密，但当他决定把猫作为第一个注射对象时，脑子里确实闪过了哪部电影中杀人灭口的画面：一个杀手捧着鲜花去敲一个女人的门，枪就藏在那束鲜花里。启东杀猫的灵感就来自这里。后来他用一包鱼干诱捕了老张的猫，他为猫注射了自己配制的针剂，针剂中含有盐、糖、味精、蓝墨水等多种物质，启东最满意的就是针剂的蓝色，他相信那是世界上独一无二的针剂。

启东回家时街上已经是漆黑一片了，老祖母拿着一支手电筒倚门而立。“你还知道回家呀？”老祖母说，“我以为警察把你抓走了呢。”启东不理睬她，他觉得手上黏黏的很不舒服，而且有一股难闻的怪味，老张的猫那么脏，启东想那么脏的猫死了也是活该。老祖母撵着启东，用手电筒照他的脸，她说，“你肯定是做坏事了，我管不了你，写信让你爹回来收拾你！”启东不理她，他打开水龙头，一遍遍地往手上抹着肥皂。老祖母用手电筒照启东的手，不知是老眼昏花还是神经过于紧张，她把黑色的皂沫看成一种红色，“启东你杀人啦？”老祖母尖叫起来，“启东你把谁杀啦？”

惊惶的老祖母把手电筒扔在地上，启东俯身捡起它，冷静地关掉了电源。启东嗤嗤地笑了几声，然后低声嘀咕了一句，“要杀人第一个把你杀了。”老祖母说，“你说你把谁杀了？”启东便不吱声了，这么威胁老祖母只是出于对她的厌烦，就像他到处报告祖母死亡的消息只是想看看别人的反应。启东认为他做的一切都是有道理的，只是他无法说清这种道理，即使说清了别人也听不懂，就像老祖母，不管你对她说什么，她总是做出错误的理解，而且还喜欢大惊小怪地哇哇乱叫，所以，他干脆什么也不说。

启东把针筒放在铝盒里，把铝盒藏在抽屉里，他记得盒盖闭合时发出清脆的咔嗒一声，这种声音后来在夜梦中再次出现——在梦里他打开了铝盒，他拿着一支针筒在一条人声鼎沸的街道上走，街道上的人七嘴八舌地争吵着，他看见自己威风凛凛地闯进人群中心，“你们都给我闭上嘴！”他听见自己严厉的声音，有几个人仍然固执地喋喋不休，他就亮出了那支针筒，撩起这个人的衣袖，扒下那个人的裤子，给他们每人都打了一针。启东清楚地记得针筒中水剂的颜色，不是蓝色，它是黑色的。

启东最初是把一些小动物做他的试验品的，主要是左邻右舍的鸡。

那些鸡夜间猝死在屋前房后，鸡主人剖开鸡腹时有一种黑色汁液溅出来，他们以为那是病毒。“杀鸡的时候启东还凑近了看热闹呢！”后来有几个妇女撇着嘴这么说。说起来我们许多人都注意到启东走路有点鬼头鬼脑，他把手插在口袋里，眼睛也斜着看人，我们之所以对启东无所察觉，是因为看不见他口袋里的那支针筒。事情败露以后曾经有人说他看见过启东口袋上的黑渍，说他曾经把它与死鸡腹内的黑色汁液联系起来，那已经是无济于事的废话了。

只有莫医生一个人知道启东口袋里藏着什么，假如莫医生像我们一样聪明就好了，可这个大好人却不聪明，他完全没有想到街上纷纷死去的鸡鸭猫狗与那盒针筒的关系。他想找到启东把那盒东西要回来，但你想想吧，启东那孩子怎么会甘心把它交出来？

启东看见莫医生就溜，有一天他从桥上一阶一阶地蹦下来，恰好撞在莫医生怀里，莫医生就一把抓住了他。莫医生说：“你以后不能骗人了，就是骗人也不能说你祖母死了，怎么能这样对待老人？你小时候生肺炎，不是你祖母天天背你来打针，你自己就死啦。”启东不说话。莫医生说：“你怎么把我打针的东西都偷走了？偷去干什么？”启东扭过脸说：“我没偷，你说我偷有什么证据？”莫医生一下子反倒给他问住了，莫医生笑了笑说：“好，不算偷，那我问你，你拿我打针的东西去干什么？那又不是小孩子玩的，你想给谁打针呀？”启东猛地昂起脖子说：“我没拿！”他甩掉了莫医生的手跑出去，跑出去几米远，启东回过头，恶狠狠地说，“给你打一针！”

莫医生那次被启东吓了一跳，主要是启东眼睛里莫名的怒火，它使莫医生感到惊愕，他这辈子从来没见过别人的这种怒火，他的一颗善良温和的心被这种怒火严重地灼伤了。莫医生不知道启东是怎么回事，直到后来也不知道，据他后来回忆说，那天的事让他特别伤心，孩子们恶语伤人总是可以原谅的，但他开始担心启东拿着那盒东西做出什么坏事来，从那天开始，莫医生一直在寻找启东，他想把那只铝盒要回来，但他索要东西的方法或许太仁慈太迂腐了，启东每次都从他身边轻易地逃脱。莫医生也曾经去启东家，他刚走到门边，门就从里面撞过来，把他的鼻子撞出了血。这件事终于使莫医生肝火上升，他捂着鼻子对门内喊：“启东啊启东，这样下去你会走上犯罪道路的！”启东却在门内说：“你才会犯罪呢！”莫医生说他一辈子与人为善，不动肝火，没想到最后会对一个孩子生这么大的气。

事情是从一个星期天的早晨开始变坏的，莫医生正要去白铁铺给铁匠老王打针，走到半路上就给马凤山堵住了。马凤山背上驮着一个啼哭不止的小男孩，马凤山说：“不好了，我儿子手腕上鼓出一个大黑包，莫医生你给看看吧。”莫医生抓过小男孩的手，果然看见腕上有一个大黑包，皮肤下好像积了一包污液。莫医生下意识地叫起来：“危险，这是哪个医生给孩子打的针？”马凤山说：“不是医生，是启东那杂种干的，他骗孩子说打预防针，那杂种，那杂种，不知把什么打到孩子手里去啦！”

莫医生的脸色立刻变得煞白，他掏出一块手帕把小男孩的胳膊扎紧了。“送医院，以防万一。”莫医生的声音听上去很虚弱，他说，“就怕他找到了静脉，不会的，他不会找到静脉。”莫医生说着摇了摇头，他注意到马凤山的表情很紧张，他想安慰马凤山几句，但最后却在他肩上推了一把。“快去医院，”莫医生说，“我不能陪你去了，我得去找启东，我一定要把那盒东西要回来，姑息养奸会惹出大乱子来的。”

莫医生背着红十字药箱在街上疾步如飞，我们都看见他了。那天莫医生神情异样，对路上所有挥手微笑的熟人视而不见，我们都以为是谁家出了流血事件，便有人跟在他身后走，你知道跟着莫医生走是常常能看到热闹的。

走过石码头时莫医生站住了。马凤山家的几个大人正围住启东吵吵嚷嚷的，有人逼着启东把针筒交出来，马凤山的妻子已经把手伸进了启东的口袋。启东的双手死死捂住口袋，他像一匹受惊的小马左冲右突，终究没有冲出大人们的包围圈。莫医生听见启东狂叫着。嘴里发出一串污秽不堪的骂街声。莫医生终于忍不住他的怒火，他冲过去大叫了一声："把他摁住，把他摁住！"

莫医生的指令使马凤山家的人有点惊讶，但他们很快听从莫医生的话，齐心协力把启东摁在了地上。你可以想象启东反抗时又咬又蹬的样子，但他毕竟是个十三岁的孩子，最后我们看见启东被许多手紧紧地压在地上，启东的叫骂声渐渐地变成受辱的啜泣。

莫医生怒不可遏，那可能是莫医生一生中第一次愤怒，他从启东的口袋里拿出了那支针筒，我们看着莫医生熟稔地朝空中推出一股细细的黑水，把针筒放回了红十字药箱里，我们看着莫医生取出一支干净的针筒，又取出一瓶纯净透明的针剂，有人凑近了看那瓶针剂，看见那是一瓶链霉素注射液。

莫医生怒不可遏，他扒下了启东的裤子，他在启东又白又胖的屁股上打了一巴掌。"你喜欢打针？你以为打针好玩？你以为针筒是拿来做坏事的？"莫医生手执针筒高声责问着，他颤抖的声音使在场的人为之心酸，他眼睛里的怒火却使人感到陌生而震惊，这时不知是谁说了一句："莫医生也发火啦！"

莫医生当然是发火了。莫医生怒不可遏。那天我们看着莫医生向启东的屁股注射了链霉素，注射了整整一针筒的链霉素。我们记得莫医生的手抖得很厉害，而启东的屁股开始时还像一只苹果，后来就像一只鼓胀的气球了。

假如你稍具医学常识，你会知道链霉素过量是导致人们后天失聪的原因之一，我们街上的人本来是不会懂得这种常识的，但莫医生给启东打针的故事家喻户晓，嘴唇传播的是故事，而人类的许多知识就这样借着故事传播开来了。

启东就是那个年轻的白铁匠，人人都知道他是一个聋子。因为启东是个聋子，他敲铁皮就敲得特别响，遇上雷雨天气，遇上启东在白铁铺里敲铁皮，你就别想听见天上打雷的声音。孩子们听从父母的告诫，至今不敢去招惹白铁铺里的那个聋子，而年长的人们每次看见聋子启东，不由自主便想起已故的莫医生，他们都记得莫医生是怎么死的，但没有人忍心谈论他，在他们看来缄默是怀念莫医生的最好方法。

现在我们遇上看病打针的事就不太方便了，医院离我们这儿很远，假如是头痛脑热的小病，我们干脆就不去管它了。

声音研究

他们是在无意之中走到五一广场来的。一个男孩，有着柔软的抹过定型摩丝的头发，穿着蓝牛仔短夹克和蓝牛仔裤，另一个女孩，有着更为柔软更为湿亮的披肩长发，也穿着蓝牛仔短夹克和蓝牛仔裤。他们手牵着手走到了五一广场。十分钟前男孩还坐在附近的电子游艺室里，男孩操纵着荧光屏上的一场模拟拳击比赛，女孩就站在他身后，女孩不停地用手去拉他的衣袖，每拉一次荧光屏上的两个拳击手就像两个木偶撞在一起，男孩忽然甩手给了女孩一记耳光，打不死你？他高声骂了一句，眼睛仍然盯着荧光屏。游艺室里的人都回头朝这里望，女孩捂着脸，向那些家伙投去恶狠狠的白眼，他们果然纷纷把脑袋转回去了，游艺机的音乐在沉寂了几秒钟后又重新喧响起来。女孩从小皮包取出一面小圆镜和粉饼，对着镜子往脸上敷了些粉霜，然后她突然凑到男孩耳边，低声说，我们吹啦！

女孩走到街上男孩就追出来了，他们拉拉拽拽地在街上走，路过的行人可以听见女孩用许多侮辱性的字眼咒骂男孩，男孩一声不吭，他的手执着地拉着女孩不放。女孩后来就不再挣脱了。他们在一家冷饮店门口对视了一会儿，突然安静下来。男孩跑到柜台前买了一个巧克力蛋筒，塞到女孩手里。女孩说了句什么，一边扭着身子一边把巧克力蛋筒往嘴里送，后来他们就手牵着手往广场这里来了。

他们来到广场时已经重归于好，那时女孩刚吃完了冰激凌，她说，手上黏黏的，难受死了。男孩指着广场上的喷泉说，那儿不是能洗手吗？就这样他们走到广场来了。

广场并不太大，准确地说它只是一个街心花园，说它是花园也不太准确，因为没有树，也没有什么花，只有一圈环形冬青树丛和几张长条椅，还有一个新近出现的青铜雕塑。但是人们都称这个地方为五一广场，那我们就该把它当作一个广场。

他们原先不准备留在广场的，女孩在喷泉下洗完手，附近的一对男女恰巧离开了东边那张长条椅，女孩急忙跑过去抢占了唯一空余的长条椅，过来，这儿有座位，女孩向男孩喊道，过来坐呀！

男孩没有留意女孩，他仰头望着那座高高的青铜雕塑，说，这叫什么艺术？怪里怪气的，是什么东西？

女孩说，你管它是什么东西，快过来坐！

是什么东西？男孩仍然仰着头观察那座铜像，他嗤地一笑，说，是个机器人吧？

你过不过来？女孩的声音显得有些恼怒，她从地上捡起一个苹果核朝男孩掷过去，你傻头傻脑地站在那里，看什么呢？

男孩跑过来，挨着女孩坐下。男孩将一只手搭在女孩肩上，脑袋却仍然朝青铜雕塑转过去，他说，你看那雕塑，是个机器人吧？那帮人真他妈会瞎闹，要搞雕塑也该搞个维纳斯嫦娥奔月什么的，怎么搞了个机器人竖在那儿？

你什么眼神呢？女孩扭头瞥了一眼，说，那不是三把钥匙吗？

让你这么一说还真有点像，男孩专注地凝视着雕塑，对，就是三把钥匙，男孩说，真他妈的，怎么弄了三把钥匙竖在那儿？

你不懂，那肯定有什么意思的。

什么意思？男孩扳着手指说，三把钥匙，一把大门钥匙，一把抽屉钥匙，还有一把什么钥匙？是防盗门钥匙？

胡说八道。女孩拧了男孩一把，女孩说，你什么都不懂，人家那是艺术嘛。

那你说，三把钥匙是什么意思？

你没听歌里都这么唱，给我一把钥匙，打开你的心灵，打开心灵，肯定是这个意思。女孩说着忽然想起了别的什么，你见过我表姐吗？女孩说，她以前交过一个男朋友，他就是搞雕塑的，那没准儿就是他搞的呢。

搞雕塑有什么了不起的？男孩鼻孔里发出一种轻蔑的声音，他说，我最烦那帮家伙了，头发比女人还长，腿比麻秆还细，张嘴就是什么感觉呀线条呀，我看他们是欠揍，你要是跟他们动真格的，他们就尿裤子啦。

你就会动手打人，打人有什么了不起的？女孩用胳膊肘搡了男孩一下。她从包里掏出一颗蜜饯放在嘴里，打人又挣不来钱，女孩说，会挣钱的人才叫有本事，你要是像大头那样会挣钱，我们现在就可以去南方大酒店喝咖啡了，喝完咖啡去吃北京烤鸭，吃完烤鸭去棕榈宫唱卡拉 OK，那多享受呀，那才叫生活。

大头有什么了不起的？男孩沉默了一会儿，说，其实他比驴还要笨，还不是靠他姐姐家有权有势，他那些钱也吓不死人，全是在深圳坑蒙拐骗弄来的。

那你也可以去深圳呀，你怎么不去骗点钱来呢？

深圳的钱现在也不好挣了，你别听他们把那儿吹得天花乱坠的。你闭上眼睛想吧，要是那儿好挣钱，大头他们还回来干什么？

那你说哪儿好挣钱，你说一个地方给我听听。

你烦不烦？男孩突然按捺不住地吼了起来，打不死你，他愤怒地瞪了女孩一眼，然后伸手到口袋里掏出了香烟和打火机。

女孩吐了吐舌头，不吱声了。女孩这次没有真的生气，她把头枕在长椅背上，朝广场四周随意地张望着，她看见对面的广告墙上挂着一块牌子，牌子是用大玻璃制成的，上面的液晶显示器不停地闪烁着一些数字：60，65，67，这些数字有时静止，有时跳跃。女孩琢磨了半天也不知道那些数字是什么意思。后来她发现每逢驶过广场的汽车增多，那牌子上的数字就会往上跳，她发现了这个奥秘，但仍然不知道那是一块什么牌子。

大约是下午四点钟光景，辐射在城市上空的阳光开始变得柔软和苍白起来，而远处的高层建筑工地的水泥框格渐渐地从灰色转变为橙红，远远望去就像一只巨大的燃烧着的箱盒，下午四点钟以后广场附近的交通开始变得繁忙，潮汐般的市声沿着街道涌来挤去，最后栖留在广场中心的这块绿地上。一个清洁工人拿着水管开始冲洗广场上的冬青树丛，地面上便很快积起了几个水洼，长条椅上的人们有些坐不住了，先是一对老年夫妇起身走了，后来几个外地人模样的也站了起来，广场上一下子显得清寂了许多。

男孩对女孩说，走吧，我们也走吧。

女孩不理睬他，只是朝他翻了个白眼。

男孩以一种讨好的姿态贴近女孩，他把一只手搭到女孩肩上，另一只手揪住她的一绺头发，他说，老坐在这儿干什么？再坐下去要坐出痔疮来了。

女孩忍不住咯咯笑了，但她仍然坐着不动，女孩说，不坐这儿又能干什么？反正坐这儿比坐在家里强。女孩扭过脸去看相邻长条椅上的那个男人，那个男人正在读一本杂志。他在看什么书？女孩嘀咕了一句，她弯下身子斜转过脸瞟了眼杂志的封面，只依稀看见研究两个字，什么研究？女孩重新坐好了，对男孩说，他在看什么研究，这么吵的地方，他怎么看得进去呢？

男孩不屑地说，研究个狗屁，他是装模作样，肯定在这儿等女朋友。

女孩又扭过头去看西边那张长条椅，她看见有两个人各据长椅一侧，一个是鬓发花白的老年男人，那个老人留着如今已属罕见的山羊胡子，手里拄着一根竹拐棍，另外一个是女人，一个包着花头巾的风姿绰约的年轻女人，他们正在热烈地交谈着，根据他们夸张多变的手势和表情，谁都可以得出这个结论。让女孩觉得奇怪的是他们没有发出任何声音，他们是在无声中热烈地交谈。女孩突然想起她在公共汽车上曾经遇见的一群聋哑人，眼睛便莫名地亮了起来，哑巴，哑巴，女孩对男孩说，快看那两个哑巴，他们在打哑语呢！

这有什么大惊小怪的？男孩说，不就是两个哑巴吗？又不是两个外星人。

我觉得哑语挺好玩的。女孩嘻地一笑，说，那老头也挺好玩的，你看他那把胡子，留那么长的胡子，也不怕长虱子。

怎么会长虱子呢？胡子跟头发一样，也要经常用肥皂洗的。男孩说。

你猜他们现在在说什么？女孩说。

我不知道，管他们在说什么呢。男孩说。

我也猜不出来。女孩的目光专注地盯着那两个聋哑人，她说，用手说话，不用声音说话，哑语真好玩。女孩又捂着嘴咯咯地笑了几声，问男孩道，你猜猜，那两个哑巴是什么关系？

大概是父女关系吧，要不就是爷爷和孙女吧。

不对。女孩摇着头说，他们要是亲人关系就不会这么各坐一头，那多别扭呀。

那就是情人关系，老家伙们搞恋爱都是这么假正经的。

又胡说八道。女孩在男孩嘴角拧了一把，你一点也不会看人，什么事都往歪处想，女孩数落着男孩，目光却仍然被两个聋哑人的哑语所吸引，你看那老头的手，翻来倒去的，他在说什么呢。

管他说什么呢，男孩不耐烦地站了起来，他说，别在这儿看两个哑巴了，我们去录像厅看录像，有言情片，你爱看的。

我不看录像，我就在这儿看他们，我爱看哑巴说话。女孩说。

邻近长条椅上的男人这时候抬起头朝他们扫视了一眼，他已经不止一次地投来这种目光了，目光中明显地含有厌恶和谴责的意味。他大概觉得男孩和女孩的声音扰乱了他的阅读。男孩察觉到他的敌意，便用一种挑衅的目光瞪着对方。四目对峙的结果是那个男人夹起杂志站起身来，他慢慢地走过男孩和女孩身边，突然站住，他抬起手指着对街广告牌中的那个玻璃屏幕，你们知道那叫什么？男人古怪地微笑着说，那叫噪声显示器，现在的噪声是六十五分贝。

男人说完就匆匆离开了广场。女孩和男孩一时都愣在那儿，眼睛凝视着噪声器上的绿色数字，噪声器？六十五分贝？女孩茫然地说，那家伙为什么告诉我们这些，什么意思？

男孩嗤地一笑，望着那个男人的背影骂了一句：傻 ×！

天色渐渐地暗淡了，附近百货公司的霓虹灯率先亮了起来，环绕广场的马路上车流更显拥挤和嘈杂，远远地看过去，广场的那一小块绿地就像一个孤岛。

现在广场上就剩下了男孩和女孩，还有那两个用哑语交谈着的聋哑人，女孩几乎是强制性地把男孩拉到了邻近聋哑人的长椅上。女孩对哑语充满了好奇，她很想弄清楚两个聋哑人的谈话内容。

你看那女人的手，你猜出来了吧，她在说些什么？女孩压低了声音说。

你不用低声细气地说话。男孩说，没听说十个哑巴九个聋吗？你说什么他们都听不见的。你就是骂他们他们也不知道。

女孩捂住男孩的嘴不让他说话。女孩的目光仍然死死地盯着两个聋哑人的手，是四只手，两只苍劲的动作沉稳的手属于那个老人，两只柔韧的翩翩舞动的手属于那个包花头巾的女人。

一辈子用手说话，真不知道是什么滋味。女孩突然叹了口气，她说，我小时候发过一场高烧，我母亲说要不是高烧退得快，我说不定也变成一个哑巴了。

做哑巴也没什么不好，男孩说，你要是用哑语骂我，我也不知道。

女孩捶了男孩一拳，她说，我不要听你说话，我要听他们说话。女孩说着把脑袋转向长椅的背面，实际上她现在离聋哑人的手已经是咫尺之遥了。老人停止了他的手语，他朝女孩看了一眼，女孩朝他莞尔一笑，老人便也笑了。包花头巾的女人也朝女孩投来匆匆一瞥，女孩又挤出一张笑脸，但聋哑女人不为所动，她朝女孩摆了摆手，女孩猜到了她的意思，但一个手势并不能让女孩离开，女孩根本就不想离开，她觉得她快要明白他们的手语了。

我明白了，女孩突然高声叫起来，她对男孩说，我明白了，他们在谈论那女人的儿子，她的儿子不是哑巴，她的儿子能说会道，她的儿子是一个播音员！

你在胡猜。男孩说，哑巴的儿子做播音员，这倒真好玩了，你怎么不说她儿子是相声演员呢？

不是猜的，我真的弄明白了，女孩说，她儿子肯定是播音员，不信你去问他们。

男孩说，我怎么问？我又不会哑语。

两个聋哑人再次停止了他们的手语。他们没有再看男孩或女孩一眼，他们只是突然静止下来，一动不动地坐着，过了一会儿包头巾的女人从她身上找出了一张纸和一支笔，她在纸上写了什么，然后递给了女孩。

女孩接过纸条便看见了那排端正而秀丽的字：请你们安静些。

男孩也凑过来看那张纸条，男孩说，十个哑巴九个聋，奇怪，他们怎么听见我们在说什么？他们怎么知道我们不安静？

女孩脸色绯红，女孩把纸条折成细细的一条抓在手上，都怪你不好，她对男孩说，你为什么非要大喊大叫地说话？

奇怪，我为什么不能大喊大叫？男孩说，我又不是哑巴，我想喊就喊，想叫就叫，这是我的自由。

女孩脸色绯红，她看了看两个聋哑人的背影，她觉得他们在静止不动的时候有一种说不出的威严。女孩对男孩说，我们走吧，我们该走了。

女孩拉着男孩的手走到广场的边沿，在穿越马路之前她回过头朝绿地里的两个聋哑人望了一眼，她看见他们的手又开始活动起来，他们的手语在暮色中发出某种寂静的声音，女孩说，他们还在说话，他们怎么有这么多的话要说呢？

男孩也回过头去，他说，就兴他们说话，不让我们说话，要不看他们是哑巴，看我怎么收拾他们。

女孩厌恶地看着男孩，突然甩开了他的手，说，请你安静些，请你安静些好不好？

你说什么？你也不准我说话了？男孩的表情急遽地变幻着，

最后他哈哈笑起来，说，都成哑巴啦？你们要安静我偏不安静，让我喊一嗓子给你们听听。

后来男孩松了松皮带，蹲下来运了一口气，男孩突然张大嘴，发出一声尖厉的冗长的狂叫，男孩张大了嘴，整个脸部因为充血过度而涨得通红，他听见自己的狂叫声像一架飞机回旋在城市上空，他还看见了那个噪声仪，在他制造的声音里，噪声仪显示的数字不停地跳跃上升，65，70，75，80，最后停留在 90 分贝。

男孩后来告诉别人，九十分贝是人声的一个极限。我们对声学缺乏研究，我们不知道他的话是真是假。

吹手向西

到了后来，我再也想不起子韬的脸了。据其他同学回忆，子韬的容貌一般，或者说没有什么特色。他的左脚踝关节处长着一块酱色的疮疤，仅此而已。就是这块疮疤后来渐渐溃烂发炎，直至把他送到射鹿县的麻风病院。

那辆白色救护车停在操场上，大概是午后三点钟光景，子韬站在足球场上，看见三个男人从救护车里跳下来。子韬把足球踢给别人，低着头站着，双脚轮流蹭打地上的草皮。子韬穿着田径裤和蓝白相间的长筒线袜，他站在那里，抬头看了看天空，然后弯下腰把线袜拉下来，匆忙地朝自己的踝部扫了一眼，他的脸色立刻苍白起来。当三个男人走近子韬把他凌空架走时，子韬进行了顽强的抵抗。他蹬踢着那些人的脸，同时发出愤怒的狂叫。

我不是！

我不去！

操场上的人听见了子韬的叫声，他们看见子韬脚上的运动鞋在挣扎中掉下来了，而他的袜子也快剥落，露出踝部一大块酱色的疮疤。

还有一个女人戴着口罩从救护车里下来，她提着一架喷射器沿着足球场走，在每个地方都喷下了一种难闻的药水。她对围观的人说，你们快走，我在喷消毒药水。三天内足球场停止使用。

我所供职的报社收到一封读者来信。信中称他是从射鹿麻风病医院逃出来的唯一幸存者，他目睹了焚烧医院和病人的残酷事实。一百一十三名麻风病人被活活烧死，尸骸埋在公路边的麦田里。

我注意了一下来信，信纸是从小学生作文簿上撕下来的，信封是那种到处出售的印有花卉图案的普通信封。我洗了洗手，用铁夹把信夹着又仔细看了一遍，信尾没有署名，只有三个遒劲有力的大字：幸存者。幸好邮戳还算清晰，邮戳上盖的是射鹿湖里。

这封读者来信被套上了一个塑料袋，在我的同事中间传阅。第二天，我的上司就通知我到射鹿县去调查此事。

射鹿一带河汊纵横，空气清新湿润。公路总是傍着水面向前延伸，路的两侧是起伏均匀的洼地，长满茂密的芦苇和散淡的矢车菊。秋天水位涨高，河汊里的水时而漫过公路路面，汽车有时就从水中驶过，溅起无数水花。开往射鹿的长途汽车因此常常需要紧闭车窗。时间一长，窗外的秋野景色变得单调无味，而车内浑浊的空气又使我昏昏欲睡。

在一个水坝上，汽车莫名其妙地停住了。我随几个人下车探个究竟，看见司机和一个奇怪的男人对峙着。那个男人光着脚，身上裹一件肮脏油腻的军用大衣。他的脸被什么东西涂得又黑又稠，一手高举着一块牛粪状的东西，一手朝司机摊开，嘴里含糊地咕噜着。我问司机，他要干什么？司机笑了笑，说，拦路的泼皮，要两块钱。我凭什么给他两块钱？那个男人突然清晰地狂叫起来，不给钱不让走！司机无可奈何地说，好吧，我上车拿给你。说着眨了眨眼睛。司机把车下的乘客都赶上车，然后他坐到驾驶座上，猛地点火发动，汽车趔趄了一下后往前冲去。我看见那个男人惶乱地跳起来，摔在路坡上，朝木闸那儿滚动了五六米远。最后他趴伏在陡坡上，远看就像一只巨大的蜥蜴。

汽车在受到意外的惊扰后越开越快。我回头看见那个裹着军用大衣的男人已经重新站在水坝上，他现在变得很小，隐隐地传来他愤怒的骂声。根据动作判断，他好像徒劳地朝我们的汽车砸着那团牛粪。

射鹿这地方给我的最初印象很坏，这也影响了我后来的调查。

我在射鹿城里住了一天，发现这个小城没有任何趣味可言，唯一让我惊奇的是城里有几家棺材店，从窄小的门洞望进去，可以看见那些棺材在幽暗中闪着隐晦的红光。我所栖身的招待所房间、床单和枕头上都洒上了劣质花露水，香得让人透不过气来。一切都是刚洗净换上的，但是我无意中发现枕巾上有一块硬斑，不知以前擦过什么东西，头发碰在上面就嗞嗞地响。陪同我的县委宣传部副部长说，小地方条件差，请你多多包涵了。

我把那封信交给副部长看，他匆匆看了一遍就递还给我，说又是这个疯子，他又出动了。我说，他是谁？副部长苦笑说，要知道他是谁就好办了。这个人每年都要写信给报纸，说我们把麻风病医院烧了，把麻风病人都烧死了，纯属造谣惑众，在你之前已经有许多记者上过他的当了。我把信重新收起来放进包里，我说，射鹿好像是有一个麻风病院。副部长说，有过，但是五年前就迁往别处了。病人也随医院迁走了。我说，医院旧址还在吗？他说，当然在，那么好的房子怎么舍得拆？现在那里是禽蛋加工厂。每年为县里创收三十万元。他暧昧地对我笑笑，又说，你想去那里看看吗？去吃鸡，厂里有的是鸡，我陪你去吃百鸡宴。我点了点头，我说我最喜欢吃鸡了。

第二天我随副部长驱车前往射鹿湖边的麻风病医院旧址。旧址濒临浩渺的射鹿湖，远远地就看见一片白墙红瓦掩映在石榴树林里，空气中隐隐飘来鸡粪的腥臭。吉普车在狭窄的乡间公路上左冲右突，冲进了一片高高的颓散的铁丝网包围圈里。副部长说，这就是以前医院的地盘了，以前还有两圈铁丝网，后来被拉断了，麻风病很危险，隔离措施不严密不行，曾经有病人想逃，结果就被电网打死了，这也是没有办法的事情。

在禽蛋加工厂我参观了宰鸡车间，看见一种奇妙的宰鸡流水线，一只活鸡倒挂在电动铁钩上，慢慢送进宰割机中修饰加工，最后就从一个大喇叭口里晕头晕脑地飞出来，已经是光溜溜的开肠破肚一毛不剩了。我面对无数鸡腿鸡翅瞠目结舌。许多宰鸡工人在流水线上安静地操作，我逐个观察他们的皮肤，他们个个红润健康，脸上、手上、脖颈上没有任何可疑的疮疤，很明显，他们不是昔日的麻风病人。

午宴上果然都是鸡，加工厂的厂长热情好客，他竭力劝我把各种鸡都尝一下，并说明哪种鸡是出口的，哪种鸡获得部优称号，但我还是偏爱油炸鸡腿，一连吃了五只。我记得吃到第六只的时候我有点神思恍惚了，我看见第六只鸡腿的踝关节上有一块酱色的疮疤，于是我看见昔日的同学子韬站在足球场上，他慢慢地把线袜往下剥，露出一块酱色的溃烂发炎的疮痂。这时候我感到一阵恶心，捂住了嘴，我飞快地跑到外面，面对一只巨大的塑料鸡笼呕吐起来，吐得很厉害，我几乎把吃进去的鸡全部吐出来了。

副部长和禽蛋加工厂厂长都站在一边看我吐，等我吐完了他们上来扶住我。副部长说，我知道你为什么吐，其实习惯了就会好的。厂长则解释说，这些鸡都是很干净的，卫生检查完全合格，国内国外市场上都很畅销。我为自己的失态而窘迫不安，我说，这跟卫生无关，只是我的胃有问题。

关于麻风病医院旧址的情况，我无法再详细描述了。我沿着业已锈蚀的铁丝网，搜寻某些特殊的痕迹。这里的石榴树长得异乎寻常的高大茁壮，但很少有结果的。树下可以看见几张歪斜的石桌石凳，有一只木质羽毛球拍和袜子、手套之类的杂物在草丛里静静地腐烂。我不能判断它们是何时遗弃在这里的，也许它们同那座迁徙了的医院没有关联。

在射鹿城逗留的那些日子里，我时常有一些谵妄的阴暗的念头。一切都是那封群众来信生发的效果，我对所有的触摸保持高度警惕。除了自由流动的空气，我避免任何东西对皮肤的接触。我不跟人握手。我和衣而睡。我用自己的饭盒和匙子去餐厅吃饭。但即使这样，我在睡眠状态下仍然感到身上处处发痒，尤其是左脚踝关节处，那里奇痒难忍，我在睡梦中仍然记着对麻风病症状的验证办法，我狠狠地掐拧左脚踝关节处。那样的深夜，我听见远远的射鹿湖的潮声和第一声鸡啼，对左脚的疼痛又高兴又惶恐。

走在射鹿城枯燥单调的街道上，对旧友子韬的回忆突然会变得清晰起来，我会发现街上的某个行人很像子韬，我的视线下意识地扫向他们的左脚踝关节，什么也看不见。现在是秋天了，射鹿的男人大多穿着化纤长裤和黑色皮鞋。所以，在大街上寻找一个人常常会一无所获。

你知道一个叫黄子韬的人吗？我问副部长。

他是射鹿人？副部长说，说详细点，射鹿的人我都认识。

不，他是一个麻风病人。

我不认识麻风病人，我怎么会认识他们?

随便问问。我说，他是我的中学同学。

你如果想打听麻风病人的情况，可以去找邓大夫，副部长说，他以前是医院的主治大夫，退休后就留在射鹿了。

后来我真的按地址找到了邓大夫。那是个干瘪苍老的老头，独居在一个潮湿的种满花草的小院里。我是一个人去的，事实上调查至此已经纯属私人性质。我有点胆怯地推开一扇长满青苔的木门，看见台阶上站着那个老头，他背对着我，往墙上挂一只蝴蝶标本。当他回过头时，我猛地看见一只巨大的白纱口罩。那只大口罩把邓大夫的脸全部蒙住，只露出一双敏捷的鹰鹫般的眼睛。

你是谁？我现在不看病了，你要是有病请到县医院皮肤科去，那里有特别门诊。邓大夫在口罩后面发出的声音嗡嗡的。

我意识到发生了一场难堪的误会。我的心情立刻变得很坏。

我提高声音说，我不是麻风病人。我来向你打听一个人。

谁？邓大夫依然在挂蝴蝶标本，墙上几乎挂满了五颜六色的蝴蝶标本。他说，他们都跟着医院迁走了。

你知道一个叫黄子韬的病人吗？

黄子韬？邓大夫猛然回过头，口罩外面的眼睛亮了一下，你是他的什么人？你是他兄弟？

没有什么特殊关系，我和他是中学同学。

如果是这样，告诉你也不要紧。邓大夫走下台阶，在距离我两米远的地方站住，他说，黄子韬死了，他逃，让电网电死了。

我一时无言。在满院的茑萝和美人蕉的阴影里，我看见一只白色线袜渐渐剥落，露出一块模糊的疮疤。除此以外，没有其他感觉。

他为什么要逃？我说。

他不相信自己是麻风病，怎么也不相信。他逃了七次，我们对他毫无办法。

明知有电网，为什么让他逃呢？

医生只管治疗他的皮肤，管不住他的头脑。他不相信自己有病，他要逃，你有什么办法？

确实没有什么办法。我想了想说，转身轻轻地离开小院。我把那扇木门按原样虚掩上，然后从门缝里最后张望了一眼邓大夫，我看见的还是那只巨大的白纱口罩。邓大夫自始至终没有摘下那只口罩。一些茑萝精致的叶子在他的头顶飘拂，让我联想起死亡所具有的诗情画意。

我在射鹿县的调查显然是劳而无功的。新闻就是这样，当一方提供的事实真实可信时，有关的另一方必须隐去，或者说，必须忽略不计。那个写匿名信的幸存者无疑属于后者。况且，在射鹿县的五十万人口中寻找写信人不啻海底捞针。

最后那天，我搭便车去了湖里。湖里是一个乡，在射鹿湖的西岸。我想湖里大概是射鹿县景色最优美的地方了，我独自在水边的乡间公路上走，拍下了一些典型的风光照片。我甚至在一片水洼地边拍到了野生天鹅的照片，那只天鹅风姿绰约，独饮清泉，它也可以替代那篇无法完成的惊人新闻登上报纸头版。我怀着一种愉悦的心情跟着那只天鹅穿越了乡间公路。天鹅步态轻盈欲飞欲走，它在一个大草垛上停留了片刻后，飒飒地飞离地面。我不知道它会飞到哪里去，我是无法测定天鹅的行踪的。

关键是那个大草垛，我突然注意到草垛上用石灰水刷写的几个大字：吹手向西。我觉得这个路标的语意很奇怪，在空寂的乡间公路上，它指点人们向西寻找吹手，吹手是凭借乐器送死者升天的行当，那么在荒凉无人的湖里地带，吹手能等到他的雇主吗？

我极目西望，方圆几里看不见一座村庄。在公路的西面，在一片瓜地中央，有一座低矮的窝棚。我似乎还看见一件白色的衬衫在两棵树之间随风飘动。我朝西走去，路标告诉我，吹手就坐在窝棚里等待。

我弯腰钻进窝棚，看见一个满面络腮胡子的男人坐在一张草席上，他在吃一只熟透了的西瓜。窝棚里光线暗淡，看不清吹手的脸，我只觉得他的牙齿很白而他手里的西瓜很红。

你家有丧事？吹手把瓜往地上一扔，朝墙上摘着什么。

不，我只是看看。

是你父亲还是妻子，还是孩子？

不，都不是，我有个同学死了。

我只吹唢呐。吹手将一只发亮的唢呐朝我晃晃，你如果要请吹箫人、打鼓的，还要往西走，再走三里地。

我往窝棚的门口挪了挪，坐下来。我闻见窝棚里有一种植物或者生肉腐烂的气味。我转过脸看了看挂在两棵树之间的白衬衫。我说，我有个同学死了。

同学是什么？吹手问，是亲戚吗？

吹手挨近我，他的一条腿懒散地斜伸着，伸到我的面前。阳光投射到窝棚的门口，照亮吹手光裸的粗壮的小腿，我差点叫出声来，因为我看见吹手的左腿踝关节处有一块酱色的疮疤。

我跳起来，离开了窝棚。我站着大口地喘气，四周是空旷的湖里野地，风从湖上来，拂动吹手晾晒的白衬衫，这个时刻，世界对于我变得虚幻不定。

我听见窝棚里传来了沉闷的唢呐声，戛然而止，好像呜咽，接着唢呐大概被吹手悬挂了起来，发出清脆的金属碰撞声。

喂，到底是谁死了？吹手在窝棚里问。

我没有说话。我的眼前固执地重复着一个画面：我看见子韬的白线袜渐渐地从腿上褪落下来，他单腿站在足球场上，沉重地抬起左脚，他的左脚踝关节处结着酱色的疮痂，它在阳光的照射下溃烂发炎。

你如果要请吹笛的、拉琴的，还要往西走。往西再走三里地。吹手在窝棚里说。

从射鹿回来的第二天，我发现我的左脚踝部开始发痒，细细一看，还有一块隐隐的红斑。我到医院的皮肤科挂了急诊，我怀着异样焦灼的心情观察医生对那块红斑的检查。但是我不能从医生漠然没有表情的脸上得出任何结论。

会不会是？当我的左脚被医生抓住时我欲言又止。

是什么？医生已经推开了那只脚，她说，什么也不是，你不过是被跳蚤咬了一口。

稻草人

没有一只鸟。

七月的棉花地很干燥，在一些茂密的叶子和棉铃下面，土地呈现龟裂散乱的曲线。沉寂的午后，阳光烤热了整个河岸，远处的村庄，远处那些低矮密集的房子发出烙铁般微红的颜色。这是七月的一种风景。

人物是三个男孩，他们都是从村里慢慢走过来的。三个男孩年龄相仿，十四五岁的样子，有着类似的乌黑粗糙的皮肤，上身赤裸，只穿一条洗旧了的花布短裤。在到达河岸之前，他们分别从西南和东南方向穿越了棉花地，使棉花叶子发出了经久不息的摩擦声。

荣牵着他家的山羊来到河边。荣的背上驮着一只草筐，里边是满满的带着暖意的羊草。起初荣并没有想到河边来，他还没有吃午饭，肚子很饿，但是他的羊一边沿路吃草，一边往河边走。荣就宽容地跟着羊，他想这是河岸上水草茂盛的缘故，羊总是喜欢朝那边走。荣从八岁起饲养这只山羊，到现在已有好多年了。羊的年龄比荣小，但是看上去它很苍老了。曾经雪白的毛皮现在灰蒙蒙的，有一种憔悴不堪的气色。

环绕村庄的河流迟滞地流着，在炎热的空气里河水冒出若有若无的凉气。一棵柽柳的枝干朝河面俯冲，许多柳叶浸泡在河水中，一只鹅可能离群了，在水上慌乱地游着，它的叫声显得异常焦虑。

荣坐在岸上，他觉得阳光刺眼，随便从地上捡了一张废报纸盖住头顶。没多久他又把报纸拿下来了，他发现报纸上有一摊暗红色的血印，很脏，而且被什么人揉成一团又重新展开了，荣不知道那上面的血是谁留下来的，他皱了皱眉头，慢慢地把报纸撕碎，撕成很小很细的条状，用唾沫粘在下巴颏上，忽然又感觉到那血的存在，于是扯下那些碎纸条，重新再撕碎，直到它们变成一些淡黄色的碎屑。荣站起来，把旧报纸的残骸扔进了河里，他看着它们在水上漂流，像光斑那样闪闪烁烁的。

后面就是棉花地。棉花地里站立着一个造型简单的稻草人，一根杂树棍子，顶着一只破草帽，而稻草人的手是由两片金属齿轮仿制的，两片齿轮随随便便地挂在树棍上使稻草人的形象显得古怪而又虚假。

荣不知道那个稻草人是什么时候竖起来的，他以前从来没有在棉花地里竖过稻草人，况且现在没有鸟，好久没看见天上的鸟群了。荣眯起眼睛走过去，他首先端详了一下稻草人，他觉得它很像人，但又很不像人。荣拍了拍它的身体，纹丝不动，树棍扎得很深。荣摘下了稻草人的草帽，戴到自己头上。在烈日下一顶草帽的作用远胜于那种肮脏的旧报纸。实际上荣就是朝那顶破草帽走过来的。他站在棉花地里面对着唯一的稻草人，感觉到坚硬的阳光在破草帽帽檐上噼啪作响。荣很快地看见了那两片齿轮，齿轮有点生锈了，边缘可见明显的磨损，但它们对于荣来说是一种新奇的物质。荣动手去摘齿轮。费了很大的劲也没有摘下来，他觉得奇怪，它们看上去是那么随便地挂在树棍上。荣咬着嘴唇研究了几秒钟，他发现齿轮孔正好紧紧扣住了树棍，也就是说齿轮和树棍的直径同等，配合得天衣无缝。荣是个聪明的男孩，他想他要取到这两个齿轮只有从根本上着手，他必须把稻草人从棉花地里拔起来。

荣拖着树棍走出棉花地，听见两片齿轮与石砾砖块碰撞时的清脆响声，当他猛然回头时，发现齿轮终于脱离了树棍的束缚，它们在滚动了一小段距离后停住，落在河岸边。荣拖着杂木树棍追赶齿轮，追到那里他就扬手把树棍扔到河里，这时候荣已经不需要那根树棍了。

后来荣就蹲在河边清洗那两片齿轮，他模仿村里人磨刀的方式，用一块石砾砖在齿轮的锈斑上打磨，很快地齿轮就闪出了上等金属的光泽，被太阳光一照，显出原有的冷静而优美的面貌。

山羊在草地上吃草，荣在河边清洗齿轮，他们之间暂时中断了联系。

轩和土兄弟两个在河的下游。轩坐在一条长满青苔的舢板上，土在水里游到对岸，又从对岸游回来。鹅从上游仓皇地游来，柔软的羽毛掠过土光裸的身体，土去抓那只鹅，没有抓住，这时候他看见那根树棍也浮过来，还有一些淡黄色的碎纸屑，它们浮游的速度很快，土拼命地追赶，抓住了那根树棍，然后他举着它踩水，爬到舢板上去。

一根树棍。土说，他抓着树棍朝空中甩，甩下许多水珠来。

你捞树棍干什么？轩说，把它扔掉，扔回河里去。

不，我要它。你说是谁把它扔到河里的？

是风，风把它从树上吹断了。

不是，昨天没有风，天气这么闷热，好久没有风了。

把它扔掉吧，我们该回家了。

我要留着它，会有用的。风怎么会把树棍刮到河里呢？

那么你说是怎么回事？

杀人犯。

什么？

我说杀人犯。去年夏天棉花地里有个杀人犯，他把一个女人杀了，他用树棍敲她的头顶，然后就把树棍扔到河里去了。

后来我见到了那根树棍。

你听谁说的？我怎么不知道这事？

他还用一张报纸把地上的血擦掉。然后把报纸撕碎，扔到河里。土加重了语气说。后来那些碎报纸我也见到了。

轩从舢板上跳起来，疑惑地看着土。土紧紧地攥住那根树棍，凝视着流动的河水，土说，你看见河上的碎纸屑了吗？快看，马上就要漂走了。轩顺着土的视线朝远望，他看见那些碎纸屑随波逐流，在河上闪烁最后的微光。

轩和土把舢板系在木桩上，上了岸，他们一前一后穿过棉花地，朝上游走去，在七月寂静的午后，棉花叶子重新发出咔嚓声。

三个男孩相遇的时间是午后一点左右，也可能更早一些，地点是确凿无疑的：在河边的棉花地里。事后人们发现那里的棉花倒伏了一大片，稍远的地方，在肥沃的水草上面还有许多山羊的粪便。

这时候远处的村庄上空炊烟缭绕。午后一点是农人吃午饭的时刻。

荣看见轩和土兄弟俩朝他走过来。他们的身上湿漉漉的，轩走在前面，土在后面，土的手里提着一根树棍。他们走过来时山羊咩咩地叫了几声。即使山羊不叫，荣也知道他们来了。他早就听见了棉花叶子响了，而且他猜到了是轩和土，每逢夏天，轩和土就泡在河里，兄弟俩特别怕热。

你看见一个陌生人走过吗？轩说。

没有，没有陌生人走过。荣说。

你来的时候有没有一个女人在棉花地里？

没有，就我一个人在这里。还有羊，它在吃草。

轩看了看土，土站在河边，他注意地看着四周的动静，摇了摇头。他用那根树棍敲着地，慢慢地朝荣走过来。

你撒谎，你肯定看见他们了。

看见什么？

一个陌生人，还有一个女人。

我没看见，根本没有陌生人，也没有女人来过。到底出什么事了？

有人被杀了。土说，就是刚才，就在棉花地里，你怎么会没看见？

你别胡说八道了，我一直在这里，还有山羊。根本就没有杀人的事情。

你还在撒谎。土朝荣扬了扬那根树棍，你看这是什么？

树棍。这是一根树棍。

不，这是凶器。陌生人用它把女人打死，然后把它扔进河里。你看见他朝河里扔这根树棍了吗？

没看见。

那么你看见他朝河里扔碎纸屑了吗？他用报纸擦血，然后撕碎扔进河里。你看见了吗?

也没看见。我什么也没看见。

土看着荣的脸，叹了口气。他背转身用树棍拨弄着近处的棉花叶子，茂盛的棉花叶被打开了一个缺口，里面很绿很深，望不到尽头。土发现了一个小小的土坑。有碗口那么大，四周的泥土好像被松动过。他注意到荣的眼神里闪过一丝惶乱。

这么说，树棍是你扔到河里去的?

我?我没有，我没有扔树棍。

那些碎纸屑也是你扔到河里去的?

我没有扔纸屑，我干吗要把纸屑扔到河里去?

荣的身体颤动了一下，他忽然感到一种莫名的恐慌，心很沉重地撞击着。他紧紧握紧了两只齿轮，齿轮上的齿孔刺痛了手指。荣抬头看着天空，天空湛蓝而明净，棉絮般的云层若有若无，太阳升得很高很高，阳光也像齿轮一样刺痛了他的眼睛。荣估计时间快到一点了，他想该回家吃饭去了。

我该回家了。荣说。他去牵他的山羊，山羊一直在有条不紊地吃草。荣拍了拍羊的背部，他说，我们该回家了。羊没有动，它依然埋头有条不紊地吃草。荣不明白羊今天为什么这么饿，为什么不听话，他有点焦躁起来，朝羊的肚子踢了一脚，他说，给我离开这里，该回家吃饭了。

临走的时候，荣回头看见土在棉花地里用树棍刨那个小坑，土好像在寻找什么东西。而轩坐在他刚才坐过的地方，不时地用手捧起河水往身上泼。荣牵着羊走出五米远的时候，听见轩突然从后面追过来，堵住他的去路。

你手里拿的什么？轩盯着荣的手看。

汽车零件。荣把两个齿轮摊在手掌上，给轩看，他说，也可能是飞机上的零件，我刚才捡的。

轩的脸凑近那对齿轮看，他伸出手指在上面摸了摸，忽然说，这是我掉的，把它还给我。

荣下意识飞快地把手里的齿轮放到了背后，他轻蔑地朝轩看了看，他说，你胡说，你们兄弟俩都喜欢胡说八道。我才把它洗干净，你就想来冒领。

不骗你，这东西真的是我掉的。轩说，轩绕到荣的背后，想去夺荣手里的齿轮。轩说，你把它还给我。

荣左右躲闪着。他觉得轩和土是前来找碴儿生事的，他并不怕他们。荣用力推了轩一把，然后站住说，既然你说是你丢掉的，那么你说什么时候掉的，掉在哪里了？你说吧，说对了我就还给你。

昨天掉的，掉在河边上。轩说。

你又在胡说，你才在撒谎。假如是昨天掉的，齿轮上面不会有那么多锈斑，再说，我也不是在河边捡的，我是在稻草人身上摘下来的。

你也在撒谎，哪来的稻草人？轩朝四面环顾了一圈说，这四周哪来的稻草人？

荣这时意识到他现在的困境都是因为从棉花地里拔出了稻草人，他有点后悔，但他不想对轩说。他依然攥紧了两只齿轮，躲闪着轩的手。荣高声说，反正我不会给你，是我的东西为什么要给你？荣边说边跑，他从山羊的背上越过去，朝棉花地里跑，而轩也迅速追了上去，他们在棉花地里追逐时，棉花叶子发出了哗啦啦持续不断的巨响。人们后来看见的那些残棵剩叶就是那会儿倒伏的。

土已经把那个小坑挖得很深了，除了几条蚯蚓和一块古老的青瓦，土一无所获，什么也没有发现，他有点失望。他提着树棍钻出棉花地时，正好看见荣跳进棉花地，看见轩和荣之间紧张的追逐。

怎么啦？是他杀了人吗？土尖声问轩。轩已经顾不上回答，他追赶着荣，他快要追上荣了。土觉得棉花地被他们掀动起来，像潮水一样翻涌起热浪。他看见荣的手里有什么东西，在阳光下亮闪闪的。土尖声喊，抓住他，他杀了一个女人！就是他，杀了一个女人！

土朝荣和轩那里冲过去，他看见荣和轩滚在一起，争抢着荣手里的东西。太阳坠下来在他们之间挤扁了，呼然作响，棉花地里白光四射，土奔跑着，他感到空气坚硬如铁，喘不过气来。土的黝黑的脸上充满了血，他双目圆睁，身体像鸟一样飞起来，他飞到了荣和轩纠缠的两个身体前，粗略地辨认了一下，然后他高高挥起那根树棍，朝荣的头部砸下去。荣轻轻地叫了一声，他从轩的身上翻下来，仰脸看了看那根树棍，荣的神情又惊愕又茫然。土再次挥起树棍，朝荣的头顶砸下去。这一瞬间荣朝那根树棍伸出手，似乎要抓住它。荣的神情又惊愕又茫然。然而他的身体被树棍的打击弹了一下，就伏在地上了。

两只齿轮从荣的手里滑落，无声地滚到土的脚下。

这是什么？土用脚踢了踢齿轮。

别踢，轩抓住了两只齿轮，他说，这是汽车零件，不是飞机零件，是我的。

他用这个杀了人？土说。

他没有杀人，他偷了我的飞机零件。轩说。

土扔掉了手里的树棍。他绕着荣的身体转了一圈，闻到荣的身上渐渐散发出一种淡淡的血腥味。荣的头上出现一个洞孔，从里面汩汩流出一种清凉的血。土这时感到了陌生的冷意，他抱着双肩蹲在那里，腹中突然一阵反胃，土就蹲在荣的身边，呕吐了一大摊污物。

七月的午后，棉花地空寂无人。轩和土兄弟俩静静穿过宽阔的公路，回到村里。站在村头高坡上，他们回头看见荣的山羊滞留在河边，它不认识回家的路。它还在河边吃草。

棉花一天天成熟。七月将尽的时候，棉农穿梭来往于棉花地中。有人在田里找到一根树棍，他把它插在地里，棍端压了一只新草帽。他看见树棍上布满暗红色的痕迹，就摘了几片棉花叶，把它擦掉了。后来他又用干草扎成两条手臂，绑在树棍上，一个新的稻草人就这样诞生了。

一般说来，棉花地里也有稻草人。稻草人守护着棉花，但是鸟什么时候飞来呢？

红桃Q

有些人就是改不了小偷小摸的毛病，在我们香椿树街上这种情况尤其严重，你稍不留神家里的腌鱼、香烟甚至扫帚就会失踪，所以那天当我发现我的扑克牌少了一张红桃Q时，我立即想到有人偷去了我的红桃Q。

你不知道我有多么爱护我的扑克牌，那是我在一九六九年唯一的玩具，我常常用它和我哥哥玩一种名叫大洛克的游戏。玩扑克牌是不能缺少任何一张牌的，也正因为如此，我在每一张牌后面都写了我的名字，我以为这样一来谁也不会来偷我的扑克了，可是我错了。我去向我哥哥打听红桃Q的下落，他说，丢一张牌算什么？我们学校李胖的儿子都丢了，一个人丢了都没人找，谁替你找一张破牌？我从他的表情里察觉出某种蹊跷之处，几天前他向我借一毛钱，我没理睬他，我怀疑他故意偷走了红桃 Q 作为对我的报复，我这么想着就把手伸到他的枕头里、床褥下还有抽屉中搜查起来，你知道我哥哥不是什么好惹的人，他突然大叫起来，你他妈的把我当牛鬼蛇神呀？你他妈的敢抄我的家？说着他就朝我屁股上狠狠地踹了一脚。

后来我们兄弟俩就扭打起来了，后来当然是我挂了眼泪灯笼，我哥哥一看局面不堪收拾了，纵身一跃就跳到了窗外的大街上，隔着窗子他对我说，你真他妈的没骨气，丢一张破扑克牌有什么了不起的？不就是一张红桃 Q 吗，哪天我给你弄一张红桃 Q 不就完了？

我哥哥是个吹牛皮大王，即使他说那番话是认真的，我也不相信他能弄来那张红桃 Q。那是一九六九年，我们这个城市处于一种奇怪的革命之中，人们拒绝了一切娱乐，街上清寂无人，店铺的大门半开半闭，即使你走遍整座城市也看不见一张扑克牌的影子。你可以想象一九六九年一个雨雪霏霏的冬日，一个孩子在布市街（当时叫红旗街）一带走走停停，沿途趴在每一个柜台上朝货架上张望。营业员说，这位小同志你要什么？孩子说，扑克牌。营业员便都皱起了眉头，语气也不耐烦了，哪有什么扑克牌？没有！

我这么精心描述我当时寻觅扑克牌的情景，只是为了让你相信，我说的一切都是真的。

我跟随我父亲到上海去就是为了买一盒新扑克牌。从我们那座城市坐火车去上海大约需要两个钟头。那是我生平第一次坐火车，但我不记得当时是什么心情了，况且两个钟头的旅程过于短暂，只记得我父亲一直与邻座谈论着橡胶、钢铁什么的，谈着谈着火车就停下来了，上海到了。

一九六九年的上海是灰蒙蒙的死城，我这么说其实多半是一种文学演绎，因为除了那些土黄色的有钟楼的大圆顶房子，还有临近旅社的一长溜摆放豆制品的木架，我对当时上海的街景几乎没有什么记忆。我跟随出公差的父亲走在上海的大街上，眼光只是关注着路边每一家店铺的玻璃柜台。你应该相信，即使是在一九六九年，上海的店铺也比我们那儿的店铺更像店铺，不管是肥皂、草纸还是糖果糕点都整洁有序地摆放在柜台货架上，有几次我一眼就看见类似扑克牌的小纸盒，但每次跑过去一看，那却是一盒伤湿止痛膏或者一盒香烟，上海也没有扑克牌？上海也没有扑克牌，这让我失望透顶，我想香椿树街上的那些妇女常常叽叽呱呱地谈论上海的商品，她们把上海说成一个应有尽有的城市，现在看来全是骗人的鬼话。

我说过我父亲公务在身，他没有时间陪我在店铺里寻觅扑克牌，他要赶在别人下班前办完他的事情。在一幢灰白色的挂着许多标语条幅的水泥大楼前，父亲松开了我的手，他把我推到传达室的窗前，对里面的一个中年女人说，我上你们革委会办点事，你替我看一下我儿子。我看见那女人漠然地扫视着我们，鼻孔里哼了一声，出公差还带着孩子？什么作风！

我父亲无心辩解，他拎着一只黑色公文包匆匆地往楼上跑去，剩下我一个人站在上海的这座陌生的水泥大楼里，站在一个陌生女人冷冰冰的视线里。我看见传达室的炉子上有一壶水噗噗地吐着热气，那些热气在小屋里轻轻地漫溢着，墙上的毛泽东画像和几面红旗便显得有些湿润而模糊，那个女人的双手一直在桌下做着某种机械动作，偶尔地她抬起头朝我瞟上一眼。我突然很想知道她在干什么，于是我撑住窗沿腾起身子，朝桌子下面的那双手看了一眼，我看见一只苍白的手抓着一只圆形绣花架，另一只苍白的手捏着绣花针和丝线，我还看见了那块白绢上的一朵红花，是一朵绣了一半的硕大的红花。

你干什么？女人发现了我的动作，她几乎是惊恐地把手里的东西扔在桌下，她伸出一只手来抓我的胳膊，但我躲闪开了，我发现那个女人的眼睛里露出一丝凶光，她从桌上捡起一支粉笔朝我扔过来，嘴里恶声恶气地说，哪儿来的小特务小内奸？鬼头鬼脑的，给我滚开！

我逃到了街道的另一侧。我觉得那个女人莫名其妙，她把两只手藏在办公桌下绣花莫名其妙，她对我喷发的怒火更是莫名其妙。我其实不在乎她把手藏在桌下干什么，不就是绣一朵花吗，为什么要偷偷摸摸的呢？我想假如知道她是在绣花，我才懒得望她一眼，问题是她不知道我的心思，其实当我撑住窗沿看她的手时，我最希望看见的是扑克牌或者只是一张红桃 Q。

我第一次去上海充满了失落感，我父亲拉着我的手在上海的街道上怒气冲冲地走，他说，扑克牌，扑克牌，你知不知道那是“封资修”的东西，那不是什么好东西！

现在我可以确定当年随父亲投宿的旅社临近外滩或者黄浦江，因为那天夜里我听见了海关大钟、小火轮以及货船汽笛的声音，我还记得旅社的房间里有三张床，每张床上都悬着夏天才用得上的圆罩形蚊帐。除了我和父亲，房间里还住着一个操北方口音的男人，那个男人长了一脸硬如猪鬃的络腮胡子。

起先我一个人睡一张床。灯开着，窗外的上海在一种类似呜咽的市声中渐渐沉入黑暗，我看不见窗外的事物，我只是透过蚊帐看着房间的墙。墙是米黄色的，墙上有一张爱国卫生月的宣传画，我觉得宣传画上那个手持苍蝇拍的男孩很像我们街上的猫头（猫头也许与失窃的那张红桃 Q 有关，他是我的重点怀疑对象），我想了一会儿猫头与红桃 Q 的事。突然就看见了墙上的那摊血迹，真的是很突然地看见了那摊血迹，它像一张地图印在墙上，贴着床上的蚊帐，离我的枕边仅仅一掌之距。

墙上有血！我朝另一张床上的父亲大叫起来。

哪来的血？我父亲从床上欠起身子，朝我这里草草地望了一眼，他说，是蚊子血，夏天谁打蚊子时留在墙上的。

不是蚊子的血。我有点惊恐地研究着墙上那摊血迹，蚊子的血没有这么多！

别去管它了，闭上眼睛好好睡，马上要拉灯了。父亲说。

我看见那个络腮胡男人钻出蚊帐，他三步两步地跳过来，掀起我床上的蚊帐，是这摊血吧？他看了我一眼，掉头用一种明亮的目光盯着墙上的那摊血迹看，然后我看见那个男人做了一个令人震惊的动作，他把食指放进嘴里含了一会儿，突然伸到墙上的血迹中心狠狠地刮了一下，又把食指放回到嘴里，我看见他微微皱了皱眉头，往地上啐了一口唾沫。

是人血。他三步两步地跳回自己的床，在蚊帐里嘿地笑了一声，是人血，我一看就知道是人血。

刹那间恐惧使我的心狂跳起来，我扑向父亲的那张床，什么也没说，一头钻进了父亲的被窝。

是从谁头顶上溅出来的血，我一看就知道了。络腮胡男人说，你要用锥子戳谁的头，血溅到墙上就是那样子，用皮带头抡也差不多，我一看就知道了，这儿肯定押过人。

那不可能，这是旅社。父亲说。

旅社怎么就不能押人？络腮胡男人在蚊帐里再次发出了轻蔑的笑声，他说，你好像什么都没见过，我们单位的澡堂都押过人，那血可不是在墙上，是在天花板上，天花板上呀，你知道人血怎么能溅到天花板上？你没亲眼见过，让你猜也猜不出来。

别说了，我带着孩子。我父亲堵住那男人的话茬儿说，我带着孩子，孩子胆小。

那男人后来就不再说了。灯熄灭了，旅社的房间也突然陷入一片黑暗之中，包括墙上的那摊血迹也被黑暗湮没了。除了一种模糊微白的反光，我看不见旅社墙面上的任何东西。我听见对面床上的男人打起了浊重的鼾声，后来我父亲也开始打鼾了。

孩子们胆小，那天夜里我一直抓着父亲的一条胳膊，我想象着旅社里曾经发生的这件事情，想象那个流血的人和手拿锥子或者皮带头的人，一时无法入眠，我记得我清晰地听见了上海午夜的钟声，我想那一定就是著名的海关大楼的钟声。

第二天上海没有阳光，天色始终像灰铁皮似的盖在高楼与电线杆的上端，我父亲捧着一张纸条，带着我在一家巨大的商场内穿梭，纸条上列着毛线、床单、皮鞋尺码之类的货品清单，那是邻居们委托父亲购买的。在那座明显留有殖民地气味的建筑物里，人比货品更为丰富芜杂。在皮鞋柜台那里，我差点与父亲失散，我走到文具柜台前，误以为柜台里的一盒回形针是扑克牌。当我沮丧地坐回到试鞋的长椅上，突然发现坐在旁边的不是我父亲，是一个穿着蓝呢子中山装的陌生人。

后来我张着嘴站在椅子上哇哇大哭，我父亲慌慌张张地跑过来，扔下手里的东西就在我屁股上打了两下，他说，让你别乱跑，你偏要乱跑，告诉过你多少遍，这是上海，走丢了没地方找你。我说我没有乱跑，我去找扑克牌了。我父亲没再责备我，他拉着我的手默然地往外面走，上海也没有扑克牌，父亲像是自言自语地说，或许小地方小县城还有扑克牌卖，等我去江西出差时给你看看吧。

大概为了抚慰我，父亲决定带我去黄浦江边看船。我们走到江边时空中已是雨雪霏霏，外滩一带行人寥落。我们沿着江边的铁栏杆走，我第一次看见了融入海洋的江水，江水是灰黄色的漾着油脂的，完全违背了我的想象。我还看见了许多江鸥，它们有着修长而轻捷的翅膀，啼叫声也比香椿树街檐前树上的麻雀响亮一百倍，当然最让我神思飞扬的是那些船舶，那些泊岸的和正在江中行驶的船舶，那些桅杆、舷窗、烟囱、锚柱以及在风中猎猎作响的彩旗，我认为它们与我在图画本上描绘的轮船如出一辙。

雨和雪后来一直飘飘洒洒地落在上海的街道上，直到我和父亲登上那列短途火车的车厢。我的上海之旅结束得如此仓促，再加上恶劣的天气使午后的时间提前进入黑暗，我印象中的回程火车是灰暗而寒冷的。

车厢里几乎是空荡荡的，每一张木制座椅都透出一股凉意。我们原来坐在车厢中部，但那儿的窗玻璃被打碎了，因此父亲领着我走到了车厢尾部，那儿临近厕所，隐约地会飘来一股尿味，但毕竟暖和多了。我记得父亲脱下他的蓝呢子中山装裹在我身上时我问过他，这火车没有人？就我们两个人？父亲说，今天天气不好，又是慢车，坐这车的人肯定就少了。

火车快要启动的时候突然来了四个人，他们挟着车窗外的寒气闯进那节车厢，四个男人，三个年轻的都穿着军用棉大衣，只有那个年长的戴口罩的人穿着与我父亲相仿的蓝呢子中山装，他们一进来我就知道外面的雪下大了，我看见那些人的帽子和肩头落满了大片的雪花。

我想说的就是那四个匆匆而来的旅客，主要是那个戴口罩的老人，让我奇怪的是他始终被另外三个人架着挤着，他们走过我们身边，选择了车厢中部我们原先坐过的座位，他们好像不怕那儿的冷风。我看见那个老人坐在两个同伴中间，他朝我们这里转过头来，但那个动作未能完成，那个花白脑袋好像被什么牵拉着，又转了回去。隔着座椅，我看见的是几个僵硬的背部，有一个人摘下头上的帽子拍了拍雪，仅此而已，我没有听见他们说过一句话。

他们是什么人？我问父亲。

不知道。我父亲也一直冷眼旁观着，但他不允许我站起来朝那群人张望，他说，你给我坐着，不许走过去，也不许朝他们东张西望。

火车在一九六九年的风雪中驶过原野，窗外仍然是阴沉沉的暗如夜色，冬天闲置的农田里已经蒙上了一层薄薄的雪衣。父亲让我看窗外的雪景，我就看着窗外，但我突然听见车厢中部响起了什么声音，是那四个人站了起来，三个穿棉大衣的人簇拥着戴口罩的老人穿过走道，朝我们这里走来。我很快发现他们是要去厕所，让我惊愕的还是戴口罩的老人，他仍然被架着推挤着，他的目光从同伴的肩上挤出来，盯着我和父亲，我清晰地看见他的眼泪，那个戴口罩的老人满眼是泪！

虽然我父亲用力把我往车窗那侧拉拽，我还是看到了三个人一齐挤进厕所的情景，其中包括戴口罩的老人。另外一个年轻人站在门外，他比我哥哥也大不了多少，但他向我投来的冷冷一瞥使我吓了一跳，我缩回了脑袋，轻声对我父亲说，他们进厕所了。

他们进厕所了，进去的是三个人，但那个戴口罩的老人没有出来，出来的是两个年轻人，我听见那三个穿棉大衣的人站在车厢连接处耳语着什么，我忍不住悄悄歪过脑袋，看见的是那三个穿棉大衣的人，其中一个正把大衣领子竖起来护住耳朵。我看见的是那三个穿棉大衣的人，他们推开另一节车厢的门，消失在我的视线里。

我不知道戴口罩的老人怎么样了，我很想去厕所看一眼，但我父亲不准我动弹，他说，你给我坐着，不许走过去。我觉得父亲的神态和声音都显得很紧张。不知过了多久，列车员领着一群带着锣鼓铜钹的文艺宣传队员走进我们这节车厢，我父亲终于把一直抓着我的手松开，他舒了一口气说，你要上厕所？我带你去吧。

厕所的门虚掩着，推开门时一阵狂风让我打了个哆嗦，我一眼发现厕所的小窗敞开着，风与雪一起灌了进来，厕所里没有人，那个戴口罩的老人不见了。

那个老人不见了。我大叫起来，他怎么不见了？

谁不见了？父亲躲避着我的眼睛说，他们到另外一节车厢去了。

那个老人不见了，他在厕所里。我仍然大叫着，他怎么会不见了？

他到另外一节车厢去了，你不是要撒尿吗？我父亲望着窗外的风雪说，这儿多冷，你快点尿吧。

我想撒尿，但我突然看见厕所潮腻的地上有一张扑克牌，说出来你简直无法相信，那正是一张红桃Q，我一眼就看见那是红桃Q，是我丢失了而又找不回来的红桃Q。你完全可以想到我的举动，我弯腰捡起了那张扑克牌，准确地说是抢起了那张扑克牌，我抹去了扑克牌上的泥雪，向我父亲挥着它，红桃Q，正好是一张红桃Q！我记得我父亲当时急遽变化的表情，错愕，迷惑，震惊，恐惧，最后是满脸恐惧，最后我父亲满脸恐惧地抢过那张红桃Q，一扬手扔到窗外，嘴里紊乱地叫喊着，快扔掉，别拿着它，血，牌上有血！

我敢打赌那张扑克牌上没有一滴血迹，但我父亲那么说似乎并非谵妄之言。一九六九年的上海之旅在我的记忆中有一个神秘的句号。关于那个戴口罩的老人，关于那张红桃Q。整个童年时代我父亲始终拒绝与我谈论火车上的那件事情，因此我一直以为那个戴口罩的老人是个哑巴，直到前几年我已能与父亲随便地谈论所有陈年往事时，他才纠正了我记忆中错误的这一部分，你那时候还小，你看不出来，父亲说，他不是哑巴，肯定不是哑巴，你没注意他的口罩在动，他的舌头，他的舌头被，被他们，被……

我父亲没有说下去，他说不下去，他的眼睛里一下子沁满了泪，而我也不需要再说什么了，其实我也不喜欢多谈这件事情，多年来我常常想起火车上那个老人的泪水，想起他的泪水我心里就非常难受。

无论如何红桃 Q 仅仅是一张扑克牌而已。现在我仍然喜欢与朋友一起玩扑克，每次抓到红桃 Q 时我总觉得那张牌有某种异常的分量，不管是否适合牌理，那张牌我从不轻易出手，我也不知道为什么，我习惯把那张牌留到最后。

小偷

小偷在箱子里回忆往事。如此有趣的语言总是有出处的。事实上它缘于一次拆字游戏。圣诞节的夜晚，几个附庸风雅的中国人吃掉了一只半生不熟的火鸡，还喝了许多白葡萄酒和红葡萄酒。他们的肠胃没有产生什么不适的感觉。他们聊天聊到最后没什么可聊了，有人就提议做拆字游戏。所谓的拆字游戏要求参加者在不同的纸条上写下主语、状语、谓语、宾语，纸条和词组都多多益善，纸条与词组越多组合成的句子也越多，变化也越大。他们都是个中老手，懂得选择一些奇怪的词组，在这样的前提下拼凑出来的句子就有可能妙趣横生，有时候甚至让人笑破肚皮。这些人挖空心思在一张张纸条上写字，堆了一桌子。后来名叫郁勇的人抓到了这四张纸条：小偷在箱子里回忆往事。

游戏的目的达到了，欢度圣诞节的朋友们哄堂大笑。郁勇自己也笑。笑过了有人向郁勇打趣，说，郁勇你有没有可以回忆的往事？郁勇反问道，是小偷回忆的往事？朋友们都说，当然是小偷回忆往事，你有没有往事？郁勇竟然说，让我想一想。大家看着郁勇抓耳挠腮的，并没有认真，正要继续游戏的时候，郁勇叫起来，我要回忆，他说，我真的要回忆，我真的想起了一段往事。

这是谁也没有预料到的，郁勇说了一个别人无法打断的故事。

我不是小偷，当然不是小偷。你们大概都知道，我不是本地人，我在四川出生，小时候跟着我母亲在四川长大。我母亲是个中学教师，我父亲是空军的地勤人员，很少回家。你们说像我这种家庭环境里的孩子可能当小偷吗，当然不会是小偷，可我要说的是跟小偷沾边的事情，你们别吵了，我就挑有代表性的事情说，不，我就说一件事吧，就说谭峰的事。

谭峰是我在四川小镇上的唯一一个朋友，他跟我同龄，那会儿大概也是八九岁。谭峰家住在我家隔壁，他父亲是个铁匠，母亲是农村户口，家里一大堆孩子，就他一个男的，其他全是女孩子，你想想他们家的人会有多么宠爱谭峰。他们确实宠爱他，但是只有我知道谭峰偷东西的事情，除了我家的东西他不敢偷，小镇上几乎所有人家都被他偷过。他大摇大摆地闯到人家家里去，问那家的孩子在不在家，就那么一会儿工夫，他就把桌上的一罐辣椒或者一本连环画塞在衣服里面了。有时候我看着他偷，我的心怦怦地跳，谭峰却从来若无其事。他做这些事情不避讳我，是因为他把我当成最忠实的朋友，我也确实给他做过掩护，有一次谭峰偷了人家一块手表，你知道那时候一块手表是很值钱的，那家人怀疑是谭峰偷的，一家几口人嚷到谭峰家门口，谭峰把着门不让他们进去，铁匠夫妻都出来了，他们不相信谭峰敢偷手表，但是因为谭峰嘴里不停地骂脏话，铁匠就不停地拧他的耳朵，谭峰嘴犟，他大叫着我的名字，要我出来为他做证，我就出去了，我说谭峰没有偷那块手表，我可以证明。我记得当时谭峰脸上那种得意的微笑和铁匠夫妇对我感激涕零的眼神，他们对围观者说，那是李老师的孩子呀，他家教好，从来不说谎的。这件事情就因为我变成了悬案，过了几天丢手表的那家人又在家里发现了那只手表，他们还到谭峰家来打招呼，说是冤枉了谭峰，还给他送来一大碗汤圆，谭峰捧着那碗汤圆叫我一起吃，我们俩很得意，是我让谭峰悄悄地把手表送回去的。

我母亲看不惯谭峰和他们一家，不过那个年代的人思想都很先进，她说能和工农子弟打成一片也能受一点教育，她假如知道我和谭峰在一起干的事情会气疯的，偷窃，我母亲喜欢用这个词，偷窃是她一生最为痛恨的品行，但她不知道我已经和这个词汇发生了非常紧密的联系。

假如不是因为那辆玩具火车，我不知道我和谭峰的同盟关系会发展到什么程度。谭峰有一个宝库，其实就是五保户老张家的猪圈。谭峰在窝藏赃物上很聪明，老张的腿脚不太灵便，他的猪圈里没有猪，谭峰就挖空了柴草堆，把他偷来的所有东西都放在里面，如果有人看见他，他就说来为老张送柴草，谭峰确实也为老张送过柴草，一半给他用，一半当然是为了扩大他的宝库。

我跟你们说说那个宝库，里面的东西现在说起来是很可笑的，有许多药瓶子和针剂，说不定是妇女服用的避孕药，有搪瓷杯、苍蝇拍、铜丝、铁丝、火柴、顶针、红领巾、晾衣架、旱烟袋、铝质的调羹，都是些乱七八糟的东西。谭峰让我看他的宝库，我毫不掩饰我的鄙夷之情，然后谭峰就扒开了那堆药瓶子，捧出了那辆红色的玩具火车，他说，你看。他小心翼翼地捧着火车，同时用肘部阻挡我向火车靠近，他说，你看。他的嘴上重复着这句话，但他的肘部反对我向火车靠近，他的肘部在说，你就站那儿看，就看一眼，不准碰它。

那辆红色的铁皮小火车，有一个车头和四节车厢，车头顶端有一个烟囱，车头里还坐着一个司机。如今的孩子看见这种火车不会稀罕它，可是那个时候，在四川的一个小镇上，你能想象它对一个男孩意味着什么，是人世间最美好的东西，对吗？我记得我的手像是被磁铁所吸引的一块铁，我的手情不自禁地去抓小火车，可是每次都被谭峰推开了。

你从哪儿偷来的？我几乎大叫起来，是谁的？

卫生院成都女孩的。谭峰示意我不要高声说话，他摸了一下小火车，突然笑了起来，说，不是偷的，那女孩够蠢的，她就把小火车放在窗前嘛，她请我把它拿走，我就把它拿走了嘛。

我认识卫生院的成都女孩，那个女孩矮矮胖胖的，脑子也确实笨，你问她一加一等于几，她说一加一是十一。我突然记起来成都女孩那天站在卫生院门前哭，哭得嗓子都哑了，她父亲何医生把她扛在肩上，像是扛一只麻袋一样扛回了家，我现在可以肯定她是为了那辆小火车在哭。

我想象着谭峰从窗子里把那辆小火车偷出来的情景，心里充满了一种嫉妒，我发誓这是我第一次对谭峰的行为产生嫉妒之心。说起来奇怪，我当时只有八九岁，却能够掩饰我的嫉妒，我后来冷静地问谭峰，火车能开吗？火车要是不能开，就没什么稀罕的。

谭峰向我亮出了一把小小的钥匙，我注意到钥匙是他从裤子口袋里掏出来的，一把简单的用以拧紧发条的钥匙。谭峰露出一种甜蜜的自豪的微笑，把火车放在地上，他用钥匙拧紧了发条，然后我就看见小火车在猪圈里跑起来了，小火车只会直线运动，不会绕圈，也不会拉汽笛，但是这对于我来说已经是一个奇迹了。我不想表现得大惊小怪，我说，火车肯定能跑，火车要是不能跑还叫什么火车？

事实上我的那个可怕的念头就是在一瞬间产生的，这个念头起初很模糊，当我看着谭峰用柴草把他的宝库盖好，当谭峰用一种忧虑的目光看着我，对我说，你不会告诉别人吧？我的这个念头渐渐地清晰起来，我没说话，我和谭峰一前一后离开了老张的猪圈，路上谭峰扑了一只蝴蝶，他要把蝴蝶送给我，似乎想做出某种补偿。我拒绝了，我对蝴蝶不感兴趣。我觉得我脑子里的那个念头越来越沉重，它压得我喘不过气来，可是我无力把它从我脑子里赶走。

你大概能猜到我做了什么。我跑到卫生院去找到了何医生，告诉他谭峰偷了他女儿的小火车。为了不让他认出我的脸，我还戴了个大口罩，我匆匆把话说完就逃走了。回家的路上我恰好遇到了谭峰，谭峰在学校的操场上和几个孩子踢球玩，他叫我一起玩，我说我要回家吃饭，一溜烟似的就逃走了。你知道告密者的滋味是最难受的，那天傍晚我躲在家里，竖着耳朵留心隔壁谭峰家的动静，后来何医生和女孩果然来到了谭峰家。

我听见谭峰的母亲扯着嗓子喊着谭峰的名字，谭峰父亲手里的锤子也停止了单调的吵闹声。他们找不到谭峰，谭峰的姐姐妹妹满镇叫喊着谭峰的名字，可是他们找不到谭峰。铁匠怒气冲冲地来到我家，问我谭峰去了哪里，我不说话，铁匠又问我，谭峰是不是偷了何医生家的小火车，我还是不说话，我没有勇气做证。那天谭铁匠干巴的瘦脸像一块烙铁一样嗞嗞地冒出烈焰怒火，我怀疑他会杀人。听着小镇上响彻谭峰家人尖厉疯狂的喊声，我后悔了，可是后悔来不及了，我母亲这时候从学校回来了，她在谭峰家门前停留了很长时间，等到她把我从蚊帐后面拉出来，我知道我把自己推到绝境中了。铁匠夫妇跟在我母亲身后，我母亲说，不准说谎，告诉我谭峰有没有拿那辆小火车？我无法来形容我母亲那种严厉的无坚不摧的眼神，我的防线一下就崩溃了，我母亲说，拿了你就点头，没拿你就摇头。我点了点头。然后我看见谭铁匠像个炮仗一样跳了起来，谭峰的母亲则一屁股坐在了我家的门槛上，她从鼻子里摔出一把鼻涕，一边哭泣一边诉说起来。我没有注意听她诉说的内容，大意反正就是谭峰跟人学坏了，给大人丢人现眼了。我母亲对谭峰母亲的含沙射影很生气，但以她的教养又不愿与她斗嘴，所以我母亲把她的怨恨全部发泄到了我的身上，她用手里的备课本打了我一个耳光。

他们是在水里把谭峰抓住的，谭峰想越过镇外的小河逃到对岸去，但他只是会两下狗刨式，到了深水处他就胡乱扑腾起来，他不喊救命，光是在水里扑腾，铁匠赶到河边，把儿子捞上了岸，后来他就拖着湿漉漉的谭峰往家里走，镇上人跟着父子俩往谭峰家里走，谭峰像一根圆木在地上滚动，他努力地朝两边仰起脸，唾骂那些看热闹的人，看你妈个 ×，看你妈个 ×！

正如我所预料的那样，谭峰不肯坦白。他不否认他偷了那辆红色小火车，但就是不肯说出小火车的藏匿之处。我听见了谭铁匠的咒骂声和谭峰的一次胜过一次的尖叫，铁匠对儿子的教育总是由溺爱和毒打交织而成的。我听见铁匠突然发出一声山崩地裂的怒吼，哪只手偷的东西？左手还是右手？话音未落谭峰的母亲和姐姐妹妹一齐哭叫起来，当时的气氛令人恐怖，我知道会有什么可怕的事情发生，我不愿意错过目睹这件事情的机会，因此我趁母亲洗菜的时候一个箭步冲出了家门。

我恰好看见了铁匠残害他儿子的那可怕的一幕，看见他把谭峰的左手摁在一块烧得火红的烙铁上，也是在这个瞬间，我记得谭峰向我投来匆匆的一瞥，那么惊愕那么绝望的一瞥，就像第二块火红的烙铁，烫得我浑身冒出了白烟。

我说得一点也不夸张，我的心也被烫出了一个洞。我没听见谭峰响彻小镇上空的那声惨叫，我掉头就跑，似乎害怕失去了左手手指的谭峰会来追赶我。我怀着恐惧和负罪之心疯狂地跑着，不知怎么就跑到了五保户老张的猪圈里。说起来真是奇怪，在那样的情况下我仍然没有忘记那辆红色的小火车，我在柴草堆上坐了一会儿，下定决心翻开了谭峰的宝库。我趁着日落时最后的那道光线仔细搜寻着，让我惊讶的是那辆红色的小火车不见了，柴草垛已经散了架，我还是没有发现那辆红色的小火车。

谭峰并不像我想象的那么愚笨，他把小火车转移了。我断定他是在事情败露以后转移了小火车，也许当他姐姐妹妹满镇子叫喊他的时候，他把小火车藏到了更为隐秘的地方。我站在老张的猪圈里，突然意识到谭峰对我其实是有所戒备的，也许他早就想到有一天我会告密，也许他还有另一个宝库，想到这些我有一种莫名的失落和悲伤。

你能想象事情过后谭家的混乱吧，后来谭峰昏过去了，是铁匠一直在呜呜地哭，他抱着儿子一边哭着一边满街寻找镇上的拖拉机手。后来铁匠夫妇都坐上了拖拉机，把谭峰送到三十里外的地区医院去了。

我知道那几天谭峰会在极度的疼痛中度过，而我的日子其实也很难熬。一方面是由于我母亲对我的惩罚，她不准我出门，她认为谭峰的事情有我的一半责任，所以她要求我像她的学生那样，写出一份深刻的检讨。你想想我那时候才八九岁，能写出什么言之有物的检讨呢，我在一本作业本上写写画画的，不知不觉地画了好几辆小火车在纸上，画了就扔，扔了脑子里还在想那辆红色的小火车。没有任何办法，我没有办法抵御小火车对我产生的魔力，我伏在桌子上，耳朵里总是听见隐隐约约的金属声，那是小火车的轮子与地面摩擦时发出的声音。我的眼前总是出现四节车厢的十六个轮子，还有火车头上端的那个烟囱，还有那个小巧的脖子上挽了一块毛巾的司机。

让我违抗母亲命令的是一种灼热的欲望，我迫切地想找到那辆失踪的红色小火车。母亲把门反锁了，我从窗子里跳出去，怀着渴望在小镇的街道上走着。我没有目标，我只是盲目地寻找着目标。是八月的一天，天气很闷热，镇上的孩子们聚集在河边，他们或者在水中玩水，或者在岸上做着无聊的官兵捉强盗的游戏，我不想玩水，也不想做官兵做强盗，我只想着那辆红色的铁皮小火车。走出镇上唯一的麻石铺的小街，我看见了玉米地里那座废弃的砖窑。这一定是人们所说的灵感，我突然想起来谭峰曾经把老叶家的几只小鸡藏到砖窑里，砖窑会不会是他的第二个宝库呢，我这么想着无端地紧张起来，我搬开堵着砖窑门的石头，钻了进去，我看见一些新鲜的玉米秆子堆在一起，就用脚踢了一下，你猜到了？你猜到了。事情就是这么简单，不是说苍天不负有心人吗？我听见了一种清脆的回声，我的心几乎要停止跳动了，苍天不负有心人呀，就这么简单，我在砖窑里找到了成都女孩的红色小火车。

你们以为我会拿着小火车去卫生院找何医生？不，要是那样也就不会有以后的故事了。坦率地说我根本就没想物归原主，我当时只是发愁怎样把小火车带回家，不让任何人发现。我想出了一个办法，把汗衫脱下来，又掰了一堆玉米，我用汗衫把玉米连同小火车包在一起，做成一个包裹，提着它慌慌张张地往家里走。我从来不像镇上其他的男孩一样光着上身，主要是母亲不允许，所以我走在小街上时总觉得所有人都在朝我看，我很慌张，确实有人注意到了我的异常，我听见一个妇女对另一个妇女说，热死人的天，连李老师的孩子都光膀子啦。另一个妇女却注意到了我手中的包裹，她说，这孩子手里拿的什么东西，不会是偷的吧？我吓了一跳，幸亏我母亲在镇上享有美好的声誉，那个多嘴的妇女立刻受到了同伴的抢白，她说，你乱嚼什么舌头？李老师的孩子怎么会去偷东西？

我的运气不错，母亲不在家，所以我为小火车找到了安身之处，不只是床底下的杂物箱，还有两处作为机动和临时地点，一处是我父亲留在家里的军用棉大衣，还有一处是厨房里闲置不用的高压锅。我藏好了小火车，一直坐立不安。我发现了一个问题，就是那把拧发条的钥匙，谭峰肯定是把它藏在身边了。我得不到钥匙，就无法让小火车跑起来，对于我来说，一辆不能运动的小火车起码失去了一大半的价值。

我后来的烦恼就是来自这把钥匙。我根本没考虑过谭峰回家以后如何面对他的问题。我每天都在尝试自己制作那把钥匙，有一天我独自在家里忙乎，在磨刀石上磨一把挂锁的钥匙，门突然被谁踢开了，进来的就是谭峰。谭峰站在我的面前，气势汹汹地瞪着我，他说，你这个叛徒，内奸，特务，反革命，四类分子！我一下子乱了方寸，我把挂锁钥匙紧紧地抓在手心里，听凭谭峰用他掌握的各种词汇辱骂我，我看着他的那只被白布包得严严实实的左手，一种负罪感使我失去了还击的勇气。我保持沉默，我在想谭峰还不知道我去过砖窑，我在想他会不会猜到是我去砖窑拿走了小火车。谭峰没有动手，可能他知道自己只用一只手会吃亏，所以他光是骂，骂了一会儿他觉得没意思了，就问我，你在干什么？我还是不说话，他大概觉得自己过分了，于是他把那只左手伸过来让我参观，他说，你知道绑了多少纱布，整整一卷呢！我不说话。谭峰就自己研究手上的纱布，看了一会儿他忽然得意地笑起来，说，我把我老子骗了，我哪儿是用左手拿东西，是右手嘛。他向我提出了一个问题，喂，你说烫左手合算还是烫右手合算？这次我说话了，我说，都不合算，不烫才合算。他愣了一下，对我做了个轻蔑的动作，傻瓜，你懂个屁，右手比左手重要多了，吃饭干活都要用右手，你懂不懂？

谭峰回家后我们不再在一起玩了，我母亲禁止，铁匠夫妇也不准他和我玩，他们现在都把我看成一个狡猾的孩子。我不在乎他们对我的看法，我常常留心他们家的动静，是因为我急于知道他是否去过砖窑，是否会怀疑我拿了那辆红色小火车。

那一天终于来到了。已经开学了，我被谭峰堵在学校门口，谭峰的模样显得失魂落魄的，他用一种近乎乞求的眼神盯着我，他说，你拿没拿？我对这种场景已经有所准备，你不能想象我当时有多么地冷静和世故，我说，拿什么呀？谭峰轻轻地说，火车。我说，什么火车？你偷的那辆火车？谭峰说，不见了，我把它藏得好好的，怎么会不见了呢？我告诫自己要冷静，不能提砖窑两个字，于是我假充好人地提醒他，你不是放在老张家的猪圈里了吗？谭峰朝我翻了个白眼，随后就不再问我什么了，他开始向操场倒退着走过去，他的眼睛仍然迷惑地盯着我，我也直视着他的眼睛，随他向操场走去。你肯定不能相信我当时的表现，一个八九岁的孩子，会有如此镇定成熟的气派。这一切并非我的天性，完全是因为那辆红色的小火车。

我和谭峰就这样开始分道扬镳，我们是邻居，但后来双方碰了头就有一方会扭过脸去，这一切在我是由于一个沉重的秘密，在谭峰却是一种创伤造成的。我相信谭峰的左手包括他的内心都遭受了这种创伤，我得承认，那是我造成的。我记得很清楚，大概是在几个月以后，谭峰在门口刷牙，我听见他在叫我的名字，等我跑出去，他还在叫我的名字，但他并不朝我看一眼，他在自言自语，他说，郁勇，郁勇，我认识你。我当时一下子就闹了个大红脸，我相信他掌握了我的秘密，让我纳闷的是自从谭峰从医院回家，我一直把小火车藏在高压锅里，连我母亲都未察觉，谭峰怎么会知道？难道他也是凭借灵感得知这个秘密的吗？

说起来可笑，我把小火车弄到手以后很少有机会摆弄它，更别提那种看着火车在地上跑的快乐了，我只是在确保安全的情况下偶尔打开高压锅的盖子，看它几眼，仅仅是看几眼。你们笑什么？做贼心虚？是做贼心虚的感觉，不，比这个更痛苦更复杂，我有几次做梦梦见小火车，总是梦见小火车拉响汽笛，梦见谭峰和镇上的孩子们迎着汽笛的声音跑来，我就被吓醒了，我知道梦中的汽笛来自五里地以外的宝成铁路，但我总是被它吓出一身冷汗。你们问我为什么不把火车还给谭峰？错了，按理要还也该还给成都女孩，我曾经有过这个念头，有一天我都走到卫生院门口了，我看见那个女孩在院子里跳橡皮筋，快快活活的，她早就忘了小火车的事了。我想既然她忘了我还有什么必要做这件好事呢？我就没搭理她，我还学着谭峰的口气骂了她一句，猪脑壳。

我很坏？是的，我小时候就坏，就知道侵吞赃物了。问题其实不在这里，问题在于我想有这么一个秘密，你们替我想想，我怎么肯把它交出去？然后很快就到了寒假，就是那年寒假，我父亲从部队退役到了武汉，我们一家要从小镇迁到武汉去了。这个消息使我异常兴奋，不仅因为武汉是个大城市，也因为我有了机会彻底地摆脱关于小火车的苦恼，我天天盼望着离开小镇的日子，盼望离开谭峰离开这个小镇。

离开那天小镇下着霏霏冷雨，我们一家人在汽车站等候着长途汽车。我看见一个人的脑袋在候车室的窗子外面闪了一下，又闪了一下。那是谭峰，我知道是他，但我不理他。是我母亲让我去向他道别，她说，是谭峰要跟你告别，你们以前还是好朋友，你怎么能不理他？我只好向谭峰走过去，谭峰的衣服都被雨点打湿了，他用那只残缺的手抹着头发上的水滴，他的目光躲躲闪闪的，好像想说什么，却始终不开口，我不耐烦了，我转过身要走，一只手却被拉住了，我感觉到他把什么东西塞在了我的手里，然后就飞快地跑了。

你们都猜到了，是那把钥匙，红色小火车的发条钥匙！我记得钥匙湿漉漉的，不知是他的手汗还是雨水。我感到很意外，我没想到会有这么一个结局，直到现在我对这个结局仍然感到意外。有谁知道谭峰是怎么想的吗？

朋友们中间没人愿意回答郁勇的问题，他们沉默了一会儿，有人问郁勇，你那辆小火车现在还在吗？郁勇说，早就不在了。到武汉的第三天，我父母就把它装在盒子里寄给何医生了。又有人愚蠢地说，那多可惜。郁勇笑起来，他说，是有点可惜，可你怎么不替我父母想想，他们怎么会愿意窝藏一件赃物？他们怎么会让我变成一个小偷？

独立纵队

上

小堂告诉他表哥，他所以在香椿树街成为光杆司令，主要是处于一个不利的地形。这都要怪他家的房子不前不后，不东不西，孤单单地坐落在化工厂的边门旁，干脆他要是住在化工厂里也行，可他偏偏就住在外面，这样他既不是化工厂宿舍楼的孩子，也不是葵花里千勇他们那一伙的，他就只有一个人。表哥安慰他说，别怕，有人欺负你找我。小堂那天跟着表哥在游泳池学游泳，他看着表哥雪白的细瘦的大腿，迟疑了一会儿，说，我对千勇的哥哥提过你的名字，他说他不认识你。表哥有点尴尬，说，谁要他认识我？我是西大街独立纵队的。他看看小堂，突然嘻地一笑，说，你也是独立纵队嘛，回去就告诉他们，谁也别来惹你，你是香椿树街独立纵队的司令员。

小堂在西大街他姑妈家住了一夜，第二天他提着一只西瓜回到了香椿树街。才离开了一天，街道就显得陌生了，桥下水果店的柜台后面出现了一个年轻的从未见过的女店员，她不知在和什么人说话，一边说一边咯咯地放肆地笑着，有个男的半蹲在装满毛桃的箩筐旁边，屁股向大街的方向翘着，小堂看见那个女店员突然挥手在那个屁股上打了一巴掌，啪地一响，小堂忍不住笑出了声，他发现柜台后面的人抬头向他这里张望，就扭过脸快步跑过了水果店。小堂扭着脸笑，他的这种怪模样引起了丰收的注意，丰收正守着他奶奶的凉茶摊子，他惊讶地看着小堂和他手里的西瓜，你脑子坏啦？丰收冲着小堂骂，走路还咧着个嘴笑，偷西瓜啦？小堂指了指水果店，一时不知该怎么描述水果店的事情，就简单地说，打屁股！丰收却仍然瞪着小堂：脑子坏了？丰收虽然以前跟着千勇，但现在千勇把他开除了，小堂现在不怕他，他对丰收说，我的脸归我使用，要笑要哭随我的便，关你屁事！丰收被小堂这句话震住了，他嘴里咦咦地叫了几声，猛地眼睛一亮，对小堂说，你他妈的别神气，千勇要找你算账！小堂这时候已经走到浴室门口了，小堂的脚步应声停顿下来，他站在浴室门口，回头向丰收望了一眼，又望了一眼，丰收埋下脑袋看起了连环画，他看不清他脸上的表情，因此无法判断丰收的话是真是假。小堂环顾着正午时分空寂的街道，一种非凡的勇气从天而降，小堂突然向丰收叫喊了一声，我谁也不怕，我是独立纵队的！

临近葵花里的时候小堂听见了一阵熟悉的喧闹声，那种声音由哑铃、石锁落地的声音和男孩们起哄吵闹的声音组成，小堂听见一个男孩尖叫着，开除，开除他！那是千勇的声音。小堂有点心神不定，他看见葵花里的门口有两个男孩守着，一左一右，像是两个哨兵。小堂知道他们确实是千勇的哨兵。葵花里的门上现在有一行字：出入葵花里请出示通行证。那行歪歪扭扭的字当然是出自千勇之手。千勇的哥哥千刚是香椿树街青年的领袖人物，千勇就狗仗人势称王称霸，谁都知道千勇狗屁不如，可谁都知道千刚厉害，所以男孩子们就投靠了千勇，他们觉得投靠了千勇就是投靠了千刚。小堂远远地看见豁嘴叼着香烟走进葵花里，并没有出示什么通行证，豁嘴是千刚的朋友，他不用遵守千勇的规定。小堂知道那种画在硬纸板上的通行证只是针对他们这一拨男孩的，他也知道街上有好多男孩向千勇交了一块钱，得到了那张通行证。丰收曾经问他有没有买葵花里的通行证，小堂说，买它干什么？谁要到葵花里去？去那儿就是看千刚他们练身体，又不让你练，有什么用？小堂现在想起了这件事，他猜丰收一定去向千勇检举了，如果千勇真的要找他算账，一定与这件事有关。

小堂走过了葵花里的大门洞，两个哨兵都比小堂小，其中一个不时地擤着鼻涕，小堂不怕他们。他用眼角的余光向里面瞄了一下，看见千刚他们围着满地的哑铃和石锁，每个人都光裸着上身，露出结实的肌肉。他没有看见千勇和他的一帮狗腿子。小堂提着西瓜匆匆地走过葵花里，将装西瓜的网线袋从右手换到了左手。冷不防地他听见了千勇的声音，把他拦住，把他拦住！小堂感觉到从身后卷过来一阵风，一眨眼，千勇和烂泥他们就堵在他面前了。

小堂惊慌地靠到墙上，看着千勇，他看见千勇手里甩着一根链条锁，千勇的额头上长了个热疖，上面涂着紫药水。小堂意识到自己的惊慌会带来什么样的后果，他极力摆出一种轻松的姿态，说，你玩链条锁呀？

千勇却不吃这一套，他始终用挑衅的目光瞪着小堂，说，你是化工厂的人吧？是你不让丰收来买通行证的吧，你说要玩去化工厂和宋文他们玩，是你说的吧？

小堂惊叫起来，没有，我没说过，是丰收造谣！丰收一贯造谣，你是知道的，他的嘴巴全世界最烂！

千勇冷笑了一声，说，那你的嘴巴就干净了？你们化工厂的人嘴巴才是全世界最烂的，你们不是说要消灭葵花里吗？来呀，来消灭啊，什么本事也没有，鸡蛋还想碰石头，哪天我把你们化工厂小孩的嘴全部用大便堵起来，看你们还嘴硬！烂泥在旁边帮腔说，哪天我带一颗炸弹去你们化工厂，不消一秒钟，你们化工厂就报废了！

我不是化工厂的！小堂一着急就口不择言了，他说，你们的眼睛长到屁股上去了？我住在化工厂隔壁，不在化工厂里面。

我跟宋文他们没有关系！

住在化工厂隔壁就等于住化工厂，你一定是宋文的奸细。千勇仍然气势汹汹瞪着小堂，他用链条锁的锁头在小堂的下巴上蹭了一下，说，给我从实招来，你是不是宋文的奸细？烂泥这时候在旁边提醒千勇，烂泥说，千勇，他刚才说你眼睛长屁股上啊。

小堂一直注意着千勇的链条锁，他知道链条锁能把人的脑袋砸一个窟窿。小堂放下西瓜，将千勇的链条锁往旁边推，他说，我骗你是小狗，我从来不跟宋文他们玩，我瞧不上他们。

烂泥先叫起来，花言巧语，骗人！那你今天交代清楚，你为什么不买我们的通行证？你自己不买，还劝丰收也不买。你还是一个教书（唆）犯！

小堂不看烂泥，他一直用诚恳的目光看着千勇，他说，我没钱，我妈妈从来不给我一分钱。丰收有钱，他帮他奶奶卖凉茶，有好多钱。

千勇嗤地一笑，说，你是猪脑子呀？谁的钱是爹妈给的？都是从家里偷出来的嘛。你不会从家里偷啊？

我外公天天在家。小堂说，我没机会偷他们的钱。

千勇似乎有点相信小堂的说法了，他把链条锁卷起来放在裤袋里，他的目光落在小堂的西瓜上。一只西瓜折合一块钱。千勇突然说，你要不要用西瓜换通行证，随便你，我不强迫你。烂泥在一边补充说，给你一个机会，这是考验你，你放聪明一点。

小堂咬着嘴唇，他的脑袋扭来扭去的，斜着眼睛向哪儿张望着，大约过了一分钟，他说，好吧，你先把通行证给我。千勇从裤袋里掏他的通行证时，小堂的一句话让千勇恼羞成怒，小堂说，这只西瓜一块五毛钱，你还要补我五毛钱。千勇就举起拳头对准了小堂，他说，你敢跟我要五毛钱？你吃了豹子胆啦！

小堂是个识时务的男孩，他后来没再坚持要那五毛钱。他把通行证放进衬衣口袋就往前走了。离开香椿树街才一天的时间，街道和街上的人群就显出几分陌生，有些人哭丧着个脸，好像家里死了人，有的人表情鬼鬼祟祟，好像刚刚写了反动标语。小堂现在空着手，一只西瓜换了一张葵花里的通行证，这笔交易是否合算，小堂现在还无法估算。

下

正午时分，一些搬运工人顶着毒辣的阳光从化工厂的边门里推出一车车的樟脑，一路小跑着向河运码头冲去。樟脑刺鼻的气味钻出麻袋，荡漾在香椿树街上，小堂在床上迷迷糊糊地睡着，两只手轮流驱赶着樟脑的气味，没有什么作用，小堂的午睡就这样被樟脑剥夺了。

小堂记得他做了一个梦，但是却想不起具体的梦境了，唯一记得的是一面火红的旗帜，旗帜上写着四个字：独立纵队。小堂放不下这个梦，他在房间里苦思冥想，仍然不能把那个神奇的梦拼接起来，小堂干脆找出一件旧背心，用钢笔在上面写了四个大字：独立纵队。他把背心穿在身上，背对着镜子照那四个字，手写的字无论多好都没有印出来的威风，你要是穿着它出去，别人会笑话的。小堂在镜子前忙了半天，最终还是把那件背心换下来了。

小堂的外公还在竹制的躺椅上打呼噜，躺椅正对着大门外的街道，加上外公睡觉的时候有一只眼睛总是半睁着，看上去他仍然饶有兴味地监视着街上的行人。小堂走到门边，听见外公的呼噜突然卡住了，他下意识地往后面缩了一下，回头一看，外公还在睡，小堂注意到外公宽大的裤衩起了不该有的褶皱，他的干瘪的睾丸部分又露在外面了。小堂担心门外的路人会看见它，又不想为这事叫醒外公，俗话说急中生智，小堂一着急就到筷筒里拿了一双筷子，小心地提着筷子替外公把裤衩整理好了。外公翻了个身，对小堂的做法一点也不领情，他说，不准出去，小心他们又欺负你。然后就又打开了呼噜。

小堂倚着门，看着那些搬运工人在烈日下的劳动。两个食堂的师傅抬着一桶什么东西来到厂门口，小堂知道那是提供给搬运工的冰冻绿豆汤。小堂认识那个胖的食堂师傅，他从厨房里拿了一只碗，匆匆地跑过去，把碗塞给胖师傅。但胖师傅却把碗推开了，对小堂不耐烦地说，剩下了才能给你。小堂觉得没面子，但他还是耐心地站在一边等。他看见宋文的自行车突然从大街上拐了进来，自行车后面坐着小北京。他们跳下了车，两个人看上去都是满头大汗的，小北京的右手不知什么时候上了石膏夹板，看上去就像《红灯记》中的王连举。小堂以前总是主动地招呼宋文，而宋文对他一向是爱理不理的，这次不同了，小堂反剪着手拿着他的碗，一条腿还满不在乎地抖动着。小堂想他何苦总是去拍他们的马屁，当你成为独立纵队后是不需要同党的，可是世界上的事情就是奇怪，宋文从来都不爱搭理小堂，那天却忽然向小堂招了招手，用一种非常亲切的口气说，小堂你跟我们来！

小堂意外地看着宋文，他把手里的碗扣在头上，又拿下来，嘴里咕哝道，来干什么？你们请我吃冷饮吗？

小北京说，让你来你就来。我们那里冷饮多的是，没人吃。

宋文说，来呀，我有事要问你。

小堂犹豫了一下，还是尾随着他们走进了化工厂的边门。他们经过仓库，向宿舍区走去。小堂始终和宋文他们保持着一米左右的距离。小堂一路走一路问，找我干什么？那天厂里放电影，我让你们带我进去，你们不理我，现在找我干什么？小北京回过头皱着眉头，说，啰唆什么？你是妇女呀？有事就是有事，没事找你干什么！小堂站住了，他看着宋文把自行车放进了车棚，小堂抬头看了看车棚上方的三层楼楼房，那就是化工厂的宿舍，小堂知道宋文家住二楼，小北京就住一楼。小堂想起宋文家的那台电视机，不知道白天有没有节目，他就提示性地说，宋文，去你家玩吧。宋文锁好了自行车，将带有金鱼形坠子的自行车钥匙摊在手上，转了一下，然后他对小堂说，跟我们来。

宿舍楼里光线很暗，楼梯上堆满了各家的杂物。小堂把碗放在谁家的纸箱上，空着手跟宋文他们往楼上走。他们走过了二楼，小堂说，不对，你们去哪里？宋文说，去我们司令部，司令部在三楼。小堂一下就愣在楼梯上了，你们也有司令部了？我怎么不知道呢？小北京回过头瞪着他，说，你别装蒜，我们早就有司令部，你是来过的。小堂这下明白了，他知道小北京指的是一间废弃的厕所，那间厕所下水道坏了，被宿舍里的人封起来，当了储藏间，去年有一天宋文在杂货店买了六支拖把，小堂正好路过那里，是他帮宋文把其中三支拖把送到那间旧厕所去的。

小堂是被宋文推进旧厕所里面的，这一瞬间他后悔了，他知道上当了，可后悔有什么用？他看见储藏间里有五六个男孩等在那里，他们是在等着宋文和小北京，不，小堂其实已经意识到他们是在等他，他看见了墙上用墨水写的标语：叛徒沈小堂公审大会。沈小堂这三个字就像街上布告栏里的杀人犯的名字，被谁用红墨水打了个叉叉。小堂发出了一声狂叫，他拼命想挣脱宋文的两只手，但里面的化工厂的孩子一拥而上，有个戴眼镜的孩子把一团线塞进了小堂的嘴里。小堂的眼泪一下就涌了出来，他不知道这件事情发生的前因后果，惊慌之中他只是一遍遍地尖叫着，你们弄错了，我不是叛徒！小堂知道他们听不清自己的声音，但他还是尖叫着，你们别胡闹，我不是叛徒！

是宋文把小堂嘴里的线团掏出来的，宋文对他的人说，我们要听他坦白，不能堵他的嘴。宋文又对小堂说，你给我放老实点，你要是再敢乱叫乱喊的，我就用樟脑丸塞你的嘴。宋文从一只塑料袋里拿出几颗樟脑，让小堂看，他说，你是知道的，吃下樟脑丸你就变成一个白痴了，你说，你还叫不叫了？小堂大口地喘着粗气，他说，我不叫了，可你们不能冤枉人，为什么把我当叛徒？为什么开我的公审大会？你们先要向我说清楚。

宋文向其他男孩看了看，表示审问开始了。宋文清了清喉咙，说，坦白从宽，抗拒从严，你要老实交代，第一个问题，昨天一天你去哪里了？

小堂说，我去我姑妈家了。夜里就住在她家。你们管得太宽了，我不能去我姑妈家吗？

你还嘴犟？小北京几乎是扑过来，用左手点着小堂衬衣的口袋里，他说，这是什么？掏出来给大家看，掏出来就真相大白了，什么姑妈不姑妈的，你是跑到葵花里去告密了！

旁边有人抢先替小堂掏出了那张硬纸板，是千勇手写的葵花里的通行证。那个男孩怪腔怪调地念着：葵花里通行证。有效期一九七四年八月。过期失效。小堂这时有点明白他的处境了，小堂又大叫起来，是他要给我的，不是我向他要的。

宋文说，那不说明什么问题，你有葵花里的通行证，就证明你当了叛徒。证据确在（凿），你还狡辩什么，你还想富于（负隅）顽抗？

小堂一急眼泪又不听话地流了出来，他说，什么呀？你们连什么是叛徒都弄不清楚，还在公审叛徒呢。我不是你们一伙的，你们从来不跟我一起玩，我怎么是你们的叛徒呢？你们这是乱扣帽子。

宋文无疑对小堂的抗辩是有准备的，他说，我就知道你会这样洗清自己的罪名，你说你不是我们的人，那我问你，你住在化工厂隔壁不会错吧？葵花里离你家有三百多米呢，你去投靠他们，就是对我们司令部的出卖，出卖就是叛徒！

小堂不停地摇头，他说，你说什么呀，我怎么出卖你们了？你们从来不搭理我，你们整天干什么我一点也不知道，怎么出卖你们？我没有你们的情报呀。

小北京站在一边怒视着小堂说，还在装蒜，你怎么没有情报？天天在厂门口东张西望的，不是刺探情报是干什么？我问你，你有没有把我们司令部的名单交给千勇？

小堂的眼泪止不住地流出来，他说，什么名单？我根本不知道你们有多少人，你们化工厂的人都不爱搭理我呀。

宋文说，我们不搭理你，你就可以当叛徒了？嘿，你当叛徒倒当出个理由了。我看你就是对我们化工厂司令部怀恨在心，所以当了叛徒，对不对？

小堂先是点头，很快他意识到不该这么诚实地对待宋文的审问，于是他又摇头，他说，反正我不是叛徒，我从来不是你们这一帮的，我也不是千勇他们那一帮的，我怎么会是叛徒？

宋文似乎对小堂的这番辩解很感兴趣，他瞪着小堂，你说什么？你不是我们这一帮的，你又不是千勇他们的人，那你是哪一帮的？

小堂迟疑了一会儿，小堂的脑袋痛苦地垂下来，轻声而坚决地说，我是独立纵队。

废弃的厕所里顿时骚动起来，所有的男孩都对小堂的供词表现出某种好奇和热情，小北京过来托着小堂的下巴说，你说你是独立纵队的？快说，你有几个人？都是谁在你的独立纵队里？

小堂沉默着，他不想回答。小堂这时不再哭了，勇气和豪情突然赶走了心中的恐惧，独立纵队——对这个番号的热爱使小堂的眼中掠过一道明亮的光芒，他抹抹额头上的汗，又撩起衬衣擦干了眼睛，看着化工厂的孩子一个个围过来，小堂猛地大叫一声，你们都是笨蛋，独立纵队只有一个人，就是我一个人！

小堂为他的突如其来的勇气付出了代价，宋文他们先是愣怔着，很快他们被小堂激怒了，他们认为小堂在耍弄他们。小北京说，揍他，这个叛徒，胆敢耍弄我们，狠狠地揍他！不知是谁的声音在小堂的身后一遍遍地重复着：严刑拷打，严刑拷打！小堂转过脸想寻找那个声音的来源，可是宋文一把揪住了他的头发，宋文的表情很严峻，他说，快招，你的独立纵队到底有多少人？你不老实我就把你吊起来了！小堂的脑袋在宋文的手中沉浮，小堂说，你别抓我头发，你抓我头发也一样，我就一个人，一个人也可以成立独立纵队，你们懂不懂？宋文这时猛地松开了手，将小堂撞到墙上，他拍了拍手上的头屑，说，拿绳子来，把这个叛徒吊起来！

他们将小堂悬吊在横跨空中的水管上。小堂的脚一开始还蹬踢着，一开始他觉得身子的坠落使他疼痛难忍，渐渐地就觉得他是在向屋顶上浮升了，他看见化工厂的男孩们围着他嚷嚷着，挥舞着手臂、鞋底还有拖把。在半空中小堂的恐惧感奇异地消失了，他听不见他们的声音了，耳边涌动的是一种类似风吹红旗的声音。他看见了那面红旗，他看见了红旗下排列整齐的队伍，是他的队伍。他看见一条巨大的横幅，横幅上写着威风凛凛的四个大字：独立纵队。小堂在这个瞬间清晰地重温了中午午睡时的梦境，这是他的独立纵队。这就是他的队伍。这就是他的人马。小堂热泪盈眶。小堂的脸俯向他的队伍，露出了狂喜的笑容。小堂被缚的身子开始在男孩们的头顶上向上腾跃，宋文他们有点惊愕地仰望着小堂，他们注意到他的手臂，主要是他的手臂在绳索中挣扎上升，一次次地挥举，小北京叫起来，他要喊口号，快把他的嘴堵住！

他们从拖把上拽下了一些布条，他们手忙脚乱地用布条往小堂的嘴里塞，但是小堂的欢呼声已经喷薄而出，小堂的欢呼声已经尖厉而响亮地在废弃的厕所里回荡起来：独立纵队成立啦纵队成立啦成立啦……

开往瓷厂的班车

瓷厂的班车在早晨七点左右途经花庄，散居在城北地带的瓷厂工人都在花庄等候厂里的班车。大约有七八个人，都是中年男女，穿着瓷厂统一的蓝色工装，手里提着装有饭盒和搪瓷茶杯的尼龙丝网袋。七八个工人，先后从公路的北边、南面或者水稻田的小路上匆匆地跑向站牌下面，一般来说人到齐了班车也来了。那辆天蓝色的大客车已经很陈旧，它在公路上慢慢行驶，车身摇摇晃晃的，总是有什么东西在车厢内部响亮地震动，七八个工人的脑袋一齐向右转，其中一个女工捂住了耳朵，她的这个动作很快被证明是合理正常的，当大客车在站牌下艰难地停下时，那刹车的声音听来酷似某种禽鸟尖厉的叫声，极其刺耳。

司机摘下手套擦拭着挡风玻璃上的水汽，是他首先发现了那两个陌生的青年。两个年轻人突然从公路后面的土坡上冲下来，他们一边奔跑一边向汽车挥手，等一下，等等我们！司机回头问后面的工人，说，是什么人？谁认识他们？工人们都站起来看那两个年轻人，不是我们厂的，他们说，大概是花庄的人，又是拦车送病人上医院吧？司机说，不像花庄的人，你看他们的穿戴，哪像农民？可能想搭便车，不给他们上！

他们跑得那么快，司机刚想把门关上，高个子已经将身子挤上了车，他站在车门口舒了一口气，对后面的矮个子说，快点快点，你跑步还不如一只母鸡快！

然后矮个子也上来了，两个人站在车门口，向车上的人又挥了一下手，算是尽了礼数。工人们用好奇或者厌恶的目光打量着他们，不容置疑的是这两个人来路不明，他们都穿着吊在腰上的短式牛仔夹克，白色高帮运动鞋，两个人的脖子上都系着时髦的风格相仿的丝绸围巾。

你们干什么的？司机过来做出驱赶的动作，他说，这是厂车，不是公共汽车，不给搭车。

高个子已经挑了个临窗的座位坐下了，他说，我知道是厂车，不是瓷厂的厂车吗？高个子看着司机，嘴角上的微笑使他看上去很沉着，是瓷厂的厂车，那就对了，他在座位上欠了欠身子，说，我们去瓷厂上班。

矮个子挤到了高个子身边，他的模样显得有点不可一世，他说，你还不相信？嘿，这有什么不相信的？我们是新招的工人，不信你去问劳资科。

司机没有再说什么，他向后面的工人看了一眼，大概是想让他们证实这件事情。供应科的老徐突然想起了什么，他说，今年厂里是招了几个工人，窑上缺工人。老徐的话在车上明显带有一定的权威性，包括司机在内，车上的人都露出一种如释重负的表情。他们看见那个矮个子向老徐竖起大拇指晃了晃，这种手势引起了工人普遍的反感，但是他们也没有过多地计较，他们对司机说，那就快开车吧。

瓷厂的厂车在公路上行驶。它的行驶路线多年来一直没有变化。从花庄出发后途经农田、刑场、砖瓦厂、国营林场、农田、养鸭场、农田、特种油品厂、农田，大约行驶半个小时后就来到了瓷厂。

蒙蒙细雨中，他们看见厂车从桥上响亮地冲下来，与厂车一齐下桥的还有那两个年轻人，高个子撒腿奔跑，好像是与汽车竞赛，矮个子打着一把雨伞拼命追赶，他们发现矮个子一直努力地把雨伞向前伸，他想为高个子打伞，这种过于谦恭的举动使站牌下的工人们觉得很滑稽。

一群人湿漉漉地上了班车，他们看见矮个子抢先一步，占住了车门旁边的座位，他收起雨伞，对高个子说，来，坐这里看得最清楚！

他们不知道矮个子想看清楚的是什么，每个工人都讨厌这个矮个子。老徐说，你，你姓什么？我看你别姓你们家的姓，你姓他家的姓算了，你就像他的忠实走狗嘛。矮个子对老徐的敌意不以为然，他说，放你妈的狗屁。他这么草草骂了一句就回过头去和高个子说话，高个子得意地笑着，说，听见没有？人家说你跟我姓算了，人家说你是我的忠实走狗！矮个子用雨伞尖在高个子腿上戳了一下，说，放你妈的狗屁。我跟你说正经的呢，今天要枪毙三个人，七点钟，等会儿我指给你看！

他们都听见了矮个子的胡言乱语，他们认为这个青年人满嘴胡言乱语。厂车天天从刑场经过，但他们从来没有见过一次枪决，他们知道那曾经是一个刑场，但现在它已经被弃之不用了，自古以来杀人的地方总要避人耳目，而花庄附近的刑场离城市越来越近，不合适了。

七点钟。枪决三个人。矮个子带来的这个荒唐的消息还是令人莫名地躁动起来。七点零五分，班车驶过刑场，车上的所有人都向一侧的车窗玻璃靠拢，透过蒙蒙细雨和一片杂树林，他们看见了那个凹陷的乱石丛生的地方，有几只鸟从那里突然飞向空中，除此之外，他们什么也没有看见，什么也没有。正如工人们所预料的，刑场仍然徒有虚名，没有执行的人，也没有五花大绑的死刑犯。

老徐鼻孔里发出一声冷笑，他说，那块地方早不是刑场啦。老徐话音未落，其他工人已经纷纷回到座位上坐下了，他们的表情看上去有点窘迫，大概后悔不该轻信一个小青年的信口雌黄，他们坐在那儿，好像从来没有站起来过，一个女工说，这种天气，怎么会枪毙人呢，子弹会受潮的。

班车在公路上继续行驶着，车厢里很安静。工人们听见矮个子突然说，错过了，时间错过了，七点钟执行枪决，他们不会等的。高个子捏着自己的鼻子，捏紧，松开，又捏紧，发出一串怪声，然后他突然嘿地一笑，我看见了，我看得很清楚啊，三个人，五花大绑地跪在那里，三发子弹，三个人立刻变成三条死狗！矮个子扭过脸，用眼角的余光扫了后面的工人一眼，他说，他们在等车的时候应该听见枪声的，他们肯定没有留心。我没瞎说，今天七点钟枪毙三个人，就在那里，枪毙三个人。

老徐向别的工人挤了挤眼睛，意思是说你们听听这个小青年嘴里在胡说些什么，事实摆在面前，他还在圆谎呢！工人们都会意地微笑，他们示意老徐不要急于戳穿他，且看那小青年怎么继续圆他的谎。

矮个子说，枪声其实不怎么太响，机关枪的枪声就像家里炒蚕豆，也就比炒蚕豆的声音稍微响一点，枪毙人用自动步枪，自动步枪的声音原来很脆，不过法警要是装了消音器，声音就闷了。

高个子说，你他妈的厉害，什么枪都用过？导弹和火箭炮有没有用过？

矮个子说，我没骗你，那三个人已经毙了，只不过他们没有听见，他们的耳朵比聋子好不了多少。

老徐在后面忍无可忍，他说，谁是聋子？你这个小青年怎么说话的？你说话给我注意点！

快到养鸭场的时候矮个子从座位上突然冲到车门前，他对司机说，停车，快停车，我带他去刑场，很简单的事，到底有没有枪毙人，看看有没有血迹就知道了！

司机说，不给停车，你们两个人搞什么名堂，你们是哪个车间的？

高个子仍然坐在原处，他有点得意地看着他的同伴，你是哪个车间的？啊？他说，从窗子里跳出去，你跳我也跳，我不跳是小狗。我要是不跳，你骑在我的身上，我在公路上爬一圈。

工人们看着矮个子。矮个子嘴里骂骂咧咧的，但他终于回到了座位上。两个年轻人仍然挤坐在一起，矮个子向前探着身子，朝窗外张望，他突然叫起来，操他妈的，这么多鸭子啊！

他们发现这两个新工人有点奇怪。老徐有一次看见他们坐在仓库前面，坐在废品堆里抽烟，等他走过去两个人却不见了，只有地上的一堆烟头提醒他，他们在这里坐了很长时间。老徐纳闷，窑上怎么招了这么两个年轻人进厂？怎么没有人管他们呢？

老徐觉得两个年轻人很奇怪。到了第五天他们在花庄上车后老徐就向他们提了一大堆问题，让他扫兴的是他们不愿意与他交谈，而且他们一点也不尊重他。

下班回家你们怎么走的？怎么不见你们搭回家的厂车？

我们跑步回家。高个子说，我们比赛，等我跑到花庄，他还没到化肥厂。他跑得还没老母鸡快。

你们在窑上干什么？老徐的语气多少带有一点盘问的味道，他说，窑上的主任是谁？

你是谁？矮个子向老徐斜着眼睛，他说，你是吕贵生啊？什么都管，你管得比长江还宽。

老徐听他提及吕贵生的名字就不再问什么了，那是瓷厂的厂长。老徐想万一他们真的和吕贵生有什么关系，那自己就确实有点管得宽了。老徐看着一高一矮两个年轻人的背影，忍不住又拍了拍矮个子的肩膀。他说，哎，小伙子，你叫什么名字？

矮个子的肩膀敏捷地向旁边一闪，躲开了老徐的那只手，他说，喂，喂，不要动手动脚的行不行？

老徐缩回了他的手，他不无尴尬地对同事说，他说我动手动脚？我问问他的名字，他说我动手动脚！

矮个子仍然不看老徐，他说，问什么问？你是户籍警啊？什么名字不名字的，我没有名字。

老徐对同事讪讪笑着，他说，没有名字，你们听听，他说他没有名字。

高个子这时回过头来向老徐做了个鬼脸，他说，他骗你，他有名字，他叫一片红，他姓一，名字叫片红。

高个子说完自己咯咯笑起来，一边笑一边用拳头捶矮个子。矮个子还击了两拳，然后指着高个子对老徐说，他姓烂，名字叫黄鱼，烂黄鱼，你记住了吧？

车厢里有人发出了笑声，老徐却笑不出来，他说，这怎么是名字呢，这是你们的绰号吧？

高个子回过头，用一种戏弄的眼光看了看老徐，然后他说，名字就是绰号，绰号就是名字。

他们不记得那是第几天的事了，只记得那天厂车在养鸭场突然抛锚，大客车只好停在公路边。司机钻到车下去修车前让车上的人不要动，他说一会儿就修好了，工人们已经有了对付这种意外的经验，两个女工从包里拿出了毛线活，老徐则利用这段时间出去，在路边方便了一下。他看见两个年轻人尾随他跳下了车。

车上的工人们记得两个年轻人起初站在路边，高个子叉着腰，矮个子有点滑稽地用双手转动自己的脑袋，工人们在看他们，他们在看池塘里的鸭子。天气很好，秋天早晨的太阳映照着水边的池塘、草棚和成群的鸭子，养鸭人在远处，手执鸭哨向公路这边张望。工人们对这种景色无动于衷，他们安静地坐在车上等待着班车重新开动。大约过了十分钟，司机满脸油污地回到车上，车上有人问，又是油嘴堵了？司机说，是油嘴，老毛病。

班车开出去一段路了，老徐突然叫起来，把他们落下了！

车上的人很快意识到他们把两个年轻人落下了。司机刹住车，他说，八个人，我习惯了数八个人，又把他们给忘了。车上的人回首向鸭场那里眺望，隔着一大片树林，一大片农田，一大片池塘，他们远远地看见那两个年轻人的身影，一高一矮两个人影，在早晨的光线中向养鸭人那里移动。司机纳闷地说，他们去干什么？车上的人说，谁知道？这两个小伙子！司机又征求大家的意见，要不要回去叫他们？车上的人迟疑了几秒钟后，几乎异口同声地说，不管他们，随他们去！

现在瓷厂的班车上还是原来那七八个工人，瓷厂的班车向瓷厂摇摇晃晃地驶去，他们谁也没料到以后的日子里那两个年轻人再也没有上这辆班车。以后的日子里，班车曾经在花庄多停了三五分钟，但是两个年轻人再也没到花庄来搭车。所有的人都充满疑虑，多年来他们平静而辛劳地往返于遥远的瓷厂和花庄之间，这么奇怪的插曲是罕见的。

是老徐首先开始怀疑那两个年轻人的身份。世界上怕就怕认真二字，形迹可疑的人怕就怕有心人。老徐后来奔波于瓷厂的许多科室和车间，他终于把那两个人的身份弄清楚了，说起来你不会相信，那一高一矮两个年轻人，他们根本不是瓷厂的新工人，他们不知道是什么人！当老徐把这个调查结果告诉同事们时，所有的人都觉得这件事情不可思议，他们都问老徐，那他们天天起早搭车到瓷厂去，到底要干什么？老徐对此也说不出个所以然，他说，谁知道？他们想干什么，要问他们自己了。

瓷厂的班车现在仍然行驶在环城公路上。你可以从那辆崭新的气度不凡的大丰田判断出瓷厂的效益不错，你也可以从班车上急剧膨胀的人数判断出瓷厂人丁兴旺，效益一定不错，这很不容易。瓷厂班车的行车路线没有改变，但是沿途的地名、风貌甚至自然景色都有了根本性的改变。现在花庄一带盖起了无数高楼，花庄前方新建了一座立交桥，人来车往的，显得非常繁华，而花庄在公交车的站牌上也已经更名为花庄新寓。瓷厂的班车从花庄出发，途经新世界游乐场、绿原森林公园、金帆日化集团、日化新村、淡水养殖场、美丽华大饭店，到达瓷厂，当然瓷厂也在两年前更名为瓷光股份公司了。瓷厂的四十座客车每天大约有三十人搭乘，除了老徐偶尔会提起以前的刑场、农田、养鸭场什么的，没有人对这样的记忆感兴趣。

说的是老徐办退休手续那天的事情。也是个秋阳高照的好日子，老徐从瓷厂出来，突然意识到这是个特殊的日子，他不能等下午的班车了。老徐穿过马路来到中巴车的停靠站，他想搭中巴回家，但是路上车子那么多，就是不见去花庄的中巴。老徐等得不耐烦，心想今天是个特殊的日子，叫出租车回家并不为过，再说叫出租车回家又花得了多少钱，老徐把手伸出去，伸出去没有三秒钟，一辆红色的夏利车就停在他面前了。

这个结局在我们大家的意料之中，老徐碰到了一个人，是当年那两个年轻人中的一个，是那个高个子，是那个叫烂黄鱼的人。老徐虽然年纪大了，眼光却仍然犀利，他一眼就发现出租车司机就是那个什么烂黄鱼。他一眼就认出了烂黄鱼，烂黄鱼却贵人多忘事的样子，一脸的茫然。老徐就耐心地提示他，烂黄鱼终于想起那些往事了，想起那些他显得很不自在，他摆摆手说，咳，那时候瞎混，瞎混。老徐对这个回答不满意，他说，你们为什么天天搭我们的厂车去瓷厂？多远的路啊，再说瓷厂也没什么可玩的。烂黄鱼想了想，说，我也不知道为什么去瓷厂，就是没事干嘛。老徐还是一脸狐疑的表情，烂黄鱼嗤地一笑，你不相信？不相信我也没办法，我们就是玩，没有什么目的。老徐还是摇头，说，不会吧，你们又不是小孩了，怎么会坐车玩？烂黄鱼看上去有点不耐烦了，信不信由你，他的语气也变得像吵架一样，他说，我们没偷你们没抢你们吧？我们在车上没做什么坏事吧？

出租车比厂车快，老徐还有一些事情想问烂黄鱼，花庄的那些高楼已经不识时务地出现在车窗外了。老徐抓紧时间问了他最关心的问题，他说，你那个朋友呢，那个矮个子？他现在干什么？老徐看见对方脸上掠过一丝很古怪的微笑，他说，你笑什么？他在干什么？他也开出租？烂黄鱼眼睛专注地看着前方路面，他重重地吐出一口气，咧嘴一笑，说，毙了。一片红给毙了。

老徐嘴里发出了一种惊叹的声音。他的身子莫名地从座位上弹起来，他说，到了，停车！老徐从红色夏利车中慌慌张张地钻出来，他不知道自己为什么如此慌张。烂黄鱼盯着他，一只手摇下了车窗，老徐意识到自己还没付钱，他赶紧在口袋里掏，掏钱的时候他恢复了常态，他向车子里问，他干什么了？干了什么给毙了？烂黄鱼照数收了钱，他拿了一块口香糖塞在嘴里咬着，反问老徐道，你说呢？你说他干什么了？老徐一时愣在那里，看见烂黄鱼在踩油门，老徐下意识地去抓反光镜，可是红色夏利已经从他身边蹿了出去，老徐什么也没抓到。老徐来不及说什么，就冲着车子大声喊道，那个一片红，他对你很好啊！

告诉他们，我乘白鹤去了

儿女们没有见到过那只白鹤，他们的年纪都不小了，可是没有谁见到过白鹤。老人说每天黄昏那只白鹤会到水塘边饮水，长长的嘴巴浸在水中，松软的羽毛看上去比新轧的棉花更白更干净，它就站在离核桃树三步远的地方饮水，有时候青蛙从水草丛中跳到岸上，它就扑开翅膀飞走了，有时候牛在地里哞哞地叫起来，它就扑开翅膀飞走了。春天以来老人一直在向儿女们叙述仙鹤饮水的情景，但儿女们说他们就在水塘边灌溉耕地，他们从来没见过什么白鹤。

老人就站在离核桃树三步远的地方，弯着腰背着双手观察白鹤在水塘边留下的痕迹，他想要是白鹤留下几对足印或者一片羽毛，他就可以证明它来过了，可惜的是白鹤来去匆匆，什么也不肯留下。即使这样老人也不会怀疑自己的眼睛。他的一生都依赖自己的眼睛看天气，看庄稼，看人来人去，他的眼睛到了七十三岁仍然清朗明亮，谁要是说他老眼昏花，那他自己才是瞎了眼呢。

老人绕着核桃树踯躅了几圈，抬头望树，树枝和树叶上也没有留下白鹤的羽毛，老人长时间地仰着头，脖颈有点酸了，他就按住自己的脖子，慢慢地倚树坐下来。又是黄昏，天边的云朵像一堆未被燃尽的柴堆，他所熟悉的原野、孤树、池塘和房屋又发出一种低沉的叹息声，这种声音只有他能听见，儿女们有耳朵，但他们是听不见这种声音的，他们不相信天黑前的家园会发出叹息。老人在树下坐着，他摸出旱烟袋吸了几口，一阵剧烈的咳嗽声从喉咙里滚出来，他觉得背后的树也被他咳得摇摇晃晃了。或许在烟的事情上儿女们说得对，女儿说他的身体一半是毁在烟上，或许是不该再吸烟了。老人把烟袋里的烟丝倒在地上，很快又捡起来，他想我这是怎么啦，真的是老糊涂了吗？不吸就把烟丝留在烟袋里，怎么把好端端的烟丝倒掉了呢？

老人坐在核桃树下，脸上久久凝结着一种自责的表情。池塘对岸翻地耕种的人们早已经走了，儿女们不在那儿了，除了大片翻起的黑土块，除了从土地深处发出的那种叹息声，四周一片寂静，连原野尽头的太阳也寂静地往地上沉落。老人想等会儿天就黑了，天一黑儿女们就要来喊他回去吃晚饭了，他们对他还不坏，没有嫌他老来多病，但他们只会对他说，爹，回家吃饭了，爹，上床睡吧。他们根本不知道他的心思。他的心思谁知道？核桃树是知道的，核桃树下的白鹤也是知道的，它们不会说话，它们就是说给儿女们听，他们也听不明白，他们根本就不相信那只白鹤在池塘边饮水嘛。老人远远地听见家里人喊他的声音，他站了起来，在离开核桃树之前，他捡起一根树枝，在池塘与核桃树之间的地上来回走了几步，最后他用树枝在泥地上画了一个很大的圆圈。

一个小男孩在池塘边捉泥鳅，一个小女孩在核桃树下捕蝴蝶，他们是老人的孙子和孙女，老人带他们来看白鹤，白鹤的踪影迟迟不见，而老人靠着核桃树睡着了。

白鹤怎么还不来呀？小女孩没有抓到蝴蝶，就伸手去抓老人的耳朵，你说白鹤在池塘边喝水，我怎么没看见白鹤呢？

太阳烧得正旺呢，白鹤还不会来。老人睁开惺忪的双眼望了望天空，他说，太阳一下山白鹤就会来的。

白鹤住在哪儿？住在大山里吗？小女孩问。

不是，白鹤从很远的地方飞来，又飞到很远的地方去。老人说，连我也不知道白鹤住在什么地方，大概在一千里之外吧，白鹤住在我们看不见的地方。

小男孩抓到了一条泥鳅，他用衣服包住泥鳅，跑过来向老人展示他的战利品，我抓到了一条泥鳅。小男孩对他祖父说，你把泥鳅切碎了扔进水里，那只大鸟就会来的，大鸟最喜欢吃泥鳅。

那不是大鸟，老人说，是白鹤，白鹤是最吉祥的鸟，白鹤飞到哪儿，哪儿就有一个人乘着白鹤到天堂去。

你要乘着白鹤去天堂吗？小男孩问。

我想乘着白鹤去天堂，可我不知道白鹤肯不肯驮我去。老人唇边掠过一丝悲凉的微笑，他站起来沿着地上画出的圆圈走了几步，他说，不是什么人都能乘上白鹤的，我也不敢想我能乘上白鹤，可我说什么也不会让他们把我拉到西关去。

他们拉你到西关去干什么？小男孩说，谁要把你拉到西关去呀？

西关有个火葬场。老人对孙子比画了几下，嘴里发出噼噼剥剥模拟火焰的声音，他说，人到了西关就化成一股黑烟，看着你爹你叔叔你姑姑他们吧，等我一死他们就会把我拉到西关去，他们商量好了，他们要送我去火葬。

你不想去就不去呗，小男孩话一出口就知道自己说错了，于是他咯咯地傻笑起来，你要是死了就不能动了，我明白了，小男孩说，你要是死了，他们想拉你去哪儿就去哪儿。

对了，他们想拉我去哪儿就去哪儿。老人摸了摸孙子的头发，忽然剧烈地咳嗽起来，老人揪着自己的喉部，一边咳嗽着一边说，我让他们……长成……人……他们……要……把我变成……烟。

小男孩发现祖父的眼睛里突然噙满了泪，他用手去抹了抹祖父的眼睛，你别怕，小男孩想了想安慰祖父道，他们是吓唬你的，人怎么会变成烟？人不会变成烟的。

人会变成烟，老人终于止住了咳嗽，老人一动不动地靠在核桃树上说，人是会变成一股烟的。

春天午后的阳光照耀着祖孙三人，蜻蜓在池塘的水面上飞，粮食种子在池塘边的泥土下生根发芽，蒲公英在路边开出了黄色的小花，那些年幼的生命都环绕着七十三岁的老人飞翔或者生长，老人朝它们挥了挥手，他靠在核桃树上又闭上了眼睛，但他刚睡着就被孙女的声音吵醒了。

小女孩跳到地上的大圆圈里蹦着跳着，她大声说，为什么要在这里画一个大圆圈呢？

别在里面玩。老人睁开眼，他朝孙女摇着头说，那是爷爷的地方，你们别在里面玩。

这是你睡觉的地方吗？小女孩说，家里有床，床上才是你睡觉的地方呢。

等爷爷死了就不能睡家里的床了。老人摇着头说，爷爷只能睡在这儿，就连这儿也睡不成，他们会把我拉去西关的，你爹你叔叔你姑姑他们，他们肯定会把我拉去西关的。

你要是把自己藏在这里，他们找不到你就不会拉你去西关了。小男孩眼睛一亮，忽然拉住祖父的胳膊说，你要是钻到地下死了，他们找不到你，你不是可以永远躺在这里吗？

不能躺在这里，小女孩尖声说，这里没有床，还会有毒蛇来咬你的。

老人转过脸凝望着孙子，他把小男孩揽到怀里说，你刚才说什么？让我钻到地下去死？那是个好办法，可我怎么能钻到地下去呢？

活埋。男孩眨巴着眼睛想了一会儿，大声说，活埋就是挖个坑，把人埋进去，再把土盖住，你喘不出气来就会死，这样你不就钻到地下去了吗？

聪明的孩子。老人的身子哆嗦了一下，他的眼神黯淡无光，所以他的笑意看上去凄苦而无奈，多么聪明的孩子，老人紧紧地搂住孙子说，可是谁来给我挖这个坑呢？爷爷年纪大了，力气没了，挖不了这个坑，谁肯来为爷爷挖这个坑呢？

我来挖，男孩说，我会挖坑！

我也会挖坑！女孩也在旁边唯恐落后地叫起来。

你们太小了，老人推开了孙子，一边揉着眼睛一边埋下头来说，挖坑是个力气活，你们干不了的。

干得了，我挖过坑的。男孩在焦急之中暴露了一件秘密，他附在祖父的耳边说，你记得三叔家的那头羊吗？那头羊不是走丢的，是被我活埋的！

老人下意识地伸出手去，他想揪孙子的耳朵，但手伸出去后便疲乏地落下来，落在膝盖上，老人的手在膝盖上哆嗦着，他说，埋羊和埋人不是一回事，羊是牲畜，可爷爷是一个人，爷爷还是一个活人呀。

人也一样嘛，把坑挖大一点不就行了吗？男孩说。

可是你怎么能把爷爷活埋了呢？我是你爷爷，没有我就没有你爹，没有我也就没有你，你怎么能把你亲爷爷活埋了呢？老人捂着胸又咳嗽了一通，他卷起衣角抹了抹眼睛，说，那不行，你爹知道了非揍死你不可。

只要我们保密，他们就不会知道。男孩回头看了眼他的妹妹，他说，你别担心她，她不敢说出去的，她要敢说出去，看我不揍死她。

老人笑了笑，他不再说话。他闭起眼睛想着孙子的那一番话，老人的嘴角上残存着那丝宽和的微笑，但他知道眼泪正在不知不觉中流出来，他听不见眼泪滚落的声音，只听见四周的土地仍然散发着沉沉的叹息声。

男孩把手放在老人的鼻孔下试了试，他说，爷爷，你还在呼吸吧？

我还在呼吸，我还活着呢，老人仍然闭着眼睛靠在核桃树上，他说，带你妹妹到池塘那边去玩吧，别太吵，你们不是想看白鹤吗？太吵就会把白鹤吓跑的。

小男孩带着小女孩跑到池塘那侧捉泥鳅，他们站在一条新开的沟渠里忙乱了一会儿，没有再捉到一条泥鳅，却看见沟渠里扔着一把铁镐和一把铲子，不知是谁在挖好沟后忘在那儿了。小男孩起初没在意那两件农具，但是在不见白鹤也不见泥鳅的情况下，他觉得很无聊，后来他就捡起了它们，一手拖着铁镐，一手拖着铲子朝核桃树下走去。小男孩一边走一边对小女孩说，你什么都不懂，爷爷害怕火葬，他不想被火烧成一股烟，他想把自己埋起来，埋人一定要先挖一个坑！

他们走到核桃树下时发现老人睡着了，老人睡梦中的脸让兄妹俩想起了冬天里丝瓜架上的最后一条丝瓜，兄妹俩站在地上的那个大圆圈里，他们朝老人看了一会儿，又互相小声地嘀咕了一会儿，后来哥哥就模仿大人挥起铁镐，在大圆圈的中心挖下了第一块泥土。

铁镐的声音再次惊醒了老人，老人睁开眼说，我让你们别吵，怎么还在这儿吵？白鹤会被你们吓跑的。

没有白鹤，小女孩说，爷爷你骗人，我爹说你老眼昏花，把池塘里的鹅当成白鹤了。

白鹤会来的。老人抬头望了望天空，他说，太阳还很高呢，等太阳落山白鹤就会来的。

小男孩把铁镐藏在身后，把铲子踩在脚下，他看见老人的目光轻易地找到了它们，突然黯淡，突然又亮了。老人凝视着那两样农具，一直喘着粗气，小男孩便有点惊慌失措，他说，是你自己要活埋的，你可不能去跟我爹告状！

我不告你的状。老人笑了笑，垂下头用手揉着眼睛说，我睡糊涂了，睡这么会儿就把自己的话给忘了，是我自己要活埋的，我不想让他们拉去火葬，我不想变成一股烟，我想留在这里让白鹤把我带走嘛。

爷爷你忘了？要活埋就要先挖一个坑呀！小男孩说。

是得先挖一个坑，可是这个坑要挖得很大很深，要能把爷爷的身体藏住，你能挖得那么大那么深吗？老人说。

不用挖得很大，只要挖深就行了，你可以站进去的。小男孩说。

聪明的孩子。老人慈爱地看着孙子，还有孙子手中的铁镐，还有地上的铲子。过了一会儿老人说，那你就挖吧，抓镐抓得高，挖起来会容易些，挖吧，要是有人问你在干什么，你就说挖坑种树。

小男孩响亮地答应着，再次挥起了铁镐，他对他妹妹说，闪一边去，你什么都不会干，别在这儿碍我的事。

小女孩朝祖父跑去，她伏在祖父的膝盖上看着她哥哥挖坑，她说，爷爷你别把自己埋起来，埋起来透不出气，你会死的。

老人在孙女的脸上亲了一口，他说，聪明的孩子，爷爷是会死的，可是死在土里比死在火里好，死在火里爷爷就变成一股烟，死在土里爷爷还能看见白鹤，爷爷想让白鹤带着走呢。

老人紧紧地搂着孙女，看着他的孙子挖坑，老人说，歇口气再挖，别累着，爷爷现在觉得有点力气了，让爷爷自己来挖几镐吧。

池塘那边的小路上偶尔有人经过，有人看见老人带着孙子孙女在核桃树下挖土，他们以为那祖孙三人是在种树，他们想老人疾病缠身，多年未做农活儿，那么个老人也只能栽栽树了，还有人看见老人带着孙子孙女坐在池塘边东张西望的，他们听说过老人与白鹤的事情，他们从来没见过白鹤，因此就不相信那件事情，他们捂嘴一笑，说，这老汉，今天带着孙子孙女来看白鹤呢。

黄昏时候池塘边仍然没有白鹤饮水的身影，核桃树下的土坑却挖得很深了，参加挖坑的祖孙三人都已经累坏了，他们坐在潮湿的新土堆上俯视着脚下的深坑，看见阳光无力地透过核桃树投在坑内，坑内似乎闪烁着许多碎金的光芒，看上去温暖而神秘。

老人替孙子抹去了额上的汗，他说，看把你累成什么样子了，可你不知道你帮爷爷干了件多大的事呀。

男孩说，不累，等会儿盖土就省力啦。

老人让孙子去听深坑里的声音，他说，你听见坑里发出的声音了吗？那是泥土在下面叹气呢，泥土其实一年四季都在叹气的。

男孩趴在坑沿上听了会儿，抬起头说，没有叹气，土里什么声音也没有。

你也听不见。老人摇了摇头说，你们都听不见泥土叹气的声音，只有我知道它在叹什么气，现在泥土正为我叹气呢。

爷爷，你是不是不想进去了？男孩端详着祖父的脸，他说，你怎么哭了？是你自己要这样的，你要是不想埋就别埋了，我们回家吧。

不，我就要进去了。老人缓缓地站起来，他扶住孙子的肩膀说，我是高兴才掉的泪，你才这么小，却帮了爷爷的大忙，现在爷爷真的要藏起来了，等会儿盖土的时候千万别怕，你得把爷爷盖得严严实实的，他们才找不到我，千万别怕，记着你是在帮我，爷爷不想变成一股烟呀。

我不怕。男孩看着手里的铲子说，我会用铲子，铲土很容易。

老人朝池塘上空观望了一会儿，自言自语着，太阳下山了，白鹤该飞过来了。老人扣好了衣服的扣子，又转向呆坐在旁边的小女孩说，等会儿你别朝爷爷看，你看着池塘，你会看见白鹤的，喏，白鹤就在那边喝水。

老人小心翼翼地滑进了深坑中，祖孙三人的劳动竟然巧夺天工地容纳了老人的身体，老人站在坑内，仰着脸对孙子露出了满意而欣慰的笑容，他说，好孩子，现在开始铲土吧，记住，一铲接住一铲，我不让你停你就千万别停，来，开始铲土吧。

男孩顺从地开始铲土，除了几声沉闷的咳嗽声，他没再听见祖父的嘱咐，祖父已经嘱咐过了，不让他停他就不能停。于是男孩一铲接一铲地往坑里填土，他看见潮湿新鲜的黑土盖住了祖父花白的头发，这时候他犹豫了一下，他说，爷爷，再填你会透不过气的，他听见了祖父在泥土下面的回答，祖父说，别停，再来一铲土，告诉他们，我乘白鹤去了。泥土下面传来的声音听来很遥远，但却是清晰的，男孩记住了他祖父最后一句话，他想祖父在泥土下面或许也能透气的，他还在说话嘛，他说他乘着白鹤去了。

那天夜里男孩一手拉着他妹妹，一手拖着把铁铲回到了家，男孩站在门口拍打着身上的泥土，他突然觉得有点害怕，他用一种尖厉的声音对大人们说，爷爷乘着白鹤去啦！

世界上最荒凉的动物园

灰场动物园离我家大约有三公里路程，我开始去那儿临摹动物时它作为一个动物园已经是徒有虚名了。不知道是什么原因，动物园给人以一片荒凉的印象，几棵半枯的老树下陈列的不是动物，而是空空荡荡的兽笼，几乎所有的兽笼都已锈蚀或残破，动物园剩下的居民只有一群锦鸡、一头麋鹿和两只猴子，如此而已。

我早已过了迷恋动物园的年龄，我跑到这个被人遗忘的动物园来只是因为我在学习绘画。我的绘画老师以擅画动物在本地享有盛名，是他建议我来这个地方画动物写生的，他说，千万别去市动物园，那儿太吵太乱了，灰场动物园没什么动物，但那儿有猴子，你可以安安静静地画上一天，没有人会妨碍你的。

我在那儿画画的时候周围确实很安静，除了风吹树叶和锦鸡的啁啾之声外，一切都似乎在午睡之中，只有猴房里的那两只猴子生气勃勃，它们在攀缘和奔跑中始终朝我观望着。两只幸存的猴子，一老一小，小猴子有时会突然跳到老猴子背上，每逢这时老猴子就伸出长臂在小猴子肮脏的皮毛上搔几下，我猜它们是一对父子。值得一说的是那只老棕猴的眼睛，其中一只眼睛是瞎的，这么一只独眼猴使我的写生遇到了难题，我不知道怎么画那只瞎了的猴眼，犹豫了很久，我还是把那只猴眼的位置空在纸上了。

离开猴房后我又在园里转悠了一圈，经过废弃的狮笼时我看见一个穿蓝色工装的老头在笼子里睡觉，他坐在一只大缸上，手里抓着一根粗壮的水管，水管里还在哗哗地淌水，但他却睡着了。我猜他是这里唯一的饲养员了。大概是我的脚步声惊醒了他，饲养员突然站起来，冲着我大喊一声，门票，买门票！

我猜饲养员有六十多岁了，他的苍老的脸上有一种天生的怒气，我看见他拖拉着水管从狮笼里跑出来，一只乌黑粗糙的手掌朝我伸过来，在我紧张地掏挖口袋时我听见他在翻弄我的画夹，画猴子？饲养员的鼻息带着一股酒味喷在我的脸上，他的声音仍然是怒气冲冲的，画猴子也要买门票，一毛钱，买门票！

我递给他一毛钱时忍不住抗议了一句，这种动物园也配收门票？我是故意跟这个讨厌的老头顶嘴的，但我发现他把钱塞进口袋时脸上已经是一种歉疚的表情，他眨巴着浑浊的眼睛看着我，过了一会儿他甩下我又走进了狮笼，我看见他抓着水管朝狮笼的地面喷水，一边喷水一边嘀咕：你们生气我就不生气吗？这些动物没人稀罕，可它们不死你就得养着，不死就得给它们进食，给它们出粪，都是我一个人干。现在没人管这园子了，就我一个人管，我都是脖子入土的人了，我有心脏病，关节炎；下雨天浑身疼得要冒烟，可我还得伺候它们，伺候它们吃喝拉撒呀！

我没有耐心听饲养员的牢骚，那时候天已黄昏，附近灰场工业区的厂房烟囱已是一片胭脂红。我离开动物园，骑着自行车与工业区下班的工人一起向市区而行，途经肥皂厂时我看见一个熟悉的身影蹬着自行车从斜坡上冲下来，与我们逆向而行。那个人戴眼镜，肩上搭着一条黑围巾，我认出他是我们学校的生物教师，我没有叫他，我不知道他到灰场这一带干什么。

我的绘画老师批评了我的动物写生，他认为我画的两只猴子死板僵硬，这哪儿像活蹦乱跳的猴子？像两个猴子标本嘛！绘画老师批评我总是毫不留情的，他指着我画的那只老猴子问我，怎么就画了一只眼睛？还有一只眼睛呢？我说，还有一只眼睛是瞎的，我画不出来。绘画老师浓眉扬了起来，你说那是只独眼猴子？他拍着大腿道，那不是最好的写生素材吗？你一定要画出那另一只眼睛，你总是抓不住动物的神韵，再去画那只独眼猴子，把另一只眼睛也画出来，画好了它猴子的神韵也许一下就出来啦。

大概是我愚笨的原因，我始终不知老师嘴里的神韵为何物。但我还是决心去捕捉猴子的神韵，于是在一个星期以后我又去了三公里以外的灰场动物园。

就在那天我与学校的生物教师不期而遇。我在猴房前静静观察那两只猴子，突然听见有人叫我的名字，生物教师笑盈盈地朝我走过来，他说，没想到你在这儿画画，我在这儿还是第一次碰到熟人呢。我问他来这儿干什么，他有点神秘地笑了，说，来看动物，你知道我对动物最感兴趣。我说看动物应该去市动物园，那儿才是真正看动物的地方。生物教师摇了摇头，手指着饲养员的红砖小屋说，我跟老张是老熟人了，我常上这儿来，跟他谈点事情。

我猜不出生物教师与饲养员会谈什么事情，也不宜多问。但生物教师对这个动物园无疑是非常熟的，我在画猴子的时候听见他在旁边向我介绍有关动物园的许多内幕。

生物教师说，以前猴房里有过三十只猴子，现在都迁到新动物园去了，剩下的这两只猴子当时生了肺炎，留在这儿了，那边的鹿也是这么回事，留下了就没人要了。

生物教师说，你看见那老猴子的瞎眼了吧？那是五年前给一个醉鬼用铁条捅的，他一只手拿香蕉，另一只手藏在背后拿着那根铁条。世上总有这种人，他们不爱动物，不爱也没什么，可他们对动物竟然如此残暴。

生物教师还说，我爱动物，我爱一切动物，即使是那只瞎了一只眼睛的独眼猴，当然独眼总是个遗憾，假如它在我手里，我会让它变得漂亮一些完美一些。

我与生物教师的谈话无法深入，坦率地说我觉得生物教师有点古怪，一个画猴子的人与一个爱猴子的人并没有什么共同语言，或许是生物教师先意识到了这一点，渐渐地他谈兴大减，他凑近我的画夹看了看纸上的猴子，说，眼睛，眼睛画得不好，一只瞎眼也可以画出生命来的。

生物教师的批评也同样让我很困惑，我不知道怎么在一只瞎了的猴眼里画出生命，我想画动物尤其是画猴子真是太难了。在我面对那只背负小猴的老猴时，脑子里一片空茫，那只老猴与小猴嬉戏之余朝我频频回头张望，我突然想起那个醉鬼和他手里的铁条，我似乎看见老猴失去眼睛的真实瞬间，一种强烈的刺痛感突然传遍我的全身，我觉得我已经捕捉到了绘画老师所说的神韵，它的神韵就是痛苦。

大约是在半个小时以后，我听见饲养锦鸡的地方传来锦鸡们嘈杂的叫声，回头一看我便终于明白了生物教师到这里来的目的，我看见饲养员领着生物教师走进栅栏门，饲养员以异常年轻敏捷的动作抓住了一只狂奔的锦鸡，那是一只羽毛绚烂如虹的锦鸡，它在饲养员的手中徒劳地扑扇翅膀，最后被投进一只蓝布口袋中，我看见生物教师张开那只口袋，然后抓起口袋的两角打了一个死结。

我与生物教师本来仅仅是点头之交，自从有了灰场动物园的那次邂逅，我们之间的关系一下子就亲密了许多。我在教工食堂里遇见他，忍不住提出我的疑问，那个老头怎么肯把锦鸡送给你？生物教师一边嚼咽着包子一边对我神秘地微笑着，他说，不是送的，是我买的。我还是不相信，我说他怎么能把动物园的动物卖给你呢？生物教师朝四周环顾了一番，他脸上的微笑更显神秘了，我跟他很熟悉嘛，他突然凑近我对我耳语道，他欠我的情，他孙子的入学问题是我给他解决的。

生物教师热情地邀请我去参观他的标本展览室，我就跟着他去了位于校办厂区域内的那间小屋，一进去我首先就看见了那只美丽的锦鸡，它被固定在一根树桩上，很明显它已经被开膛破肚，完成了防腐处理，我看见锦鸡的姿态栩栩如生，但它的羽毛上还沾着血与药液的痕迹。

其实我的鸟类标本不少了。生物教师把锦鸡标本移到猫头鹰和鸵鸟之间的位置，他淡淡地说，我现在最想做的是灵长类动物标本。

我并没有在意生物教师的话，应该说我很不适应那间小屋的气氛，我觉得许多鸟许多猫还有许多我未见过的动物一齐瞪大眼睛盯着我，由于它们的静态和屋里的光线，每个动物看上去都异常安详舒适，但是我闻到空气中有一股难以描述的酸腥味，它使我难以坚持看完小屋里陈列的每一种标本。当我找了个理由匆匆退出小屋时，生物教师仍然深情地望着他的标本，我听见他在里面喃喃自语的声音：真奇怪，他们为什么不爱动物呢？

我猜生物教师肯定后悔对我的邀请了，而我自己也后悔去了小屋，因为从那儿出来以后的整个下午，我一直心情抑郁，眼前不时闪现出锦鸡湿漉漉的沾满血迹与药液的羽毛。我怜惜那只锦鸡，那是我生平第一次对动物投入了感情。

生活中许多事情是触类旁通的，在我后来的绘画习作中我试着把对锦鸡的怜惜带入笔下，结果我的绘画老师认为我的动物写生有了长足的进步。你现在抓到了猴子的神韵，他指着我画的那只老猴子说，你画出了那只瞎眼，这只猴子身上的神韵就在眼睛里，现在你该明白了吧？

我第二次在灰场动物园遇见生物教师是一个星期天的早晨。那天下着蒙蒙细雨，我发现猴房里的棕猴父子在雨天里表现出一种惊人的亲情，小猴子被老猴子掖在怀里躲雨，当浑身湿透的老猴子手抬前额观望天空中的雨丝时，我忽然觉得它唯一的眼睛里充满了某种忧患，我怀着激情画下了它抬头观雨的神态，也就在这时，我听见从饲养员的屋子里传来两个男人争吵的声音，争吵声忽高忽低的，我听不清具体内容，但我听出另外一个人就是我们学校的生物教师。

等我走近那个窗口时他们的争吵声戛然而止，他们似乎提防着我，我看见饲养员扭过身子，用后背对着我，而生物教师对我露出他特有的温和天真的微笑，你也来了？他说，我正跟老张谈事情呢，他今天心情不好，谈起事情来跟吵架似的。其实他是一个大好人。

我很想知道他们正在谈的事情，但我在那儿站着对他们是个妨碍，我只得知趣地离开，返回猴房那儿继续我的写生。雨这时候下大了，猴房顶部苫盖的一块塑料布突然被风吹落，转瞬之间猴子们失去了唯一一块干爽的空间，我发现那只独眼棕猴变得异常焦躁起来，它抛下小棕猴在铁丝网上疯狂地跳跃奔跑着，不时发出几声悠长的啼啸，我当时对猴子的命运一无所知，因此我把它的反常归咎于雨和天气的变化，我还在雨地里自作聪明地总结了人与动物的一个共同点：他们或它们对天气之变都是很敏感的。

那场越下越大的雨中断了我的写生计划，我原先想到饲养员的小屋里去躲一会儿雨的，但是我想到那样会给他们带来种种不便，干脆就钻到了鹿房低矮的木板房顶下面。正如我那点可怜的动物学常识所知道的，鹿是温驯善良的动物，在我栖身鹿房的一个小时里，那只孤单的麋鹿只是静静地注视着我，它吃它的草，我躲我的雨，我与麋鹿井水不犯河水地共度了一个小时，一直到密集的雨线渐渐又松散开来，渐渐地雨完全停了。

雨一停我就想离开了，我带来的纸都被雨弄湿，无法再画下去。我站起来摸了摸麋鹿美丽的脖颈，与它道别。雨后的灰场动物园更显冷清荒凉，除了残余在枯树上的雨水滴落在地的声音，周围一片死寂，我走过饲养员的屋子时敲了敲他的窗子，我想假如生物教师还在那里也许愿意跟我同路回去，但屋子里没有人，透过窗玻璃我看见的只是桌子上的一堆东西，两盒前门牌香烟、一包糕点和两瓶白酒。

我已经推起了自行车，就是在这时候我听见从猴房那里传来一种奇怪的类似婴儿的啼哭声，最初我不知道那是猴子的哭声，我只是觉得那种声音异常凄厉异常瘆人，于是我骑上车朝猴房那儿驶去。你也许已经猜到了，我再次看见的猴房里只剩下那只小棕猴了，仅仅是隔了一个小时，仅仅是隔了一场雨，那只瞎了右眼的老棕猴不见了。我看见那只小棕猴用双臂抓住铁网迎向我，它像一个人类的婴儿一样向我哭泣，我清晰地看见它粉红的脸上满是泪水，不是雨水，是泪水，那是我这辈子第一次看见猴子的泪水，像人的眼泪一样，也是晶莹透明的。

直到此时我终于明白了在刚才的大雨中发生的事情，也终于知道生物教师今天与饲养员谈的事不是关于锦鸡，而是那只可怜的老棕猴。我一时愣怔在那儿，我内心充满了酸楚与疼痛的感觉，但我不知道该对那只小棕猴做些什么，我在口袋里找到一颗潮湿了的咸花生仁，隔着铁网喂给小棕猴，但它刚咽下去就吐出来了，我一直以为它在战栗，这时才懂得那种战栗就是猴子的哭泣。

几行杂乱的脚印留在雨后的泥地上，一直从猴房通往废弃的狮笼那里，追寻着这些脚印，我在狮笼里找到了饲养员。饲养员像上次那样，正在用水管冲洗地面，尽管水管里冲出来的水很急很大，我还是看见了狮笼地面上星星点点的血污，还有饲养员长筒胶靴上沾着的一片棕色的绒毛。我满面恐惧地望着饲养员，想说什么却什么也说不出来，倒是饲养员先调侃了我一句，他说，你干吗这样看着我？好像我杀了人似的，我又不是杀人犯！

我指了指积满水的狮笼，结结巴巴地问，你们就在这儿，就在这儿，杀？

饲养员说，这儿能避开小猴子，不能让它看见，你们不懂，猴子也通人性的。

我看了看树林那边的猴房，确实有树枝和房子遮挡了视线。我仍然不知道该怎样向饲养员表达我的感受，我只是向他提出了一个愚蠢的问题：杀它容易吗？

人杀什么不容易？饲养员嘿地一笑，他轻蔑地瞟了我一眼，继续朝地上冲水，过了一会儿他突然想起什么，对我说，我跟许老师交情很深哪，他帮过我大忙，我也只好答应他，人又不是动物，做人就要讲良心嘛。

我说不出什么来，唯一想做的就是立即离开这个动物园。我骑着车一口气骑到了肥皂厂门口，那儿有许多工人在厂门口出出进进的，我的惊悸的心情终于放松了，在那里我打开了被雨淋湿的画夹，那只独眼棕猴最后抬头观雨的神态被我画在了纸上，我想起了我的绘画老师关于神韵的说法，我想猴子的神韵在于它的泪水，大概就是它的泪水吧。

我曾经偷偷地跑到生物教师的标本室外面看望那只棕猴，说起来我大可不必这样掩人耳目，只要你对动物具有一定的兴趣，生物教师总是乐于为你打开标本室的门。但我似乎害怕与那只棕猴直面相对，最终还是选择了一个安静的午后爬到了那间小屋的窗台上。

我看见一只棕猴盘腿坐在一张课桌上，让我惊讶的是它现在不仅洁净而安详，作为某种特征的残眼竟然金蝉脱壳，变成了一只明亮的无可挑剔的眼睛，那只我所熟悉的独眼棕猴，现在它有了一双完美的眼睛！我不知道生物教师是怎么做出猴子的眼睛的，我只能感叹他对猴子的爱比任何人深厚一百倍，那样的爱往往是能创造奇迹的。

说到我所热爱的绘画，我的绘画注定是不成器的。我的老师是个著名的专画动物的大师，他总是要求学生去捕捉动物的神韵，但我认为动物们的神韵在于它的泪水，我努力了多年，还是画不出那种泪水，最后干脆就不去画了。那个位于工业区的灰场动物园，后来我再也没去过，不去也无妨，我猜那大概是世上最荒凉的动物园了。

刺青时代

男孩小拐出生于一月之夜，恰逢大雪初歇的日子，北风吹响了屋檐下的冰凌，香椿树街的石板路上泥泞难行，与街平行的那条护城河则结满了厚厚的冰层。小拐的母亲不知道她的漫长的孕期即将结束，她在闹钟的尖叫声中醒来，准备去化工厂上夜班。临河的屋子里一片黑暗，小拐的母亲在黑暗中摸索了一会儿，提起竹篮打开了面向大街的门。街上的积雪已经结成了苍白的冰碴，除了几盏暗淡的路灯，街上空无一人。小拐的母亲想在雨鞋上绑两道麻绳以防路滑摔跤，但她无法弯下腰来，小拐的母亲就回到屋里去推床上的男人，她想让他帮忙系那些麻绳，男人却依然呼呼大睡着，怎么也弄不醒。小拐的母亲突然着急起来，她怕是要迟到了。她对着床上的男人低低咒骂了几声，决定抄近路去化工厂上班。

小拐的母亲选择从结冰的河上通过，因为河的对岸就是那家生产樟脑和油脂的化工厂。她打开了平时锁闭的临河的后门，拖着沉重的身体下到冰河上，像一只鹅在冰河上蹒跚而行，雨鞋下响起一阵细碎的冰碴断裂的声音。小拐的母亲突然有点害怕，她看见百米之外的铁路桥在月光里铺下一道黑色的菱形阴影，似乎有一列夜间货车正隆隆驶向铁路桥和桥下的冰河。小拐的母亲用绿头巾包住她整个脸和颈部，疾步朝对岸的土坡跑去，她听见脚下的冰层猛地发出一声脆响，竹篮从手中飞出去，直到她的下半身急遽地坠进冰层以下的河水中，她才意识到真正的危险来自冰层下的河水，于是小拐的母亲一边大声呼救一边用双脚踢着冰冷的河水。她的呼救声听来是紊乱而绝望的，临河窗户里的人们无法辨别它来自人还是来自传说中的河鬼，甚至没有人敢于打开后窗朝河面上张望一下。

第二天凌晨，有人看见王德基的女人穿着红毛衣躺在冰河上。她抱着她的花棉袄，棉袄里包着一个新生的婴儿。

男孩小拐出生没几天他母亲就死了，在香椿树街的妇女看来小拐能活下来是一个奇迹，她们对这个没有母亲的婴孩充满了怜悯和爱心，三个处于哺乳期的女人轮流去给小拐喂奶，可惜这种美好的情景只持续了两三个月。问题出在小拐的父亲王德基身上，王德基在那种拘谨的场合从来不回避什么，而且他有意无意地在喂奶的妇女周围转悠，那三个女人聚在一起时都埋怨王德基的眼睛不老实，她们觉得他不应该利用这种机会占便宜，但又不好赶他走。终于有一次王德基从喂奶妇女手中去接儿子时做了一个明显的动作，一只手顺势在姓高的女人的乳房上摸了一把。姓高的女人失声叫起来，该死，她把婴孩往王德基怀里一塞，你自己喂他奶吧。姓高的女人恼羞成怒地跑出王家，再也没有来过，姓陈和姓张的女人也就不来了。

男孩小拐出生三个月后就不吃奶了，多年以后王德基回忆儿子的成长，他竟然不记得自己是怎么把小拐喂大的。他向酒友们坦言他的家像一个肮脏的牲口棚，他和亡妻生下的一堆孩子就像小猪小羊，他们在棚里棚外滚着拱着，慢慢地就长大了，长大了就成人了。

七十年代初期在香椿树街的男孩群中盛行一种叫钉铜的游戏。男孩们把各自的铜丝弯成线圈带到铁路上，在火车驶来之前把它放在铁轨上，当火车开走那圈铜丝就神奇地变大变粗了。男孩们一般就在红砖上玩钉铜的游戏，谁把对方的铜圈从砖上钉落在地，那个被钉落的铜圈就可以归为己有。

曾有一个叫大喜的男孩死于这种游戏，他翻墙去铜材厂偷铜的时候被厂里的狼狗吓着了，人从围墙上坠下去，脑袋恰恰撞在一堆铜锭上。大喜之死给香椿树街带来了一阵惶乱，人们开始禁止自己的孩子参与钉铜游戏。但是男孩们有足够的办法躲避家人的干扰，他们甚至把游戏的地点迁移到铁路两旁，干脆就在枕木堆上继续那种风靡一时的游戏。每个人的口袋里塞满了铜丝，输光了就临时放在轨道上等火车碾成铜圈，那年月来往于铁路桥的火车司机对香椿树街的这群孩子无可奈何，他们就一遍遍地拉响尖厉的汽笛警告路轨旁的这群孩子。

后来人们听说王德基的儿子也出事了，男孩小拐的一条腿也在这场屡禁不绝的钉铜游戏中丧失了。这次意外跟小拐的哥哥天平有关，是天平让小拐跟着他上铁路的。那天天平输红了眼睛，他没有心思去照看年幼的弟弟，他不知道小拐为什么突然蹿到火车前面去捡东西。大概是一只被别人遗漏的铜圈吧。火车的汽笛和小拐的惨叫同时刺破铁路上的天空，事情就这样猝不及防地发生了。

香椿树街的居民还记得天平背着他弟弟一路狂奔的情景，从天平残破的裤袋里掉出来一个又一个铜圈，从小拐身上淌下来的是一滴一滴的血，铜圈和血一路均匀地铺过去。那一年小拐九岁，人们都按着学名叫他安平，叫他小拐当然是以后的事了。

小拐在区医院昏死的时候他的两个姐姐陪着他，大姐锦红和二姐秋红，锦红不断地呜呜哭泣着，秋红就在一旁厉声斥责道，哭什么哭？腿轧断了又接不回去，光知道哭，哭有什么用？

王德基在家里拷打肇事的天平，他用绳子把天平捆了起来，先用脚上的劳动皮鞋踢。踢了几脚又害怕踢了要害得不偿失，就解下皮带抽打天平。王德基一只手拉着裤腰一只手挥舞皮带，多少有点不便，干脆就脱了工装裤穿着个三角裤抽打天平。天平起先一直忍着，但父亲皮带上的金属扣刮到了他的眼睛，天平猛然吼叫一声，操，我操你娘。王德基说，你说什么？你要操我的娘？天平一边拼命挣脱着绳子，一边鄙夷地扫视着衣冠不整的父亲，你算老几？天平舔了舔唇边的血沫说，实话告诉你吧，我已经参加了野猪帮，你现在住手还来得及，否则我的兄弟不会饶过你的。王德基愣了一下，捏着皮带的手在空中滞留了几秒钟，然后就更重地往天平身上抽去，我让你参加野猪帮，王德基边打边说，我还怕你们这帮毛孩子，你把野猪帮的人全叫来，我一个个地抽过去。

王德基为他的一句话付出了代价。隔天夜里他去轧钢厂上夜班，在铁路桥的桥洞里遭到野猪帮的袭击。他的自行车被横跨桥洞的绳子绊倒了，人还没从地上爬起来，一只布袋就扣住了他的脑袋，一群人跑过来朝他腹部和后背一顿拳脚相加，王德基只好抱住头部在桥洞里滚。过了一会儿那群人散去，王德基摘下头上的布袋想辨别袭击者是谁，他看见七八条细瘦的黑影朝铁路上散去，一眨眼就不见了。周围一股香烟味，那根绳子扔在地上。然后他发现手里的那只布袋上写着“王记”二字，原来就是他家的量米袋子。王德基想起儿子天平昨天的威胁，不禁惊出了一身冷汗。一辆夜行列车正从北方驶来，即将穿越王德基头顶上的桥洞，桥洞的穹壁发出一阵轰鸣声。王德基匆匆忙忙地把量米袋子夹在自行车后架上，跳上去逃似的穿过了铁路桥。

一条香椿树街静静地匍匐在月光下，青石板路面和两旁的低矮的房屋上闪烁着一些飘游不定的阴影，当火车终于从街道上空飞驰而过时，夜行人会觉得整条街都在咯吱咯吱地摇晃，王德基骑在车上朝前后左右张望，他生平第一次对这条熟悉的街道产生了一丝恐惧之心。

男孩小拐对于车祸的回忆与目击者的说法是截然不同的，他告诉两个姐姐锦红和秋红，有人在火车驶来时朝他推了一把，他说他是被谁推到火车轮子下面的。但当时在铁路上钉铜的男孩有五六个人，其中包括他的哥哥天平。他们发誓没有人推过小拐，他确实是想去捡一只被别人遗漏的铜圈的。

香椿树街的人们认为小拐在说谎，或者是那场飞来横祸使他丧失了记忆，这个文静腼腆的男孩从此变得阴郁而古怪起来，他拖着一条断腿沿着街边屋檐游荡，你偶尔和他交谈几句，可以发现这个独腿男孩心里生长着许多谵妄阴暗的念头。

是你推了我。小拐走进红旗的家里对红旗说。红旗家里的人都围着饭桌吃饭，他们用厌恶的目光斜睨着小拐，谁也不理他。是你推了我。小拐碰了碰红旗端碗的手，他的声音听上去是干巴巴的。他等待着红旗的回答，但红旗突然放下饭碗，双手揪住小拐的衣领把他拎了起来，一直拎到门外，红旗猛地松开手，小拐就像一个玩具跌在地上了。红旗的鼻孔里哼了一声，揍不死你。他摊开手掌在门框上擦了擦，然后就撞上门把小拐关在门外了。隔着门红旗又高声警告他，下次再敢来我敲断你的好腿，你以为我怕你哥哥天平？回去告诉天平，他们野猪帮如果动我一根毫毛，白狼帮和黑虎帮的人就来铲平他们的山头。

红旗是一个过早发育的膀大腰圆的少年，他与天平曾经是好朋友后来又反目为仇，一切缘于他们参加了两个不同的帮派。小拐三番五次的无理纠缠使红旗非常恼怒，他不知道为什么小拐会咬定是他推了他一把。红旗怀疑在小拐的后面隐藏着另一种挑衅，它来自天平和野猪帮那里。那些日子里红旗出门不忘在鞋帮里别上一把三角刀，而且他特意挑选傍晚街上人多的时候坐在门口磨刀，一块偌大的扇形砂轮，砂轮边躺着三种刀器：三角刮刀、劈柴的斧子和切菜用的菜刀，少年红旗就坐在门口，蘸着一盆暗红的水，沙啦沙啦地磨刀。他瞥见小拐站在街角杂货店门口，小拐抓着一根树枝无聊地抽打着墙壁，他似乎窥望着红旗家这边的动静。红旗仍然在路人的侧目下磨着刀，脸上露出倨傲的微笑，他从来没把小拐放在眼里。

几天后的一个早晨，红旗家的人不约而同地发现家里有一股味，像是死物身上散发出来的，一家人满屋子寻找臭味的根源，终于在米缸后面找到一只腐烂的死猫。红旗用竹竿把死猫挑到街上，他母亲就跟出去在门口高声咒骂起来，一家人都认定是王德基的断腿儿子干了这件卑劣下流的事情。

王德基家与红旗家隔了七八户门洞，红旗看见男孩小拐的脸在门口探了一下，然后就缩进去不见了。红旗扔掉手里的竹竿，冷笑着说，只要让我抓住，看我不把他揍成肉酱。

男孩小拐第二天夜里就被红旗抓住了。小拐手里捧着一包东西，刚要往红旗的门上涂抹，红旗就像猛虎蹿出去揪住了小拐，小拐慌忙扔掉了那个纸包，但粪便的臭味残留在小拐的手心和指缝里。红旗抓住小拐的手闻了闻，就势打了他一耳光，然后他把小拐压在电线杆上开始揍他。揍不死你，红旗的两只脚左右开弓踢小拐的臀部和肋下，揍不死你。红旗的踢踏动作随小拐的呼救越发迅疾猛烈起来，小拐一声声尖叫着，一只手孤立无援地指向自己的家，另一只手紧紧抱着电线杆。

先是锦红和秋红从家里奔出来了，两个女孩冲上去想架住红旗，但红旗力大无比，手一甩就把她们甩开了。锦红上去抱住了小拐，秋红却趁红旗不防备突施冷箭，她学了香椿树街妇女与男人干架的有效措施，在红旗的双腿之间猛地捏了一把。不要脸的畜生，秋红咬着牙骂道，欺负小拐算什么本事？有种你跟我家天平打去。

少年红旗就这样狂叫起来，叫声引来了红旗一家人。秋红的耍泼无疑把他们激怒了。红旗的母亲和祖父祖母都参与了这场街头混战，他们撕扯着王家姐妹的头发和衣裳，并且用肮脏的语言咒骂着他们。秋红和锦红保护着小拐夺路而逃。在一片哭叫声中，附近人家沿街的窗户纷纷推开，邻居们看见王家的三个儿女像一群被拔光了羽毛的鸟禽，从窗前仓皇而逃。后来街上就响起了红旗母亲无休无止的诅咒声，主要是针对秋红的。狼心狗肺的小婊子货，你想让我家断子绝孙？红旗是三代单传的男丁，你捏坏了他赔得起吗？秋红在她家门后不甘示弱地回敬一句，他活该，谁让他欺负小拐？红旗的母亲被秋红再次激怒了，她用什么硬物敲着王家的门，一窝没人管教的小畜生，红旗的母亲边敲边说，我家红旗要是有个三长两短，我就剜了你的小 × 喂狗吃。

那天夜里恰巧王德基上夜班，而天平正在别人家里玩扑克牌。香椿树街的人认为这是一个善意的巧合，否则那天夜里的事情是不会就此平息的，六月的石灰厂之祸也许就在当天发生了。

男孩小拐对他哥哥天平充满了崇拜之情，他总是像一个影子似的尾随着天平，天平走到哪里小拐就跟到哪里。但自从天平加入野猪帮以后这种情形就难以为继了，天平开始厌恶小拐影子般的追随。别跟着我，他用一种不耐烦的语言驱逐小拐，你不能跟着秋红玩吗？有时候天平干脆利用小拐的行动不便，在路上加快步子伺机甩掉他弟弟小拐。即使这样小拐也能准确地捕捉到天平的踪影，有时候天平刚刚在骆驼家系上练功的皮带，小拐就像一个幽灵闪进了院门，他悄然缩在墙角，静静地审视着天平的一举一动。天平就变得烦躁起来，操，他一边击打着沙袋一边发泄着对小拐的恼恨，为什么要跟着我？谁要是欺负你你来告诉我，好端端的为什么老是跟着我？

红旗打了我。男孩小拐抠了抠鼻孔，他用单拐的端部在地上画着圈说，红旗家的人还打了秋红和锦红。

这事我知道了，我答应你们找红旗算账的。

红旗打了我，他还打了秋红和锦红。小拐重复了一遍他已说过的话。

我知道了。天平皱着眉头说，这些事你不懂，是我们野猪帮和他们白狼帮的事，别着急，收拾他们的日子快要到了。

男孩小拐不知道他哥哥的允诺就是几天后发生的石灰厂之战。那场大规模的血殴后来轰动了整个古城，成为血性少年们孜孜不倦的话题，而男孩小拐在他的少年时代常常向别人提及著名的石灰厂之战和他哥哥天平的名字，信不信由你，小拐对别人说，野猪帮的人是为了我去石灰厂的，那封生死帖是我哥哥送给白狼帮的，信不信由你，我哥哥是为了给我报一箭之仇。

事实上除了石灰厂砖窑上的几个工人之外，几乎没人有机会目击五十一名少年在垃圾瓦砾堆上的浴血之战。他们选择的地点是香椿树街以北三里的石灰厂后面的空地，时间则是天色乍亮的清晨五点钟，砖窑上的工人看见两拨人从不同的方向朝空地上集结而来，有人把铁链挂在脖子上，有人边走边转动手里的古巴刀，白狼帮的人甚至扛着一面用窗帘布制成的大旗，旗上有墨汁绘成的似狼似狗的动物图案。在仅仅几分钟的对峙后，两支队伍就乱成一堆了，从刀器和人的嘴里发出的呼啸声很快覆盖了石灰厂那台巨大的粉碎机运转的噪声。

砖窑上的那几个工人对那场血战不堪回首，他们心有余悸地描摹当时的情景，疯了，那帮孩子都疯了，他们拼红了眼睛，谁也不怕死。他们说听见了尖刀刺进皮肉的类似水泡翻滚的声音，他们还听见那群发疯的少年几乎都有着流行的滑稽的绰号，诸如汤司令、松井、座山雕、王连举、鼻涕、黑 ×、一撮毛、杀胚。那帮孩子真的发疯了，几个目击者摇着头，举起手夸张地比画了一下，拿着刀子你捅我，我劈你的，血珠子差点就溅到我们砖窑上了。

男孩小拐记得那天早晨他是被街上杂沓的脚步声和救护车的喇叭惊醒的。街上有人尖声喊着：石灰厂，出人命啦。锦红和秋红已经穿好了衣裳准备去看热闹，小拐心急慌忙地摸不到他的拐杖，就一把攥住了锦红的长辫子。带我去，小拐叫道，带我去看死人。

锦红背着弟弟小拐，秋红边跑边用木梳梳着头发，姐弟三人也会聚在街上的人流里朝北涌动，他们不知道石灰厂到底发生了什么事。秋红边跑边问旁边的人，怎么回事？是谁死了？那人气喘吁吁地说，打架，听说死了好几个。姐弟三人不知道天平就是其中之一，所以后来他们看见几个警察把天平从瓦砾堆里拖出来时都吓呆了，天平的衣服被撕割成布条在晨风中飘动，半尺长的刀口处露出了肠子，从他的身体各处涌出的血像泉眼沿途滴淌。天平的眼睛怒视着天空，但是他被人拖拽的情形就像一根圆木了无生气，看样子他已经死了。男孩小拐记得两个姐姐同时失声狂叫起来，然后他就从大姐锦红的背上摔了下来。

男孩小拐坐在瓦砾上环顾四周，石灰厂附近笼罩着一种杂乱的节日般的气氛。小拐看见他们把天平抬上一辆平板车，锦红和秋红哭叫着拉住一个车把，快送他去医院，秋红跺着脚对警察喊，快点吧，快去医院。板车另一侧的一个警察说，还去什么医院？他已经咽气了。另一个却阴沉着脸说，他要没咽气还得去拘留所。小拐看见那辆平板车在工业垃圾和杂草间颠动着，慢慢地朝他这边拖来，现在他知道板车上的那具死尸就是他哥哥天平，他觉得天平就像一根圆木被人装在板车上，就像一根圆木在车上颠动着，一切都显得离奇而古怪。小拐迎着板车站起来，他怀着惶惑的心情朝天平的手臂猛地一触，触及的是天平饱满发达的肱二头肌，但那是近乎瞬间的一次触碰，男孩小拐的手像是被火烫了一下，或者是被冰刺了一下，他惊惶地缩回了他的手，曾经与他胼手胝足的那个身体突然变得如此恐怖如此遥远，男孩小拐第一次发现天平的手臂上刺了图纹，那是一只简单而丑陋的猪头。

他有刺青。男孩小拐突然叫道，他的手臂上有一只猪头，他是野猪帮的大哥了。

六月初王德基家的天平死了，天平的丧事办得很简单，这是因为那些日子天气异常炎热，王德基没有钱去冰厂订购那种大冰砖，死者在家里只停放了一天一夜就送出门了。王德基在悲伤而忙碌的日子里精疲力尽，他对那些前来吊唁的邻居说，早知道这样，不如我自己动手结果他的性命。

租用火葬场的白色灵车也是要花钱的，王德基舍不得掏钱，就去邻近的石码头借了辆三轮车，然后用塑料布为天平制作了一个简易凉棚。这样，六月灼热的阳光被遮挡住了，天平盖着白被单躺在车上，看上去就像一个苍白的患了急病的少年。王德基自制的灵车从容地经过香椿树街，有不知详情的路人在街口问他，老王，送谁上医院？王德基闷闷地说，儿子。低着头骑了一程，王德基看见天平就读的红旗中学的铁门从身边一掠而过，操场上有一群男孩正在踢足球。王德基突然悲从中来，一边骑着车一边哽咽起来，操，别人家的孩子都活蹦乱跳的，偏偏就轮到我家，废了一个不够，现在又死了一个。王德基就这样骑着灵车涕泗满面地经过城北的街道，他不知道小拐早悄悄地钻到了车上，他毫无畏惧地坐在天平的尸体旁边向往着火葬场新鲜的不为人知的风景。后来灵车经过北门的瓜果集市，王德基想起天平一直是贪吃西瓜的，小时候曾经为了抢夺秋红的那块，王德基扬手打掉了天平的一颗门牙。王德基犹豫了一会儿停下车，就近买了半只切开的红瓤瓜放到天平身旁，猛地就发现了小拐，小拐直直地瞪着西瓜，说，我要吃西瓜。王德基的手下意识扇过去，但最后只滞留在小拐的头顶上，过了一会儿他说，你吃吧，反正天平也不会吃瓜了。

男孩小拐后来就坐在天平的灵车上吃西瓜，那是一只南方罕见的又甜又脆的西瓜，直至几年以后小拐还记得嘴里残留的那股美妙的滋味。除此以外占据小拐记忆的依然是天平手臂上的刺青，在去火葬场的途中，男孩小拐多次撩起死者的衣袖，察看他左手臂上的猪头刺青，它在死者薄脆的皮肤上放射着神奇的光芒。

警车呼啸着驶进狭窄的香椿树街，警察们带走了松井、鼻涕、汤司令这帮少年，而白狼帮的红旗却突然从他家里消失不见了，一个梳着羊角辫的女孩子穿过围观的人群，用一种冷静的语调向警察报告了红旗的踪迹，他在河里，女孩指着河的方向说，他泡在水里，头上顶了半只西瓜皮。她后面跟着一个跛脚的男孩，男孩则尖声指出头顶西瓜皮是从电影里学来的把戏，男孩说，我知道他是从《小兵张嘎》里学来的，是我先看见他的。

所以红旗被推上警车的时候是光着脚的，身上只有一条湿漉漉的短裤头。一个警察从红旗的头顶上摘下那半只西瓜皮，扔出去很远，围观的人群里就发出一片哄笑声。有人将惊诧的目光转向王德基家的两个孩子，秋红和小拐，秋红像一个成熟的妇女那样撇了撇嘴，然后她拍了拍她弟弟的脑袋，小拐，我们回家。

夏天的大搜捕使城市北端变得安静萧条起来，那些三五成群招摇过市的少年像草堆被大风吹散，不再有尖厉的呼哨刺破清晨或黄昏的空气，凭窗而站的香椿树街的居民莫名地有点烦躁，他们觉得过于清净的街道并非一种平安的迹象，似乎更大的灾祸就要降临香椿树街了。

男孩小拐穿着他哥哥天平遗留的白衬衫在街上游逛，有一天他在码头的垃圾里看见一面残破的绘有狼形图案的旗帜，旗上可见暗红色的疏淡不一的干血。小拐认出那是白狼帮的旗帜，他不知道他们为什么要把旗帜扔在这里，也许那帮人在大搜捕后已经吓破了胆，也许伤亡和被捕使强大的白狼帮形如匆匆一掠的流星。小拐拾起了那面旗帜，小心地把它折起来掖在裤腰里，他想把它带回家藏好。石码头上有装卸工在卸一船油桶，油桶就在水泥地上骨碌碌地滚向街道另一侧的工厂大门，男孩小拐灵活地绕开油桶往家里走，他相信装卸工们没有发现他藏起了一面白狼帮的旗帜。从此以后男孩小拐拥有了一个真正的秘密。

作为男孩小拐唯一的朋友，我曾经见过精心藏匿的白狼帮的旗帜，他打开一只木条钉成的工具箱说，这就是我的百宝箱。箱子里装满了过时的铜片、烟壳、玻璃弹子和破损了的连环画，那面神秘的令人浮想联翩的旗帜放在箱子的最底层，上面还铺盖了几张报纸。

这是白狼帮的旗，男孩小拐的眼睛在阁楼暗淡的光线里闪闪烁烁，他把那面旗快疾地摊开，然后又快疾地叠好。我哥哥他们的野猪帮大旗我还没找到，小拐说，他们也有一面旗，比这面旗大多了，我看见过野猪帮的大旗。

你藏着它想干什么？

小拐没有回答我的疑问，或许他根本没听见我的疑问，我看见他把百宝箱用挂锁锁好了，推到阁楼的角落里，然后用一种坚定的语气说，我会找到那面旗的，我要复兴野猪帮。

那是红鸡冠花盛开的晚夏的一天，在小拐家闷热肮脏的阁楼上，我清晰地听见男孩小拐说，我要复兴野猪帮。

九月孩子们重归学校，假期发生的石灰厂之战仍然使高年级的男孩津津乐道，他们坐在双杠和矮墙上谈论着白狼帮和野猪帮孰优孰劣，各执一词难以统一意见。后来校工老董的儿子董彪说，你们别争了，白狼帮和野猪帮算什么人物，真正厉害的是城西的梅花帮，梅花帮的人胸前都刺一朵梅花。

董彪在胡说。男孩小拐当着许多人的面戳穿了董彪的谎言，他说，城西没有什么梅花帮，只有龙虎八兄弟，他们和野猪帮是盟友。左臂刺龙，右臂刺虎，根本不刺梅花。

男孩小拐因此招来了董彪日复一日的追逐和报复。我看见男孩小拐像一只袋鼠在泡桐树林里绕行奔跑，因过早发育而成为学校一霸的董彪快乐地追逐着小拐，董彪最后把小拐按在树干上，用膝盖猛力地顶击小拐完好的那条左腿，这样男孩小拐总是应声倒在董彪的脚下。有一次董彪忽发异想地解开裤扣，对着手下败将撒了泡尿。董彪说，去叫你哥哥来，你哥哥算什么？就是他活着我也敢揍你。

我知道那是小拐童年时代最灰暗的日子，几乎每一个男孩都敢欺负王德基的儿子小拐，他姐姐秋红和锦红对他的保护无法与天平活着时相比，在香椿树街的生活中叽叽喳喳的女孩子一向是微不足道的。除我之外大概没有人知道小拐心里那个古怪而庞大的梦想，关于那面传说中的野猪帮的旗帜，关于复兴野猪帮的计划。小拐曾经邀我同去寻访那面旗帜的踪迹，被我拒绝了。在我看来小拐已经成为一种羸弱无力备受欺辱的象征，他的那个梦想因此显得可笑而荒诞。

曾经有人效仿董彪在学校沙坑那儿追打小拐，体育教师上去把他们拉开了。体育教师责问那个男孩，为什么要打他？你欺负他腿不好？那个男孩很诚实，他说，他哥哥天平死了。体育教师又问，他哥哥死了你就打他？这是为什么？男孩涨红了脸踩踏着沙坑里的黄沙，最后他又说了一句大实话，他腿瘸，他跑不快。

关于男孩小拐的拜师习武在香椿树街有种种说法，人们普遍认为那是王德基为了儿子免受欺侮的权宜之计，是王德基把小拐送到延恩巷的武林泰斗罗乾门上习武的，还有一种说法误传天平是罗乾的门徒之一，罗乾肯收下小拐是缘于这段人情，但是男孩小拐后来轻蔑地否定了这些想当然的猜测，他说罗乾从来不搭理那些少年帮派，当然也不认识他死去的哥哥天平，他父亲王德基就更不认识罗乾了，他那种人怎么会认识罗乾？男孩小拐提及他父亲时满脸不屑之色，然后他用一种神秘的口气说，我是我师父的关门弟子，你别告诉人家。

他为什么要收你做关门弟子呢？问话的人毫不掩饰话里的潜台词，为什么罗乾要收一个断了一条腿的孩子做关门弟子呢？

我跪着求他，我跪了很长时间。男孩小拐终于把所有的秘密和盘托出，我给他看腿上手上的伤，我告诉他所有的人都来欺负我，你猜他最后怎么说？男孩小拐环顾着周围的孩子，眼睛里充满了喜悦和激情之光，罗乾最后把我抱起来，他说既然所有人都来欺负你，那我就教你去欺负所有的人。

男孩小拐本人的说法也令人半信半疑，但是香椿树街上有不少人目睹他出入于延恩巷罗乾的家门，不管怎么说，小拐现在是一个习武的孩子，香椿树街头的男孩们再也不敢轻易对他施以拳脚了。

最初小拐把三节棍插在书包里去上学，每次在学校遇见董彪时，小拐仍然提防着董彪对他的袭击，他的手紧紧地抓住三节棍的一端。董彪试探着靠近他，你拿着三节棍装什么蒜？董彪说，你瘸了条腿怎么用三节棍？但是小拐猛地从书包里抽出三节棍时董彪还是害怕了，董彪嘀咕了一句就溜走了。他妈的你吓唬谁？他边走边说，吓唬谁？

那是男孩小拐开始扬眉吐气的日子，我曾经在他的书包里看见过多种习武器械，除了他随身携带的三节棍外，还有九节鞭、月牙刀、断魂枪，等等，这些极具威慑力和神秘色彩的名称当然是小拐亲口告诉我的。我记得一个秋日的黄昏，在石码头布满油渍的水泥地上，男孩小拐第一次当众表演了他的武艺，虽然是初学乍练，但我们还是听到了三节棍和九节鞭清脆悦耳的声音，舞鞭的男孩小拐脸上泛起鲜艳的红晕，双目炯炯发亮，左腿的疾患使小拐难以控制身体的重心，他的动作姿态看上去多少有些生硬和别扭，但是在石码头上舞鞭弄棍的确实是我们所鄙夷的男孩小拐，到了秋天他已经使所有人感到陌生。

四五个男孩坐在石码头的船坞上，听小拐描绘他师父罗乾的容貌和功夫。秋天河水上涨，西斜的夕阳将水面和两岸的房屋涂上一种柑橘皮似的红色，香椿树街平庸芜杂的街景到了石码头一带就变得非常美丽。空气中隐约飘来化工厂油料燃烧的气味，而那些装满货物的驳船正缓缓通过河面，通过围坐在船坞上的孩子们的视线。

我师父只比我高半个脑袋，男孩小拐用手在头顶上比画了一下，他看了看其他孩子的表情又补充道，你们不懂，功夫深的人个子都很矮小。

我师父留一丛山羊胡子，雪白雪白的，你们不懂，功夫深的人都要留山羊胡子的。男孩小拐还说。

我对延恩巷的武林高手罗乾的了解仅限于那天男孩小拐的一夕之谈。像所有的香椿树街少年一样，我也曾渴望拜罗乾为师学习武艺，但据说那个老人深居简出性情孤僻，除了小拐以外，拒绝所有陌生人走进他的种满药草的院子。整个少年时代我一直无缘见识罗乾的真面目。后来我知道关于延恩巷罗乾的传说完全是一场骗局，知悉内情的人透露罗乾只是一个年老体衰的病人，他每天例行的舞刀弄棍只是他祛病延年的方法，因为罗乾患有严重的哮喘和癫痫症。这个消息曾令我莫名惊诧，但那已经是多年以后的事了，昔日的男孩小拐已经成为香椿树街著名的风云人物，骗局的受害者也已淡忘了许许多多的童年往事。

城北的居民风闻野猪帮又重新出现，他们对此都觉得奇怪，因为野猪帮的那批少年在夏天的大搜捕中已经被一网打尽了。但是许多人家养的鸡都在夜晚相继失踪，石码头的垃圾上堆满了形形色色的鸡毛，从这一点判断确实又有少年们在歃血结盟了。

人们想不到野猪帮的新领袖是王德基家的小拐，更想不到新的野猪帮只是一群十四五岁的男孩。

歃血结盟的仪式是在王德基家的阁楼上举行的，狭小低矮的阁楼里充满了新鲜鸡血的腥味，大约有九个男孩，每人面前放了一碗鸡血，他们端起碗紧张而冲动地望着小拐。喝下去，小拐说，他的声音听上去不容违抗，你们怕什么？人血都不怕还怕鸡血吗？

一个男孩先端起碗在碗沿上小心地舔了一下，另一个男孩则捏着鼻子喝了半碗，突然大叫起来，太腥了，我要吐了。你们能干什么事？然后小拐出乎意料地亮出了他的九节鞭，你们到底喝不喝？不喝就挨鞭子，小拐晃动着他的九节鞭说，喝鸡血还是挨鞭子？你们自己挑吧。

阁楼上的那群男孩终于还是选择了鸡血，但是他们的呕吐物已经把床铺和板墙弄得污秽不堪，在一片反胃的呕吐声中小拐打开了他珍藏的白狼帮的旗帜，我没找到野猪帮的大旗，就拿它代替吧，小拐把那面破旗铺在地板上，考虑了片刻说，把白狼用墨汁涂掉，画上一只猪头就行了，他们就是这么干的。

小拐的大姐锦红这时候从竹梯爬上了阁楼，你们在上面闹什么？都给我下去。锦红一转脸就发现了满地秽物，不由尖叫起来，该死，你们到底在干什么坏事？阁楼简直成了猪厩了。已经有人开始往竹梯前走，但是男孩小拐伸出他的九节鞭挡住了他们的去路。

谁也不许逃。男孩小拐声色俱厉，他说，仪式刚刚开始，谁也不许逃。

让他们走，小拐你快让他们走。锦红忙着要清扫地板，一边扫一边对男孩们说，要闹到外面闹去，你们把我家当公园啦？

你别管我们的事，下楼去，我让你下楼去。男孩小拐用鞭柄朝锦红背上戳了一下，我让你别管你就别管。

不准再闹了，要闹到外面去，别在阁楼上闹。锦红说着就用扫帚把男孩们往竹梯上赶，但是随着一声清脆的鞭击，少女锦红就像一只受惊的鸟尖叫着跳起来，她的手伸到背后去摸她的长辫，摸到的是一只失落的蝴蝶结和一绺断发。

是男孩小拐用九节鞭抽落了他姐姐的半截辫梢和辫子上的红蝴蝶结。那群男孩看见少女锦红因惊吓过度而异常苍白的脸，她的嘴哆嗦着似乎想骂小拐，但终于什么也没有说。而持鞭的男孩小拐坐在那面破旗上，眼睛里依然喷射出阴郁的怒火，他说，我让你别来管我的事，为什么你偏偏不听？

香椿树街两侧的泡桐树是最易于繁殖的落叶乔木，它们在潮湿而充满工业废烟的空气里疯狂地生长，到了来年的夏季，每家每户的泡桐树已经撑起一片浓密的树荫，遮盖了街道上方狭窄的天空。香椿树街的男孩也像泡桐一样易于成长，游荡于街头的少年们每年都是新的面貌和新的阵容，就像路边的泡桐每年都会长出更绿更大的新叶。

七五年之夏是属于少年小拐的。新兴的野猪帮在城市秩序相对沉寂之时犹如红杏出墙，吸引了人们的目光。在黄昏的街头，一群处于青春期的少年簇拥着他们的领袖，矮小瘦弱的少年小拐，他们挤在一辆来历不明的三轮车上往石灰厂那里集结而去。石灰厂外面的空地是他们聚会习武的最好去处，就在那里他们把校工老董的儿子绑在树干上，由小拐亲自动手给他剃了个丑陋的阴阳头，然后小拐用红墨水在董彪暴露在外的头皮上打了几个叉，据说这是被野猪帮列入黑名单者的标志。被列入黑名单的还有其他六七个人，甚至包括学校的语文教员和政治教员。

我知道少年小拐在制定帮规和戒条时煞费苦心，他告诉我天平他们的野猪帮是有严格的帮规和戒条的，由于保密小拐无从知道它们的内容。他对此感到茫然。后来少年小拐因陋就简地模仿了解放军的三大纪律八项注意条令，稍作修改用复写纸抄了许多份散发给大家，至于戒条则套用了一句流行的政治口号：人不犯我，我不犯人，人若犯我，我必犯人。

少年小拐面临的另一个问题是如何刺青。城里仅有的几个刺青师傅都拒绝替这群未成年的少年文身，而且拒绝传授刺青的工艺和技术。失望之余小拐决定自己动手摸索，他对伙伴们说，没什么稀罕的，他们不干我们自己干，只要不怕疼，什么东西都能刺到身上去。

新野猪帮的刺青最终失败了。他们想象用一柄刀尖蘸着蓝墨水在皮肤上刻猪头的形状，但是尖锐的疼痛使许多人半途而废，少年小拐痛斥那些伙伴是胆小鬼，他独自在阁楼上百折不挠地摸索刺青技术，换了各种针具和染料，少年小拐一边呻吟一边刺割着他的手臂，渴望猪头标志跃然于他的手臂之上，他的手臂很快就溃烂发炎了，脓血不停地从伤处滴落下来，在王德基每天的咒骂和奚落声中，少年小拐终于允许他姐姐锦红和秋红替他包扎伤口，他说，十天过后，等纱布拆除了，你们会看见我手臂上的东西。

拆除纱布那天少年小拐沉浸在一种沮丧的情绪中，他发现自己的冒险彻底失败了，手臂上出现的不是他向往的威武野性的猪头标志，而是一块扭结的紊乱的暗色疤瘢。少年小拐捂着他的手臂在家里嗷嗷地狂叫，就像一条受伤的狗。叫声使刚从纺织厂下班回家的锦红难以入睡，锦红烦躁地拍打着床板说，别叫了，让我睡上一会儿。少年小拐停止了叫喊，他开始用拳头拼命捶击阁楼的板壁，整座朽败的房子微微摇晃起来。锦红一气之下就尖着嗓门朝阁楼上骂了一句，我操你妈，你只剩了一条腿，怎么就不能安分一点？锦红骂完就后悔了。她看见弟弟小拐从竹梯上连滚带爬冲下来，手里举着一把细长的刀子，锦红从小拐阴郁而暴怒的眼神中判出他的可怕的念头，抱着枕头就跳下床，慌慌张张一直跑到门外。

锦红光着脚，穿着背心和短裤站在街上，手里抱了一只枕头，过路人都用询问的眼神注视着王德基家的女孩锦红。锦红你怎么啦？锦红脸色煞白，她不时地回头朝家里张望一眼，朝问话的那些人摇着头。锦红不肯告诉别人什么，她只是衣衫不整地倚墙站着，用枕头擦着眼里的泪，没什么，锦红牢记着亡母传授的家丑不可外扬的道理，她对一个追根刨底的邻居说，我跟小拐闹着玩，他吓唬我，他吓唬要杀我。

少女锦红很早就显露出南方美人的种种风情，人们认为她生在王德基家就像玫瑰寄生于一摊污泥之中，造化中包含了不幸。香椿树街的妇女们建议锦红耐心等待美好的婚姻，起码可以嫁一个海军或者空军军官，但是锦红在十九岁那年就匆匆嫁给了酱品厂的会计小刘，而且出嫁时似乎已经有了身孕了。街上有谣传说王德基曾和女儿锦红睡觉，但那毕竟是捕风捉影的谣言。真正了解锦红的当然是她妹妹秋红，锦红出嫁前夜姐妹俩在灯下相拥而泣，锦红对秋红说的那番话几乎使人柔肠寸断。

我知道我不该急着嫁人，可是我在这个家里老是担惊受怕，我受不了。锦红捂着脸呜咽着说，不如一走了之吧。

你到底怕什么？秋红问。

以前怕父亲，后来怕天平，现在怕小拐，锦红仍然呜咽着，她说，我一看见小拐的眼睛，一看见他那条断腿，心里就发冷，现在我最怕他。

小拐怎么啦？秋红又问。

没怎么，可我就是害怕，他迟早会惹下大祸。锦红最后做出她的预言，秋红注意到姐姐说话时忧心忡忡的表情，她想笑却笑不出来，这个瞬间锦红美丽的容颜突然变得苍老而憔悴了，这使秋红对锦红充满了深情的怜悯。

那天夜里少年小拐又出门了，王家的人对此已习以为常，他们临睡前用椅子顶在门上，这样不管何时小拐都可以回家睡觉。凌晨时分锦红姐妹被门口杂沓的脚步声惊醒了，起床一看小拐带着七八个少年穿过黑暗的屋子往后门涌去，秋红想去拉灯绳，但她的手被谁拽住了。别开灯，有人在追我们。秋红睡意全消，她试图去阻挡他们，你们又在干什么坏事？干了坏事就都往我家跑。少年们一个个从秋红身旁鱼贯而过，消失在河边的夜色中。最后一个是少年小拐，你别管我们的事，小拐气喘吁吁地把一匹布往秋红的怀里塞，然后他把通向河埠的后门反锁上，隔着门说，这匹布给锦红做嫁妆。

秋红回忆起那天夜里的事件一直心有余悸，布店的人带着几个巡夜的民兵很快就来敲门。锦红到阁楼上藏起那匹布，秋红就到门口去应付。来人说，让我们进去，偷布的那帮孩子跑你家来了。秋红伸出双臂把住门框两侧，她像一个成熟的妇女一样处惊不乱，秋红说，你们抓贼怎么抓到我家来了？难道我家是贼窝吗？布店的人说，你家就是个贼窝。这句话激怒了秋红，秋红不容分说朝那人脸上扇了记耳光。我操你八辈子祖宗，我让你糟蹋我们家的名声，秋红边骂边唾，顺手撞上了大门。她听见门外人的交谈仍然很不中听，一个说，王德基家的孩子怎么都像恶狗一样的？另一个说，一个比一个坏，一个比一个凶。秋红的一点恐慌现在恰巧被满腔怒火所替代，她对着门踢了一脚，高声说，你们滚不滚？你们再不滚我就拎马桶来，泼你们满身是粪。

少年小拐和伙伴们偷来的是一匹白色的棉布，这匹布令锦红啼笑皆非，锦红怀着一种五味混杂的心情注视着小拐和白布，她说，办喜事不能用白布，这是办丧事用的。锦红伸手在弟弟的头顶上轻抚了一下，这个举动意味着她最后宽恕了少年小拐。

没有人知道少年小拐和武界泰斗罗乾的关系是如何中断的，那种令人艳羡的关系也许持续了半年之久，也许只有短短的两三个月。我记得少年小拐后来不再谈及罗乾的名字，有人追问罗乾的近况时，小拐的回答令人吃惊，他用一种满不在乎的语气说，他中风了，不行了，现在我用一只手就能把我师父拍死。然后少年小拐眉飞色舞地说起另一位大师张文龙的故事，那是风靡一时的龙拳的创始人，武功非凡，方圆百里的少年都梦想成为张文龙的门徒，但是张文龙只卖伤药不授武艺。他经常在北门吊桥设摊卖他的跌打风湿膏药，卖完药就卷摊走路，从来没有人知道张文龙的住处，胆大的少年去他的药摊前打听时，张文龙就拿一块膏药塞过来说，先掏钱把药买去，你们这帮孩子就缺伤药了，你们打吧，你们天天打架我的药就好卖了。当你死磨硬缠刺探他家的住处时，张文龙眨着眼睛说，我哪里有家呀？我天天在野地里为你们采药熬膏，夜里就睡在水沟里，睡在菜花地里。

你们知道张文龙的刺青刺了什么？少年小拐最后向他的伙伴提出了一个热门的问题。

是一条龙。有人回答道。

可是你不知道那是一条什么样的龙，少年小拐的神情显得非常冲动，他先在自己的腹部用力划了一下，龙头在这儿，然后小拐的手顺着胸前往肩部爬，最后在后背上又狠狠戳了一下，龙尾在这儿，你说这条龙有多大？小拐说着叹了口气，他的脸看上去突然变得忧怨起来，罗老头背上那条龙比起张文龙来算什么？汤司令和红旗他们的刺青就更提不起来了。

少年小拐羞于正视自己左臂上那块失败的刺青，说那番话时我注意到他的目光不时偷窥他的左臂，海魂衫肥大的短袖子遮掩了那片疤瘢的一半，另一半却袒露在夏日阳光里，我发现从那片疤瘢中无法看清猪头的形状，它们看上去更像秋天枯萎的黑红色的树叶。

这年夏天少年小拐疯狂地追逐着张文龙的踪迹，我听说他长时间地蹲在北门吊桥的药摊前，期待河上吹来的风卷起张文龙那件黑布衬衫的下摆，他渴望目睹那条恢宏而漂亮的盘龙刺青，大风却迟迟不来。少年小拐在一阵迷乱的冲动中向张文龙的衬衫伸出了手，听说小拐的手刹那间被张文龙夹在腋下，张文龙半愠半笑地说，你这孩子断了一条腿不够，还想再断一条胳膊吗？

桥上的遭遇对于少年小拐是一个沉重的打击，在张文龙匆匆离去后他仍然站在北门吊桥上，受辱后的窘迫表情一直滞留在他苍白的脸上，伙伴们的窃笑使少年小拐恼羞成怒，他对着桥下的护城河骂了一声，张文龙，我操你妈，再过五年，你看我怎么报一箭之仇。

谁都能发现少年小拐在受到伤害后情绪低落，他担心自己在新野猪帮内的地位受到损坏或者被排挤，有一天我惊讶地发现他采取了杀鸡吓猴的做法，在一番关于张文龙籍贯的争执中，少年小拐突然缄口动手，他突然从皮带缝里抽出一把飞镖朝朱明身上掷去，你也想来反对我？小拐冷笑着审视朱明的表情，他说，我说他是东北人就是东北人，别来跟我犟。那把飞镖从朱明的耳朵一侧飞出去，朱明惊呆了，谁也没想到少年小拐突然翻脸，事后少年们对小拐的举动褒贬不一，支持小拐和同情朱明的人形成了两个阵营，据我所知这也是新野猪帮最后分崩离析的原因之一。

几天后少年们相约在石灰厂外面集合，准备搭乘长途汽车去清塘镇寻找一个姓王的刺青师傅，那个人是朱明家的亲戚，但是朱明和他的几个朋友却迟迟不来。小拐就派人去朱明家喊他。派去的人到了朱明家，看见几个人正围坐在桌前打扑克牌，朱明的脸上贴满了纸条，头也不抬地对人说，我们不去了，要去你们自己去吧，不过我提醒你们，清塘镇的人比香椿树街的可野多了，小心让他们踩扁了抬回来。

聚集在石灰厂的少年们没有把朱明的话放在心上，他们拦住了去往清塘镇的长途汽车。去的时候有七八个人，当天回来的却只有三个人，而且都是鼻青脸肿的，他们提着撕破的衣服和断损的凉鞋从街上一闪而过，像做贼似的溜进各自的家门。他们告诉前来打听儿子下落的那些妇女说，小拐他们留在清塘镇了，清塘镇的人把他们扣起来了。侥幸逃离清塘镇的三个人惊魂未定，用一种夸张的语言描述那场可怕的殴斗。我们一下长途汽车就有人来撩拨逗事，也不知道是怎么打起来的，他们用的都是铁搭、锄头和镰刀，那么多人追着我们打，我们还来不及编队形就给他们打散了。

好好的他们为什么打你们？有人提出了简单的疑问。

不知道，他们说不准我们在清塘镇耀武扬威。

王德基家的秋红也挤在那堆焦灼而忙乱的妇女中间，她关心的自然是她弟弟小拐的情况，秋红刚想开口问什么，那三个少年几乎异口同声地说，小拐最惨了，他头上挨了一铁搭，开了两个洞。

他怎么啦？他不是会武功吗？秋红惊叫过后问。

他腿不好，跑不快，那么多人围上来，会武功也没有用。一个少年说。

他没带三节棍和九节鞭，光是一把飞镖对付不了人家的锄头铁搭。另一个少年表示惋惜说，小拐今天要是带上他的家伙就好了，我们也不会输那么惨了。

带上家伙也没用，清塘镇的人一个比一个野。再说小拐本来就不怎么样，我看见他第一个被清塘镇的人按在地上。第三个少年说起小拐却已经显得很轻蔑了。

旁边的秋红听到这里勃然生怒，她指着三个少年的鼻子说，一帮不知廉耻的杂种，你们知道小拐腿不好，跑不快，你们就不肯拉他一把？你们就不能背上他跑吗？

你说得轻巧！一个少年斜睨着秋红反驳道，那种时刻谁还顾得上谁？我背了小拐谁又肯来背我？

愤怒的秋红一时哑然失语，她的丰腴而红润的脸上不知不觉挂上了泪珠。人们都用一种隔膜而厌恶的目光注视着她，似乎没有人为秋红的一腔姐弟之情所感动。事实上那是一个混乱的人心浮躁的黄昏，人们关注的是自己的滞留在清塘镇生死未卜的儿子或家人，每个人的心情其实都是相仿的。

少年小拐和他的伙伴直到第二天早晨才返回香椿树街，负责解送的警察对围观的人们说，这次还幸亏没打出人命，否则就直接把他们送拘留所了。王德基和秋红也在街口等候，看见小拐他们依次爬下了卡车，王德基舒了一口气，他对旁人说，这帮孩子是不是吃了疯狗的肉？在街上闹不够，打架竟然打到清塘镇去了。那人问，回家要收拾你儿子吗？王德基被问得有点尴尬，从小收拾到大，就是收拾不了他，想想真奇怪。王德基苦笑一声，随后说了一句令人伤感的话，孩子他母亲搭上她一条命，换了这么个宝贝儿子，想一想真是奇怪。

少年小拐扶着墙与他父亲和姐姐逆向而行，他的头部缠着一条肮脏的被血洇透的纱布，看上去小拐显得出奇地从容而冷静。秋红跑过去想察看他头上的伤势，被他推开了。我死不了，小拐说，你回家去，别来管我的事。秋红就跟在他后面说，让你别打架你偏不听，这回好了，头上弄了个窟窿让人看笑话。街上的人都看着王家姐弟，看见小拐突然回过头打了秋红一记耳光，让你别来管我你偏不听，你为什么老是要来管我？小拐几乎是在吼叫，他的仇视的目光使秋红不寒而栗，秋红掩面坐在地上哭号起来，不管就不管，秋红绝望地拍打着地面，边哭边叫，我要再管你的事我就是畜生。

从清塘镇铩羽而归的少年们很快就聚集在朱明家门口，隔着窗子他们看见朱明那帮人仍然在桌前玩扑克牌，只是每个人的膝盖上都添了一根一尺多长的角铁，屋里的人对窗外的人显然已有防备，少年小拐和他的伙伴无法对朱明他们实施惩罚。叛徒，有人伏在窗台上对屋里的人喊。而少年小拐嘴里吐出的是一句江湖行话：君子报仇，十年不晚。他的声音听来冷峻而充满杀机。我看见他提起撑拐，用一种轻柔的动作在朱明家的窗户上捣了一个圆孔，屋里人朝外面张望了一眼，并没有做出任何反应，紧接着是一声哗啦啦的脆响，少年小拐挥舞着他的撑拐，砸碎了朱明家窗户上的每一块玻璃。

到了中秋节前夕，香椿树街的新野猪帮已经分裂成两派，人多势众的那派由少年小拐统辖，另外一派的六七个少年则死心塌地跟着朱明，他们从此开始了漫长的此长彼消的内战。我之所以如此清晰地记得这个时间概念，是因为那天香椿树街上弥漫着糖果铺煎制鲜肉月饼的香气，那种一年一度的香味诱使许多人聚集到糖果铺的煎锅前面。少年小拐他们和朱明他们的人就在那儿相遇了。我记得朱明他们一共只有三个人，三个人每人手里捧了一包月饼往人堆外挤，但是朱明突然被什么绊了一下，绊他的是小拐腋下的那根撑拐。

买那么多月饼独吃？好意思吗？小拐似笑非笑地说。

朱明没说什么，他迟疑了一会儿抓了两块月饼给小拐，但小拐没去接，他的表情已经显露出寻衅的端倪，我看见他用撑拐的底端拨了拨朱明拿月饼的手。

给兄弟们每人两块。小拐说。

你在玩我？朱明说，你以为我们怕你们？要打架约个地方和时间，我操，你真以为我们怕你们？

铁路桥下面怎么样？你要是嫌桥洞里不好上铁路也行，你要是带的人多就去石灰厂外面，或者就去石码头？随你挑，时间也随你挑。

我随你挑，你真以为我们怕你们？朱明的嘴里咬了一块月饼，含糊地嘀咕着往小拐他们的人圈外走。朱明带着两个人走出去几步远，没有明确回复小拐的挑衅，却说了一句莫名其妙的话，朱明说，他算什么人物？他姐姐跟他爹睡觉，肚子都睡大啦。

我看见少年小拐的眼睛里倏地迸出罕见的可怕的红光，他狂叫了一声，从别人手里夺过九节鞭，率先发起了对朱明他们的攻击。九节鞭准确地抽到了朱明的后颈上，小拐的伙伴们一拥而上，本来应该避人耳目的混战就这样猝不及防地发生了，糖果铺周围一片骚乱，女店员在柜台后面尖叫着，快去喊警察，要打出人命啦。更多的香椿树街人则训练有素地退到糖果铺的台阶上，或者爬到运货的三轮车上，居高临下地观望了少年小拐棍鞭齐发痛打朱明的场面，观望者们除了对少年小拐身残志坚的英武形象赞叹几声外，并没有太多的惊诧，虽然他们亲眼看见朱明他们满脸血污地在街上翻滚，这毕竟还是少年们之间的小型殴斗，生活在香椿树街的人们对此已经司空见惯。

平心而论中秋之战在小拐一方也并不光彩，谁都注意到朱明他们是赤手空拳的，而且人数少于小拐他们。另外他们选择的地点也缺乏考虑，糖果铺的煎饼锅最后被人群挤翻了，一锅热腾腾的鲜肉月饼全部倾倒在地，一些馋嘴的孩子和妇女趁乱捡走了好多月饼。糖果铺的女店员们一气之下去少年们就读的红旗中学告了状。

三天之后红旗中学的门口出现了一张布告，龙飞凤舞的毛笔字流露出校方卸除一份重负后的喜悦。被开除的名单很长，包括从初一到高二的几十名学生，有人用手卷成喇叭形状朗读着那份名单，其中包括了少年小拐常常被人遗忘的学名：王志刚，而在糖果铺之战中吃了亏的朱明也遭到了校方同样的发落。

少年小拐当天下午在石码头听说了这个消息，伙伴们听见他发出一声难以捉摸的怪笑，怎么拖到现在才开除？少年小拐的笑声突然变得疯狂而不可抑制，他坐在一只空油桶上用右脚踢着油桶，笑得弯下了腰，我的教科书早都擦了屁股，他说，怎么拖到现在才开除？

白狼帮的红旗在九月的一个傍晚出狱归来，红旗提着行李东张西望地出现在香椿树街上时，人们一下子就认出了他。虽然在狱中的两年红旗已变成一个膀大腰圆的青年，虽然他的脑袋剃得光溜溜的胡须反而很长，但红旗的眼睛却像以前一样独具风格，它们仍然愤怒地斜视着。

现在看来红旗的狱中归来其实宣告了少年小拐的英雄生涯的结束，很少有人敏感地觉察到这一点，少年小拐也许觉察到了，也许没有。他们在街口不期而遇时，红旗的嘴角浮出一丝含义不明的微笑，而双眼却习惯性地愤怒地斜视着少年小拐。那是一次典型的狭路相逢，但当时什么也没有发生，少年小拐避开了红旗的目光，他突然回首眺望不远处的铁路桥，桥上恰巧有一辆满载着大炮和坦克的军用货车通过。

少年小拐和他的伙伴们曾经暗中观察红旗的行踪，大多数时间红旗都在家门口拆卸自行车，或者站在家门口吃饭，偶尔他会朝门后唠叨不休的母亲骂几句粗话，红旗和城东白狼帮城西黑虎帮似乎中断了一切联系。唯一值得警惕的是朱明，朱明几乎天天去红旗家，红旗一出狱朱明就和他打得火热，不难看出势单力薄的朱明他们正在竭力拉拢新的盟友。

他去拉红旗有什么用？少年小拐极其轻蔑朱明的算盘，他对伙伴们说，你们千万别以为从监狱里出来的人就怎么样，红旗不怎么样，别看他样子凶，其实是个孬种。

小拐的这番话意在安抚日渐涣散的野猪帮的人心。到了九月他发现伙伴们中间弥漫着一种消极的恐慌的情绪，香椿树街上到处纷传说本地警察对少年帮派的第二次围捕就要开始。每当谁向他提起这个话题时，小拐就显得极不耐烦，你怕吗？他说，你怕就到你妈怀里吃奶去。说话的人于是极力否认他的恐惧，小拐就笑着甩出他的口头禅，东风吹，战鼓擂，现在世界上究竟谁怕谁？

我们想象中的警车云集香椿树街的场面没有出现，它们驶过香椿树街街口去了城东，也去了城西，唯独遗漏了铁路桥下面的这个人口和房屋同样稠密的地区，或许香椿树街与城市的其他角落相比是一块安宁净土，或许警察们是有意把街上的这群少年从法网中筛了出来。尖厉的令人焦虑的警车汽笛在深夜戛然而止，那些夜不成寐的妇女终于松了口气，她们看见儿子仍然睡在家里，她们觉得一个关口总算渡过去了。那些妇女中当然包括少年小拐的姐姐秋红，秋红在夜空复归宁静后爬下阁楼，察看了弟弟小拐的床铺，小拐正在酣睡之中，小拐竟然睡得无忧无虑，这使秋红心里升起无名之火，贱货，秋红一边唾骂自己一边回到阁楼上，她对自己发誓说，我要再为那畜生操心我就是个不折不扣的贱货。

男孩小拐幸运地逃脱了九月的大搜捕，这使他们得以重整旗鼓，更加威风地出现在香椿树街上。不久少年小拐在石码头召集了野猪帮的聚会，宣布将朱明等六人开除出野猪帮。就在这里少年小拐突然向伙伴们亮出一面大红缎子的锦旗，旗上新野猪帮四个大字出于小拐亲笔，笨拙、稚气却显得威风凛凛。至于这面锦旗的来历，少年小拐坦言是从居民委员会的墙上偷摘的，本来那是一面卫生流动红旗。我有幸参加了新野猪帮的石码头聚会，记得在那次聚会中少年们处于大难不死的亢奋中，他们商讨了惩治叛徒朱明和去西汇湾踩平那里新兴的小野猪帮的计划，谈的更多的当然是座山雕的刺青技术，座山雕与小拐死去的哥哥是割头兄弟，他与红旗几乎同时出狱归来，作为对天平的一种悼念，座山雕答应为少年小拐在手上刺一只猪头，但是他只肯为小拐一个刺青。少年小拐注意到伙伴们对此的不满情绪，最后他安慰他们说，明天我先去，我会把座山雕的刺青技术学来的，等我学会了再给你们刺，别着急，每人手臂上都会有一只猪头的。那天石码头上堆放着化工厂的一种名叫苯酐的货物，苯酐芳香而强烈的气味刺激着少年们的鼻喉和泪腺，许多人一边打喷嚏一边流泪，它给这次聚会带来了强制性的悲壮气氛，恰巧加深了少年们对最后一次聚会的回忆。我看见少年小拐后来对着河上的驳船挥舞那面野猪帮的红旗，一边狂呼一边流泪，但是我并不知道那是小拐一生中最后的辉煌时刻。

少年小拐是在去刺青的路上遭到红旗和朱明的伏击的，后者选择的时机几乎是天衣无缝，令人怀疑其中设置的骗局和精心策划，或许是小拐朝夕相守的伙伴里出现了奸细，或者是小拐所信赖的座山雕参与了这次阴谋也不得而知。作为少年小拐的知心朋友，我清晰地记得他遭到伏击的时间是黄昏，地点是在香椿树街北端的羊肠弄。

去座山雕家必须通过狭窄的仅容一人通过的羊肠弄，羊肠弄的一侧是居民的后窗和北墙，另一侧是五金厂的后门和破败的围墙，红旗就是从围墙的断口突然跳到少年小拐身上的，小拐来不及拔出腰带里的匕首，在短短的一个瞬间他意识到一直担心的伏击已经来临，他后悔单身一人来刺青，但是一切都无法改变。他看见朱明和几个人从五金厂的后门和弄堂口朝他包抄过来。

你们搞伏击，这么多人对付我一个，传出去多丢脸。少年小拐被那帮人抬了起来，他的声音悲壮而愤慨。

我们不管什么丢脸不丢脸的，我们今天就是要把你摆平。朱明说。朱明的脸上洋溢着申冤雪耻的喜悦。

山中无老虎，猴子称大王，好好的香椿树街让你这个小瘸子称王称霸？红旗一直揪着少年小拐的耳朵，他指挥着朱明他们把少年小拐抬进了五金厂的后门。五金厂的工人已经下班，由几间破庙宇改建的厂房静悄悄的，小拐不知道他们把他弄到这里来干什么。他不知道他们到底想对他干什么。他现在无力挣脱那么多双手的钳制，于是也就不想挣脱了，他想呼救但喉咙也被老练的对手红旗卡住了，少年小拐突然对眼前事物产生了一种似曾相识的感觉，他记得九岁那年在铁路上发生的灾祸，当那列火车向他迎面撞来的时候，他也是这种无力挣脱的状态，他也觉得有一双手牢牢地钳住他的腿，有一个人正在把他往火车轮子下面推。

他们把少年小拐抬到了一台冲床旁边，朱明拉上了电闸后冲床开始工作，而红旗坐在冲床后面朝小拐挤了挤眼睛，冲床的钻头正在一块钢片上打孔，嘎嘣、嘎嘣，富有韵律和残酷的美感。现在少年小拐终于知道了红旗新奇的出人意料的绝招，他听说红旗发明了一种讨巧的置人于死地的办法，原来就是他天天操作的冲床。

把他那条好腿搬上来。红旗命令朱明，红旗的嘴里发出一种亢奋的哂笑，他说，快点，让我来试试冲人的技术，冲人比冲刀片难多了。

别碰我的好腿。别碰它。少年小拐的目光注视着冲床上下律动的钻头，不难发现他的目光从好奇渐渐转向恐惧，他的尖厉的抗议声也渐渐地变成一种哀告，别碰我的好腿，你们干什么都行，千万别碰我的好腿了。

据朱明后来告诉别人说，小拐那天跪在冲床边向他求饶，向红旗和其他人求饶，他的可怜而卑琐的样子令人作呕。朱明和红旗让他过了第一关，但是第二关却是由座山雕控制的。从五金厂的后门出来，他们按照事先的约定把少年小拐挟到座山雕家里，五六个人按住半死半活的少年小拐，由座山雕为他刺青，刺的不是小拐想象中的野猪标志，而是歪歪扭扭的两个字：孬种。刺青的部位不在常见的手臂上，而在少年小拐光洁的前额上，座山雕在完成了他蓄谋已久的工程后得意地笑了，他说的话与红旗如出一辙，山中无老虎，猴子称大王，香椿树街怎能让一个小拐子称王称霸？

我知道那么多人出卖少年小拐缘于一个简单的事实，他们无法容忍少年小拐在香椿树街的风光岁月，尽管那是短暂的昙花一现的风光岁月。命运如此残忍地捉弄了小拐，他额上的孬种标志是一个罕见的物证。

香椿树街的人们后来习惯把王德基的儿子叫作孬种小拐，孬种小拐在阁楼和室内度过了他的另一半青春时光，他因为怕人注意他的前额而留了奇怪的长发，但乌黑的长发遮不住所有的耻辱的回忆之光，孬种小拐羞于走到外面的香椿树街上去，渐渐地变成孤僻而古怪的幽居者。

孬种小拐的两个姐姐出嫁后经常回来照顾父亲和弟弟的生活，有一次锦红和秋红到阁楼上清理出成堆的垃圾，其中有小拐儿时的百宝箱，姐妹俩在百宝箱里发现了一些霉烂的布卷，打开来一看像是旗帜，旗上画的野猪图案依然看得清楚，锦红皱着眉头问孬种小拐，这是什么鬼旗子？孬种小拐没有回答，秋红在一边说，把它扔掉。然后姐妹俩开始收拾床底下的那些刀棍武器，锦红抓着三节棍问孬种小拐，这东西你现在用不着了吧？扔吗？孬种小拐仍然没有回答，他坐在阁楼面向街道的小窗前，无所用心地观望着街景。秋红在一边说，什么三节棍九节鞭的，都给我去扔掉，留着还有什么用？后来姐妹俩从箱子里倒出许多铜圈、铜锁、铜片来，阁楼上响起一阵铜片相撞的清脆的声音，孬种小拐就是这时候回过头阻止了秋红，他对她说，把那些铜圈给我留下，我一个人没事的时候可以钉铜玩。

作为孬种小拐唯一的朋友，我偶尔会跑到王德基家的阁楼上探望孬种小拐，他似乎成了一个卧病在家的古怪的病人，他常常要求我和他一起玩儿时风行的钉铜游戏，我和他一起重温了钉铜游戏，但许多游戏的规则已经被我们遗忘了，所以钉铜钉到最后往往是双方各执一词的争吵。对于我们这些在香椿树街长大的人来说，温馨美好的童年都是在吵吵嚷嚷中结束的，一切都很平常。

舒家兄弟

关于香椿树街的故事，已经被我老家的人传奇化了。在南方，有许多这样的街道，狭窄、肮脏，有着坑坑洼洼的麻石路面，谁要是站在临街或者傍河的窗子边，可以窥见家家户户挂在檐下的腊肉，晾晒的衣物，窥见室内坐在饭桌前吃饭的人以及他们一整天的活动。所以我要说的也许不是故事而是某种南方的生活。如此而已。

舒工和舒农是兄弟俩。

涵丽和涵贞是姐妹俩。

而且他们住在同一栋房子里，香椿树街十八号。十八号是发黑的老楼，上下两层。舒家住楼下，林家住楼上。他们是邻居。十八号的房顶是平的，苫一层黑铁皮。那房顶上伏着一只猫，这是十五年前我站在桥头眺望时留下的印象。

印象中还有那条河。河横贯香椿树街，离十八号的门大约只有一米之距。我的叙述中会重复出现这条河，也许并无意义，我说过这只是印象而已。

舒工是哥哥，舒农是弟弟。

涵丽是姐姐，涵贞是妹妹。

舒家兄弟和林家姐妹的年龄就像人的手指一样有机排列，假如舒农十四岁，涵贞就是十五岁，舒工就是十六岁，涵丽就是十七岁，他们真的像一个人的手指紧紧地并拢着，掰也掰不开。他们是一个人的四根手指，还有一根手指在哪里？

舒农是个畏畏葸葸的男孩。舒农是个黄皮鬼。在香椿树中学的简陋教室里，坐在中间第一排的就是舒农。他穿着灰卡其布学生装，左右肘下各缀一块规则的补丁，里面是他哥哥穿旧的蓝运动衫，领口上有一条油腻的黑线。香椿树中学的教师们普遍厌恶舒农，因为舒农总是半趴在桌上抠鼻孔，他的眼睛直勾勾地盯着教师，富有经验的教师知道那不是在听讲。你用教鞭敲他的头顶，舒农会发出碎玻璃一样的尖叫声，他说，“我没讲话！”教师们往往不爱搭理他，他毕竟不是最调皮的学生，但他们受不了舒农阴沉的老年化的眼神，教师就骂舒农，“你这个小阴谋家。”而且，舒农的身上经常散发出一股尿臊味！

舒农十四岁了还经常尿床。这是秘密之一。

起初我们不知道这个秘密，秘密是涵贞泄露出来的。涵贞是个爱吃零食的女孩。她很馋，她偷家里的钱买零食吃。有一天她没偷到，她在糖果店门口犯愁的时候看见舒农拖着书包走过来，涵贞对舒农说："借我两毛钱！"舒农想从她身边绕过去，但涵贞拉住舒农的书包带子，不让他走，涵贞说，"借不借吧？小气鬼。"舒农说，"我没钱，我身上只有二分钱。"涵贞撇了下嘴，就把书包带悠起来砸到舒农脸上。涵贞叉着腰对我说，"你们别跟他玩，他这么大还尿床呢，天天要晒被子！"我看见涵贞说完就扭着腰朝学校跑了。舒农捂着脸站在那儿不动弹，他阴沉沉地望着涵贞胖胖的背影，后来他瞟了我一眼，也是阴沉沉的。我真的记得舒农十四岁时的可怕的眼神，活像一个天才的少年囚犯。我对舒农说，"走吧，我不告诉别人。"舒农摇摇头，舒农把手指狠狠地伸进鼻孔，抠了一下两下，他说，"你走吧，我今天不想上学了。"

舒农旷课是经常的事，谁也不奇怪。我猜他是要采取什么行动回报涵贞，这也不奇怪。舒农是有仇必报的人。

第二天涵贞跑到办公室报告老师，说舒农在她的被窝里塞了五只死老鼠，一卷钢丝鬃子，还有十几颗图钉。教师们答应好好训舒农一顿，但是第二天舒农继续旷课没来上学，接着第三天是涵贞母亲丘玉美来了，她带来一碗米饭，让校长用鼻子闻。校长说怎么回事，丘玉美说舒农在我家的饭锅里撒了一泡尿！办公室外面围了好多人，刚在教室露面的舒农被体育教师提溜进去，扔在墙角上。校长问丘玉美，"他来了，你看怎么处理他？”她就说，“这也好处理。让他自己把碗里的饭咽进去，他就知道该不该干这事了。”校长考虑了几秒钟说好像也是个办法，校长端着那碗饭走过去放到舒农面前。校长说，“你给我吃掉它，让你自食其果吧！”舒农垂着头把手插在裤袋里，玩着一串钥匙，若无其事的样子。校长听见那串钥匙在舒农肮脏的裤袋里叮叮咚咚地响，他被激怒了，我们看见校长突然摁住了舒农的头，舒农的头被摁住往下压，他的嘴贴近了那碗米饭，他下意识地舔了一口，紧接着就像一条小狗一样吼了一声，噗地吐了出来。舒农脸色煞白撞出办公室时，嘴角上还粘着一颗米粒。围观者都哄堂大笑。

那天傍晚我看见舒农在石灰场的乱石堆上晃来晃去，他拖着书包，把枯树枝从垃圾里踢出来，他的脸一如平常萎靡不振。我好像听见他对谁说，“我要操翻林涵贞。”那个声音尖声尖气的，好像一个女孩子对卖糖的人说我要一个糖娃娃一样平淡无奇。“我要操翻丘玉美！”他还说。

有一个男人爬在十八号的楼顶上，远远地看过去他像是在修葺屋顶。那就是舒农的父亲，街上人喊他老舒，我们就喊他老舒好了。我老家的人都认为老舒是个人物。印象中老舒是个健壮的矮个子男人。他好像是个建筑工或者管道工。反正他精于各种活计。要是谁家水管漏水电表坏了，女人就说：“去找老舒吧。”老舒其貌不扬，但是香椿树街的女人们都喜欢他。现在看来，老舒是个风流家伙，香椿树街的风流家伙不少，老舒是一个。这是我的观点。

比如现在一群织毛线的女人也看见了十八号楼顶上的老舒，她们会议论有关老舒的风流韵事，说得最多的是老舒和丘玉美怎么样怎么样。我记得有一次走进酱油店时听见打酱油的女人对卖咸菜的女人说，“林家的小姐妹俩都是老舒生的！你看丘玉美那骚样！”酱油店里经常爆出这种奇闻来，吓你一大跳。丘玉美从店外走过，她没听见。

如果相信了女人们的流言蜚语，你看见林涵贞的父亲老林就疑惑了，那么老林是干什么吃的？

比如现在是夏日黄昏，还有一个男人在手帕厂门口跟人下棋，那就是老林。老林每天都在那里跟人下棋，有时候涵贞或者涵丽把饭送到棋摊边。老林戴着深度近视眼镜，他看上去并没有异秉，但有一回他跟人赌棋赌输了，就真的把一只“炮”咽进了嘴。结果是涵丽把他的嘴掰开，硬是把棋子抠出来了。涵丽掀了棋盘，挨了老林一记耳光。涵丽跺着脚哭，“还下还下，把棋子吞进肚活该！”老林说：“我愿吞什么就吞什么，关你屁事！”观棋的人都笑，他们都是喜欢老林这种脾性的。他们也喜欢涵丽，涵丽人漂亮心也好，街上对涵丽涵贞姐妹有一致的评价，姐姐讨喜妹妹讨厌。

该出场的人物都已出场，剩下的是舒工和他母亲。舒家女人没什么可说的，她胆小怕事，像一只鼹鼠在十八号楼下悄悄地烧饭洗衣，我对她几乎没什么印象。而舒工却很重要，他曾是香椿树街少年们崇拜的偶像。

舒工的唇须已经发黑，有点斯大林的八字形。

舒工眉清目秀，脚蹬一双上海产的白色高帮回力鞋。

舒工在石灰场和城西的人打过群架，而且他会谈恋爱。你知道舒工和谁谈恋爱？

和涵丽。

现在想想十八号两家人的关系是很有意思。

舒工和舒农原先睡一张床，哥俩夜里总是闹纠纷。舒工睡得好好的便会吼起来，他使劲地朝舒农踹一脚，“又尿了，你他妈又尿床了。”舒农不吭声，他在黑暗中睁大眼睛听着楼顶上夜猫的脚步和叫声。舒农已经习惯了舒工对他的拳打脚踢，他知道舒工有理由这么干。他总是尿床，而舒工从来都是干干净净的。况且他也打不过舒工。舒农觉得他对舒工不能硬拼，要讲究战术策略。他想起某人在石桥上挨揍后说过一句深奥的话：君子报仇，十年不晚。舒农懂得这句话的含意。有一夜他在挨舒工一顿拳脚后慢慢地说，“君子报仇，十年不晚。”“你说什么？”舒工没听清，他爬过来拍拍舒农的脸，“你说什么报仇？”舒工自己笑起来，“你这不中用的东西，你知道报仇？”舒工看见弟弟两片嘴唇在黑暗中闪着白光，像两条蛆蠕动着。他重复着那句话。舒工用手捂住弟弟的嘴，“睡觉，闭上你的臭嘴吧。”舒工找了块干净的地方躺下，听见舒农还在说话。他说舒工我要杀了你。舒工又笑起来，“那我给你找把菜刀吧。”舒农说，“现在不，以后再说吧，反正你要小心点。”

好多年以后舒工常常想起舒农在黑暗中闪着白光的嘴唇，像两条蛆一样不倦地蠕动着。舒工再也不能忍受和舒农睡一床的苦处，他对父母说，给我买张床，要不我就睡到朋友家去，不回来了。老舒愣了一下，老舒说，我才发现你长大了。老舒把儿子的胳膊拉起来，看看他的腋毛，“好吧，长了不少，明天买一张钢丝床来。”

后来舒农就一个人睡。这也是舒农十四岁时的事。

舒农从十四岁开始一个人睡。舒农发誓从分床的第一夜起不再尿床，比如这是一个被人遗忘的秋夜，舒农的苦闷像落叶在南方飘浮。他睁大眼睛躺在黑暗中，听见窗外的香椿树街寂静无比，偶尔有一辆卡车驶过，他的床便微微颤动起来。这条街没有意思，长在这条街上更没意思，舒农想。舒农想一些不着边际的事情，后来就累了。在困倦中他听见舒工的床在咯吱咯吱地响，响了很长时间。“你在干什么？”“不要你管，睡你的觉，尿你的床去。”舒工恶狠狠地回答。“我再也不尿床了。”舒农腾地坐起来，“今天夜里我就是不睡觉也不尿床！”舒工没吱声，很快地响起了舒工的鼾声。舒农厌烦他的鼾声，他想舒工最没有意思，他是个欠揍的浑蛋。舒农坐在床上看着后窗，他听见一只猫从窗台上跳走，又爬上了屋顶。舒农看见了那只猫暗绿色的眼睛，就像两盏小灯自由地闪耀，猫没有人管，它可以轻捷地走遍世界每一个角落。舒农想做猫比做人有意思。

做猫比做人有意思，这是舒农十四岁时对生活的看法。

假如这个夜晚有月光，舒农极有可能看见爬在漏雨管上的父亲。舒农突然看见一个人爬在窗边的漏雨管上，他熟稔而轻巧地往上爬，仿佛一只巨大的壁虎。舒农只害怕了短短的一瞬间，就将脑袋伸出窗外，抓住那人的腿。“你在干什么？”舒农很快发现那是他父亲，老舒用手上的拖鞋敲敲他的头顶，“好儿子别吱声，我上楼修水管去。”“楼上漏水吗？”“漏了一地，我去修修。”舒农说，“我也去。”老舒吐了口气，退回到窗台上。他光着脚蹲在窗台上，两只手卡住舒农的脖子，老舒说：“快躺下睡你的觉，只当什么也没看见，要不我就卡死你。真的卡死你，听见吗？”

舒农感觉到父亲手上刀刃般的切割，他闭上眼睛，那双手松开了，然后他看见父亲的手搭在什么地方，父亲纵身一跃，仿佛一只巨大的壁虎，爬到楼上去了。

后来舒农仍然坐在床上，他不想睡觉。听见楼上女人丘玉美的房间地板咚地响过一声然后什么也没有了。这是怎么回事？舒农想那只猫呢，猫如果在屋顶上会不会看见父亲和丘玉美在干什么？舒农十四岁老想这些问题，这些问题也像落叶在南方盲目地飘浮。到凌晨的时候外面有鸡在打鸣了，舒农突然发现他刚才睡着了，睡着后又尿了。舒农瞪大眼睛绞着湿漉漉的短裤，那股尿臊味使他喘不过气来。我怎么会睡着了？怎么又尿了？他想起夜里的发现恍然若梦。谁在逼我睡觉？谁在逼我尿床？一种绝望的感觉袭上心头，舒农一边脱被尿湿的裤子，一边开始呜咽。舒农十四岁经常这样呜咽，像女孩一样。

有一次舒农问过我一个奇怪的问题，他总是提出种种奇怪的问题，你不好回答，而他自己对此胸有成竹。

做人好还是做猫好？

我说当然做人好。

不。猫好。猫自由。没有人管。猫可以在屋檐上走。

我说那你就去做猫吧。

你说人能不能变成一只猫？

不能。猫是猫生的，人是人生的，你连这也不明白？

我明白。我是说人能不能把自己变成一只猫？

我说那你试试看吧。

舒农说我是要试试，不过在我变猫之前还有许多事要干。我会让你们大吃一惊的。舒农的牙齿咬着肮脏的指甲，轻轻发出折断的声音。

说到涵丽，涵丽是香椿树街出名的小美人儿。而且涵丽的心像一朵春雪那样脆弱多情。涵丽不敢看别人杀鸡，她不吃鸡。她看见带血的呈死亡状的东西都害怕，这几乎成了她性格的重要特征。舒工和舒农小时候经常把鸡血放在楼梯上吓林家姐妹，涵贞不怕，但涵丽总是吓得脸色煞白。涵丽的恐惧总是激起舒家兄弟的残暴幻想。怎么回事呢？几年以后舒工回忆起涵丽小姑娘的事情内心就很复杂。舒工的恶作剧过后每次都遭到老舒的毒打，老舒把舒工摁在地上，先用湿毛巾堵住他的嘴，不让他叫喊，然后老舒脱下劳动皮鞋抽打他的脸，一直扇到疲累为止。老舒就去睡觉，撂下舒工半死半活地躺在地上。舒工的脸像一块破碎的红玻璃，他把嘴里的湿毛巾咬成一团破絮。怎么回事呢？舒工实际上早就把涵丽当成他自己的东西玩耍了。涵丽像一只蝈蝈在他手掌上叫着，而他不会放手，他紧紧地抓住涵丽不放手。一个奇怪的现象，我老家的人对舒工和涵丽的事情始终茫然不解，只好把一切归结为前世冤家。

比如这是春夏交替的季节。舒工在水池边洗脸，他听见楼上有人下来，站在他后面。舒工回头看见涵丽端着脸盆站在楼梯边上。涵丽穿了一条花裙子。涵丽的头发刚洗过，乌黑发亮地披垂在肩上。舒工头一次发现涵丽的漂亮，然后他低头从水盆里看见自己的浮影，他看见自己唇上的胡须像一丛黑草在水中荡来荡去。他发现自己也很神气，与此同时他闻到一股特殊的言语不清的腥味萦绕在身上，他知道那是从他的短裤上散发出来的。那种东西他来不及洗掉就又穿上了。他回头去看了看涵丽，涵丽的脸侧过去躲着他的目光。不知道涵丽有没有闻到那种气味，舒工心里乱糟糟地长出一些幻想，幻想像一棵草茎逗着他的生殖器，勃起来。舒工倒掉了一盆水，重新又放一盆水，他其实是想拖长时间澄清脑子里的某种欲望，他听着水哗哗地溢出盆外，又满了，但他还不知道想干什么。他明明想对涵丽干一件事情但却不知道怎么干。怎么干？舒工有点想清楚了，他把毛巾搭在肩上，走到楼梯下的杂物间去。他掩上门迅速地褪下短裤，他紧张地看上面的白色污迹，然后套上长裤。舒工捏着他的短裤径直走到水池边，他把它猛地塞进了涵丽的脸盆里，它一下子被浸透了沉到盆底，正在洗脸的涵丽吓得跳到了一边。

“什么？”涵丽尖叫着长发披挂了一脸。

“没什么，你给洗一下！”舒工把短裤拎了拎说。

“为什么让我洗？我要洗裙子。”

“我让你洗你就得洗，否则自讨苦吃。”

“我早就不怕你了。你的东西你自己洗。”

“真的，你说你不怕我了？”舒工咧开嘴笑着，他凝视着涵丽不安而愤怒的脸。他看见粉红色的血正从女孩的身体深处浮涌到她的皮肤下面，他总是看见涵丽粉红色的血。所以大家说涵丽漂亮。舒工这样想着猛地端起那盆水，朝涵丽脸上泼去。“哗”的一声，奇怪的是涵丽没再叫喊，她浑身湿透地站着，木然瞪着舒工。然后她抱着肩颤抖起来。她的头发上掉下好多晶莹的水珠来。

“把它捡起来！”舒工踢了踢掉在地上的蓝短裤。

涵丽抱着肩朝楼梯上看看，她仍然抱着肩站着。

“别看，这会儿没有人，有人也不怕，谁也别来惹我发火。”舒工说。

涵丽弯下腰把舒工的蓝短裤捡起来，扔到盆里。

“把它洗掉！”舒工说。

涵丽打开水龙头，她闭着眼睛在盆里搓了一会儿，眼睛就睁开了。她说，“肥皂，你给我拿一块肥皂来。”舒工就拿了一块肥皂递给涵丽。舒工抓住她的手腕狠狠捏了捏，不是抚摸，是捏。香椿树街有一种说法，说舒工和涵丽就是这样开始恋爱的。这种说法让人难以接受，但是直到现在也没有第二种说法。我们只能相信香椿树街，就这么回事。

即使到了百年以后，人们仍然怀念横贯南方城市的河流。我们的房子傍河建立，黑黝黝地密布河的两岸。河床很窄，岸坝上的石头长满了青苔和藤状植物。我记得后来的河水不复清澄，它乌黑发臭，仿佛城市的天然下水道，水面上漂浮着烂菜叶、死猫死鼠、工业油污和一只又一只避孕套。

这就是南方景色。为什么有人在河岸边歌唱？为什么有人在这儿看见了高挂桅灯的夜行船呢？香椿树街不知道，河岸边的香椿树街一点也不知道。

而这个深夜舒农第一次爬上了楼顶。

舒农觉得自己像一只猫，他光着脚在积满飞尘的楼顶上走动，一点也听不见声音。世界寂寥无声，舒农只听见自己心脏的狂跳。他走到天台的边缘，手攀住铁质晾衣架蹲下身去。这样他从气窗清晰地看见了二楼丘玉美在床上做什么。

在微弱的台灯下，丘玉美赤裸丰满的身体是蓝色的，舒农奇怪的就是她在夜间身体所散出的蓝色。她为什么发蓝呢？舒农看见矮小粗壮的父亲一次次撞击丘玉美的身体，那种蓝色迅疾地迸裂迅疾地凝固，仿佛永恒的光晕刺激他的眼睛。他们快死了！他们到底要干什么？舒农看见父亲的脸最后痛苦扭歪了，而丘玉美像一条蛇在床上甩来甩去。他们真的快死了！黑暗很快淹没了他们的脸和腹部。房间里涌出河水的浊重的气息。舒农闻到了这种气息，它让人联想起河上漂浮的那些脏物。河就在窗下流着，河与窗隔这么近，所以窗里的气味把河水染上了，它们一样对舒农构成了思维障碍。舒农觉得身边的世界变了样，他发现自己真的像一只猫，被黑暗中又腥又涩的气息所迷幻，他咪呜咪呜叫着，寻觅自己的一份食物。

舒农就是从这夜起开始偷窥他父亲和丘玉美的隐私的。

舒农一边偷窥一边学猫叫。

舒农想象他是一只猫，他一边偷窥一边学猫叫。

每次都有一只白色的小小的东西从二楼窗口丢下去，落在河里。舒农看不清那是什么，他只知道是父亲用的东西。有一回舒农从楼顶上下来，径直走向河边。他看见那东西漂在水上，像一只瘪破的气球。他捡起一根树枝把它挑上了岸，在月光下它白得耀眼，抓在手上的感觉就像一只小动物，柔软，滑溜。舒农把它藏在口袋里带回屋去睡觉。睡了一会儿舒农突发异想，他把那只套子掏出来，擦干净了，然后他屏住气把套子套在自己的小家伙上面，有一种神奇的力量进入舒农的意识。舒农这夜睡得十分香甜，早晨醒来他发现自己没有遗尿，他很高兴，但不明白这是怎么回事。怎么回事？

传说河里打捞的套子止住了舒农的毛病，如果你觉得无聊，可以不相信这种传说。

很长一段时间，没人知道舒农在十八号楼顶上的夜游。直到老舒有一次发现抽屉里的钱少了两块，他去翻两个儿子的口袋。在舒工的口袋里发现了一块多钱和一包香烟，在舒农的口袋里却发现了三只避孕套。显然，避孕套的出现更让老舒惊诧和愤怒。

老舒先把舒工绑在床上，老舒对儿子的责罚在香椿树街以独特著称。老舒从儿子的烟盒中抽出一支烟，点燃了猛吸几口。他问被绑紧了的舒工，“你想抽吗？”舒工摇头。老舒说：“给你抽，你不是想抽烟吗？”老舒说完就把点燃的烟塞进舒工的嘴里，舒工被烫得号叫起来。老舒捂住他的嘴不让他叫喊，老舒说：“别鬼嚎，烫就烫这一下，烟马上就灭，明天你想抽烟还可以抽。”

对于舒农的责罚比较麻烦，因为老舒摸不清舒农到底是怎么回事。老舒把舒农叫到小房间来时忍不住想笑，他把那三只避孕套摊在手上，问舒农：

“你知道这是什么东西？”

“不知道。”

“你从哪儿弄来的这东西？”

“河里，我捞的。”

“你捞了它想干什么？你不是吹泡泡玩吧？”

舒农不说话了。老舒看见儿子的眼睛突然闪烁出一点很深的绿光。然后他听见儿子声音沙哑地说：

“那是你的。”

“你说什么？”这时候老舒意识到出了问题，他卡住舒农的脖子摇着那个小头颅，“你怎么知道是我的？”

舒农被卡得脸色发紫，他不愿说话，只是茫然地盯着父亲，他的目光从父亲的脸部下伸，越过那个粗壮的身体，最后落在父亲的裤洞处。你在看什么？老舒开始刮儿子的耳光。舒农微微侧过脸，但目光固执地定在父亲的裤洞处。他又看见了那种幽亮的蓝色，蓝色使他有点晕眩。老舒开始抓住儿子的头发将他往墙上撞，你在偷看什么？你他妈的在偷看什么？舒农的头一下一下撞着墙，他不觉得疼痛，他看见眼前蓝色光点像蜂群飞舞，他听见有一只猫在楼顶那儿狂叫，猫叫声与他融为一体。

“猫。”舒农舔舔被打碎的牙龈，无力地说。

老舒不明白儿子在说什么。“你说猫在偷看？”

“对，是猫偷看。”

香椿树街的人们从十八号窗前经过时，看见老舒在拼命揍舒农。他们聚在窗外观看。香椿树街认为男孩都是揍大的，他们习以为常。让人疑惑的是挨揍的舒农，他不哭叫，他好像有能力忍受任何皮肉之苦，这与往日迥然不同。

“舒农怎么啦？”窗外有人问。

“尿床！”老舒在窗内回答。

没有人有疑问，舒农尿床的事在香椿树街早已众所周知了。香椿树街人对事物很敏感，但不善于采用透过现象看本质的方法，当舒农的破坏倾向初露端倪时，他们仍然相信舒农十四岁了，舒农还在尿床，其他的一无所知。

舒农十四岁那年已不再尿床，但是没有人相信。或者说人们对舒农尿床感兴趣，但对他不尿床却不感兴趣。譬如舒农的头号仇敌涵贞，涵贞一边跳皮筋一边唱：

一四七　二五八

舒农是个尿床坯

涵丽很少跟她妈妈说话，涵丽曾经对要好的女同学说，她是个骚货，我瞧不起她。

有人猜测涵丽是知道自己的血缘故事的。香椿树街的女人中有一半是丘玉美的仇敌，她们会告诉涵丽。更关键的是涵丽那么聪慧早熟，即使没人说什么她也会有所察觉的。纸怎么能包住火？

好多年了涵丽不跟老舒说话。涵丽十七岁生日时老舒买了一条围巾送给涵丽，涵丽装耳聋把老舒晾在楼梯边。老舒把围巾给丘玉美了。丘玉美要把围巾给涵丽围上，涵丽一把抢过来丢在地上，还吐了一口唾沫。

“谁稀罕？不明不白的。”涵丽说。

“老舒喜欢你才给买的，别不识好歹。”

“他干吗要喜欢我？不明不白的。”

“你说什么不明不白的？”

“你们心里清楚。”

“我不清楚，你给我说个清楚。”

“我没脸说。”涵丽突然捂住脸哭起来。她一边哭一边对着镜子梳头。从镜子的反光中她看见母亲弯下腰拾起了那条花围巾，母亲脸色苍白得可怕。涵丽希望她扑上来撕扯她的头发，这样她们可以厮打一场，释放一点互相积聚的怨恨。但丘玉美只是绞着那条围巾说不出话。涵丽心中又对她产生了一丝怜悯，涵丽就呜咽着说，“我不要，你把它给涵贞吧。”丘玉美收起了围巾，第二天她围着围巾上街，再到后来是涵贞围了老舒送的围巾。涵贞围着那条围巾上学，对人说是她妈托人从上海捎来的，她妈爱她不爱涵丽。

涵丽对她爸爸老林却孝顺。实际上香椿树街对涵丽的赞赏一半就缘于此。老林在街上下棋的时候，涵丽给他送饭送茶，回到了家涵丽给老林打洗脸洗脚水。涵丽甚至经常给老林剪指甲，丘玉美对人说涵丽想当老林的姐姐，涵丽跟她爸的关系就像姐弟一样。别人问丘玉美，那你呢，你觉得舒服不舒服？丘玉美说我随便，涵丽对他好，省了我一份心。

譬如这天下雨了，雨水打着十八号屋顶的铁皮管，傍晚湿润而寂寞。老林在楼梯口搓着手，他在找伞。老林从来不知道家里的伞放在哪里，他推开涵丽的房门说，“伞呢？”涵丽看着他不说话，老林就四处乱翻，结果找出一把散了架的破纸伞，他撑了半天也没撑起来。涵丽说，“下棋下棋，这么大的雨还要去下棋，淋病了没人管你。”老林把破伞往地板上一扔，“伞呢？这家里就没把好伞？”涵丽说，“就一把好伞，让她撑出去了。你就不能在家待会儿，不下棋就不能过吗？”老林叹了口气，老林说，“这日子，不下棋又能干什么，操他妈的。”老林说完独自坐到桌前摆起棋来，摆着摆着看见涵丽坐到了他对面。

“我跟你下一盘。”涵丽说。

“别捣乱，你不会下。”

“我会，我看你下都看会了。”

“那好。”老林想了想，“让你车马炮？”

涵丽看着老林的手不说话，涵丽那天有点奇怪。

“让你双车一炮？你自己说吧。”

“随便。”

老林拿掉了自己的双车一炮，让涵丽先走，涵丽走了个当头炮就再也不挪子了。涵丽的心显然不在棋上。

“爸，你跟她为什么不在一个房间睡？”

“你下棋，别瞎问。”

“不，我今天一定要问个清楚。”

“她讨厌我，我讨厌她，干吗要在一个房间睡？”

“可是夜里她房间里有动静。”

“她梦游，夜里睡不安稳。”

“不，我听见楼下老舒——”

“你下棋，别胡说八道的。”

“大家都说老舒和她——”

“烦死了！”老林抓住个棋子敲着桌面，“我不管他们的事。”

“你干吗不管？是你自己的事，你知道人家喊你什么？”

“闭嘴，我心烦！”老林站起来抓住棋盘往涵丽那儿一掀，老林吼道，“都是浑蛋，都不让我活痛快！”

老林抓起那把破伞跑下了楼。外面的雨水打在铁皮管上，使这个黄昏寂寞而湿润。涵丽跪在地板上一颗一颗地拾棋子，她咬着嘴唇不让自己哭出声来，她在想爸到底是怎么啦？这个家到底是怎么啦？她听见楼外的雨声越来越响，香椿树街好像快被这场雨冲塌了。涵丽坐在地板上，觉得地板以及整座楼房都在渐渐下陷，楼上变得很黑，她跳起来去开灯，灯不亮。涵丽害怕起来，她跑到窗边朝楼下看，看见舒工也把身子探出窗外，他在收绳子上的那条蓝短裤。黑暗笼罩着香椿树街，唯有舒工的头顶上有一点亮。涵丽就朝楼下跑，她的脚步快疾如飞，震得楼梯咯咯摇晃。涵丽被一种模糊的绝望的思想攫住，她听见自己心里在说，谁也别管谁，我不管你们，你们也不管我。

涵丽冲进舒家的小房间，坐在一张藤椅上喘气。舒工疑惑地看着她，“谁在追你？”

“鬼。”涵丽说。

“停电了，好像电线刮断了。”

“我不是怕黑。”

“那你怕什么？”

“说不清。”

“有我在，你就什么也别怕了。”

舒工在黑暗中看不见涵丽的脸。他抓住藤椅弯下腰去看涵丽的脸，涵丽扭过脸去，辫梢在舒工的脸上掠了一下。

“谁也别管谁。”涵丽说，“我再也不管他们的事，他们也别来管我。”

“谁管谁？”舒工想了想，说，“自己管自己呀！”

“不是跟你说。”涵丽说。

“那你跟谁说？”舒工挑起涵丽的一丝头发，揪着。

“跟我自己说。”涵丽拍舒工的手，拍不掉。舒工反而兴奋。“你他妈真有意思。”舒工把那丝头发扯下来看着，说，“挺长。”舒工抓着那丝黑发走神了。他又说，“挺黑。”他感觉到一种灼热的欲望撩拨着他。这种欲望从虚无凝为实际，它就是涵丽给予他的。涵丽现在就坐在他身边，涵丽的气息使他酥痒难忍，他快喘不过气来了。他想他应该像夜里幻想的那样干一回了。舒工突然抱住了涵丽，他迅速地伸出舌头在涵丽嘴唇上舔了一下。涵丽尖叫着想从藤椅上跳起来，但舒工拼命地舔她，舒工用手掌捂住涵丽的嘴，“你别叫，你要是叫我就杀了你！”

涵丽的身体像兔子一样缩了起来，任凭舒工在她脸上胡舔一气。她睁大眼睛看着窗外的雨幕，很快冷静下来。“这没有什么。”她突然说。她想她就试试和男孩一起的滋味吧，她想她可以让丘玉美看着她也会不要脸。“这没有什么。谁也别管谁了。”涵丽笑了一笑，她终于推开舒工，她在黑暗中说，“我们应该约会。”她把重音放在约会这两个字上。

“怎么约会？”舒工抓住涵丽的手不放。舒工喘着粗气问。

“我懂。以后我教你。”涵丽说，“你现在放开我。”

“你要是耍我我杀了你。”舒工推开她，那儿已经挺湿了。

“不会的。”涵丽站起来，她嘟起嘴在舒工脸上吻了一下，“我得上楼了。等着以后，我就跟你好吧。”

舒农想找一些粗铁丝做一把枪。他走到楼梯下面的杂物间去，门是插着的，但搭钩坏了。舒农用劲一推门就开了。舒农觉得很奇怪，里面没有人，只有一只猫站在旧板箱上，猫眼闪闪烁烁的。舒农想可能是猫在作怪，猫是很神奇的动物。舒农走过去抱那只猫，猫跳开了。旧板箱上留下一双梅花瓣似的爪印。舒农记得父亲把杂物都往这只箱里扔，也许能找到许多粗铁丝，舒农掀开了沉沉的盖子。舒农吓了一大跳。箱子里缩着两个人，他们同样被舒农吓了一大跳。

舒工和涵丽躲在旧板箱里，舒工光着身子，涵丽也光着身子。舒工的脸赤红，涵丽的脸却苍白如纸。

“你们在干什么？”舒农叫起来。

“我们在捉迷藏。”涵丽举起双手蒙住脸。

“骗人。”舒农轻蔑地说，“我知道你们在干什么。”

“舒农，千万别说出去。”涵丽从箱子里伸出手抓住舒农的胳膊。“你要什么我给你什么。”

“那要看我愿意不愿意。”

舒农把箱盖啪地关上，他朝门外走，他看见猫已到了门外，他朝猫那儿走。舒工从箱子里跳出来，舒工从后面挟住舒农，两个人扭打着回到杂物间。舒工很容易地把舒农掼到地上，然后去扣那扇门。

“你来干什么的？”

“找铁丝，不关你的事。”

舒工从箱子里抽出一根铁丝，朝舒农摇了摇，“是这个吗？”舒农伸手去夺，被舒工撂开了。舒工朝手上缠着那根铁丝，舒工说，“这铁丝我留着，你要是敢说出去，我就用铁丝把你的嘴缝起来，让你当哑巴。”

舒工光着屁股，舒农注意到舒工的玩意儿像胡萝卜一样又大又直，他看见那上面沾着一些紫红的血迹。舒农呆呆地盯着那血迹，突然感觉到一阵恐惧。他掉转脸去看那只板箱，涵丽已经坐起来了，她的脸苍白如纸，她用手护住乳房部位，但舒农还是感觉到了她身体的光芒，一种熟悉的幽蓝的光，它不可避免地从林家母女身上射出来，刺伤舒农的眼睛。舒农难受起来，他朝门外走，那只猫正伏在楼梯的第一层台阶上。舒农走到门外就呕吐起来，呕得内脏翻江倒海的，他从来没这样呕吐过，他不知道自己为什么会这样呕个不停。在晕眩中他看见那只猫轻捷地跳过一级一级楼梯，消失不见了。

从某一天早晨开始，舒农觉得他成了舒工真正的敌人。在家里在街上在学校里，舒工都冷眼瞟紧了舒农，舒农成了舒工隐秘幸福中的一块阴影。舒农知道他已经妨碍了舒工的生活，他躲避着舒工石头般的目光。他想这不怪我，我就是猫，猫是能看见世界上所有事情的。他们不能怪猫。

“你对人说了吗？”舒工抓住舒农的耳朵。

“没有。”

“你是不是对爸说了？”

“没有。”

“小心点，小心你的嘴。”舒工朝舒农扬着那根铁丝。

舒农坐在桌前，他用手抓饭抓菜吃。舒农养成这种恶习已经很久了。老舒打他也改不了。谁也不知道舒农在模仿猫。这是舒农日渐神秘的特征，舒家的人对此毫无意识。

“你要是说出去，我就用铁丝把你的嘴缝起来，听见了吗？不是吓唬你。”舒工慢吞吞地说，然后舒工就朝头发上抹菜油，然后他穿上那双白回力鞋出去了。

舒农知道舒工的行踪。舒农在想爬在窗外铁皮管上的父亲，他也这样威胁过他。为什么不让说出去？我想说就说不想说就不说，跟他们没有关系。舒农想让人激动的事情不是他们干出来的，让人激动的是他自己，他追踪了他们，因此一切都让他先看见了，有谁能躲过猫的眼睛？

传说舒农跟踪过好多人，其中包括他的哥哥和仇敌舒工。

舒农听见舒工的口哨声弱下去了，他估计舒工已经过了杂货店，就从窗台上直接翻到街上，他抠着鼻孔挨着墙走，他跟着舒工走到石灰场。涵丽已经在那里了。往往就这样，舒工和涵丽躲在一堵墙和一堆半人高的红砖后面，涵丽把一只破箩筐放在狭窄的进口处，好像放哨一样。

舒农轻轻地伏下身子，他透过箩筐的孔隙，有时看见他们的脚，他们的脚像四只纸船一样零乱地漂着，漫无目的。舒农克制不住地想叫，像猫在屋顶那样叫，但他忍住了，他怕被发现，所以舒农伏在那里，脸总是憋得发紫。

香椿树在香椿树街上早已绝迹，街道两侧的树是紫槐和梧桐，譬如现在紫槐花盛开的季节，风乍起的时候，他们看见黑房子的屋檐上飘挂着一屋浅紫色的云雾，若有若无的，空气因而充满了植物的馨香。这是走向户外的季节，我们都来到了街上。印象中这是一九七四年，某个初秋的傍晚。

男孩们都来到了街上，男孩们集结在大豆家院子里，围着一担石锁。香椿树街的男孩大都能举起一担百斤石锁。这时候你看见舒农推开院门，站在门槛上进退两难。舒农神情恍惚，他的左手小拇指永远在抠着鼻孔。

“尿床坯，滚开。”有人跑上去推舒农。

“我看看。”舒农趴在门框上说，“我不能看看吗？”

“你来，告诉我们舒工和涵丽怎么谈恋爱的。”

“我不知道。”

“不肯说？不肯说你就滚开。”

舒农仍然不走，他的另一只手在门框缝里滑来滑去，过一会儿，他说：“他们在板箱里。”

“在板箱里？”男孩们怪叫起来，“他们在板箱里干什么？”

“操 ×。”舒农恶狠狠地说。

舒农咬着嘴唇，然后他拉上门一溜烟地跑掉了。

涵丽发现她好久没来例假了。她算了算，有两个月了。她不知道这是怎么回事。她老是恶心，身体像棉花一样疲软而又沉重。涵丽的情绪变得很低沉，隐隐地觉得这跟她和舒工干的事有关系，但她不知道这是怎么回事。她想问她母亲，话到嘴边又咽回去了，她想问她不如去问医生。

涵丽偷偷地跑到区医院去。当医生厌恶地对她说出那句话时，涵丽像被雷劈了似的一阵晕眩，她快瘫掉了。

“林涵丽，你怀孕了。你是哪个学校的？”医生的目光很犀利。涵丽抓起椅子上的毛衣就逃出医院。医院走廊和长凳上都是人，涵丽怕谁认出她，她用毛衣扣住脸逃出医院。外面阳光刺眼，是一个温煦有风的下午。城市和街道一如既往地挤在涵丽的身边，而涵丽突然被深深的灾难扣紧了，她喘不过气来，“你怀孕了！”她真的觉得有一根铁索紧紧地扣到她脖子上了。这是怎么啦？我怎么办？涵丽像一只惊惶的兔子走到邮局门口。她站在那儿看着下午宁静的香椿树街，街上人迹寥寥，石子路面被阳光照出明晃晃的光来。涵丽不敢朝街上走，香椿树街现在对涵丽来说就是一口巨大的陷阱。

涵丽坐在邮局的台阶上，她脑子里乱纷纷的。她想她要去找舒工。舒工在家里睡觉。但她没有一点勇气朝香椿树街走哪怕半步。她想等到天黑，天黑了就没有人看见了。可是阳光怎么还在洒下来？这个下午这么漫长，涵丽几乎绝望了，她很想哭，奇怪的是一滴眼泪也没有。也许她不敢坐在邮局门前哭，否则逃不过香椿树街居民的眼睛。四点多钟涵丽看见涵贞背着书包从学校那边过来。涵贞一边嚼着糖块一边跑过来。喂，你在这里干什么？涵丽抓住她妹妹的书包不放。她看着涵贞红润肥胖的脸，表情很奇怪。

“说话呀，你怎么啦？”涵贞嚷嚷起来。

“别嚷。”涵丽梦醒似的捂了捂涵贞的嘴，“你回家去，把舒工喊到这儿来。”

“干什么？”

“有事。你跟他说我有事找他。”

“不行。舒工是男人，谁让你跟他来往？”

“别管姐的事。”涵丽从口袋里掏出一把花生米放到涵贞手上，“快去叫他，要悄悄的，别让他们知道了。”

涵贞想了想就答应了。涵丽看着涵贞朝十八号的黑房子跑去，她舒了一口气，她想她应该镇定些了。这不是她一个人的事，还有舒工呢。舒工知道怎么办吗？坐着等舒工。这个下午很漫长。后来涵丽和舒工一前一后去了石灰场他们的爱情角落。涵丽抱紧胳膊坐着，舒工斜躺着。这是十年前香椿树街比较著名的恋爱场景。

“怎么办？”涵丽说。

“我怎么知道？”舒工说。

“能把它弄下来吗？”

“怎么弄？”

“你一点也不知道？”

“谁知道这事？我这会儿瞌睡得厉害，我睡一会儿。”

“不准睡，睡不醒的狗。”

“你他妈的骂人？看我揍不死你。”

“就骂你，这会儿还睡，你就不能想想办法？”

“鬼知道你是怎么回事，人家玩女孩就没这麻烦。”

“我也不明白，能把它敲下来吗？”

“敲？拿什么敲？”

“随便什么，拿一块红砖试试。”

“敲哪儿？”

“这儿，敲重点。”

“那我敲了，你忍着点。”

涵丽闭上眼睛。舒工真的开始敲了，舒工敲得很重，涵丽疼得尖叫起来。

“你轻点，狼心狗肺的浑蛋！”

“你自己说重一点的，那你自己敲吧。”

舒工把红砖朝涵丽怀里一塞，舒工已经被涵丽惹火了，他拍拍裤子上的灰想走，可是涵丽抱住他的一条腿，紧紧抱住不放，涵丽的牙齿咬住舒工的裤子不放。

“想溜？没那么容易。”涵丽仰起脸看着舒工。

“那你说怎么办吧？”舒工说。

“去死。”涵丽想了想，突然说。

“你别开玩笑。”

“去死。我们两个一起去死。”

“你疯了？”

“谁也别想活了，我们一起投河去。”

“我会游泳，我死不了。”

“不，我们绑在一起，再拴上石头，准能死。”

“去你妈的，我一点也不想死。”

“那我去告你！一样的死，怎么死你自己选择。”

“我不怕。我一点不想死。”

“你不死不行。我可以去告你，你强奸了我。”

舒工又坐了下来。舒工搔着蓬乱的头发，仇恨地看着涵丽。这个下午涵丽看上去那么冷静，像一个真正的女人饱经世故，精于各种手腕。舒工后背心开始沁出冷汗，他觉得自己真的发虚了。石灰场一带的阳光逐渐变稀薄了，逆光远眺的时候可以看见许多灰尘在空气中缓缓坠落，舒工折下身边一棵枸杞草的干枝，咔嚓折断成几截，他把它们一一塞进回力球鞋的鞋帮里。舒工抚摩着他的球鞋说，随便，你非要我死也无所谓，死就死吧。

“随便？”涵丽冷笑了一声，“什么叫随便？这不是我一个人的错。”

“别废话了，你说，什么时候去死？”

“明天，不，今天夜里。”

涵丽去抓舒工的手，让舒工推开了。涵丽又去搂舒工的脖子，也让舒工推开了。舒工看着涵丽露在圆领毛衣外面的皮肤，那里是一块雪白的浮冰，舒工猛地把涵丽压下去，他扯开了涵丽外衣上的纽扣，他把四颗纽扣放在手心看了看，一把扔到红砖堆外面，然后他开始扒涵丽身上的紫色毛衣，他听见毛线断裂的细微的声音。涵丽睁大眼睛，她的眼睛这会儿是紫色的，一种很暗的色彩，你看不出有一丝恐惧。“是的，天马上就黑了。”涵丽说着似乎微笑了一下，她像一只羊驯服地随舒工摆布。舒工又扯掉了涵丽的小花背心，他嘘了一口气：涵丽小而结实的乳房上布满了暗红色的吻痕，涵丽的乳晕变得很深很大。舒工觉得涵丽的身体确实起了微妙的变化。这几个月没有白过，舒工想他把涵丽彻底地收拾了。“无所谓，非要我死就去死吧。”他说。石灰场附近有一只猫凄厉地叫着，他们没在意。

猫是舒农。

夜幕垂落之后舒农跟着舒工和涵丽走到石码头。石码头在香椿树街南端，如今已被废弃不用。舒农常到这儿来看人们游泳。现在不是游泳的季节，他不知道他们来石码头干什么。舒农爬到破吊机上面，隔着残缺的玻璃注视着他们。这儿可以俯瞰横贯全城的河流，无风的时候河就像青铜一样沉甸甸地躺着，两岸人家的灯光斑斑驳驳，初升的月亮反射到河面上，映出一圈鹅黄色的光晕。坐在河岸上的两个人，仿佛一双无线的木偶。舒农不知道他们要干什么。他看见他们动了起来，他们在自己身上拴起了绳子，两个人绑在一起了。他们拖着一块石头朝河边移动，移得很慢，那样子很像两只蠢头蠢脑的鹅。舒农以为他们在玩一种游戏。他们迫近了河水，这时候他们停顿了一下，对岸有一只猫叫了起来。舒农听见舒工对着河水说，死就死，没什么了不起的。然后他们搂抱着跳了下去。一声沉沉的坠水声，溅起许多白银似的水花。河面上的黄月亮倾斜着裂开了。

死？舒农终于反应过来。舒工和涵丽跳河自杀啦！舒农从吊机上跳下来，一路狂奔着跑回十八号。家里静寂无人，舒农跑到楼上去敲丘玉美的房门。跳河啦！自杀啦！舒农对着那扇暗红的门喊。他听见里面响起一阵窸窸窣窣的声音，丘玉美把门开了一条缝，她说，“谁自杀啦？”“涵丽和舒工！”舒农把脑袋钻进门缝去寻找他父亲，他看见床底下有一只手撑在拖鞋上，簌簌发抖。他知道那是父亲的手，舒农咪呜叫了一声就跑下了楼。他朝楼板朝杂物朝窗外的四面八方喊着：

“跳河啦！”

“自杀啦！”

香椿树街人在黑河里打捞涵丽和舒工的场面至今让我记忆犹新。几乎所有会游泳的男人都跃入了街边乌黑发臭的河水中。荒寂的石码头上挤满了人群，只有一盏昏暗的路灯照耀他们，所有的脸都像水一样闪烁不定。十八号的舒家林家是事件的中心，人们注视着老舒。老舒在水中一次一次地下潜。老林在岸上，老林的手里还握着一只棋子，有人说是“马”，而丘玉美倚在电线杆上捂着脸哭，丘玉美不让任何人看见她的脸。

先捞上来的是舒工。老舒把儿子反背到肩上，在香椿树街上跑了一圈，舒工吐出了许多乌黑发臭的水。后捞上来的是涵丽，老舒如法炮制，涵丽像一只羊在老舒背上荡来荡去，涵丽没有吐出来，一直跑到十八号的楼上，涵丽还是一动不动。老舒把涵丽放到地板上，摸摸涵丽的脉息，老舒说，没了。救不过来了。

舒农挤在人堆里看见了涵丽溺水后的容颜。他没有听见众人嘈杂的议论，直觉告诉他，涵丽已经死了。他看见涵丽湿漉漉地躺着，从她身上不停地滴着水，那些水也是蓝色的一如她皮肤的光泽。涵丽的眼睛一直张开着，比黑暗中的猫眼更富有魅力。涵丽很蓝很蓝。舒农想起他偷窥过的女人都是蓝的，即使死去。舒农想女人和死亡都是发蓝的。这是怎么回事？

涵丽之死曾经是香椿树街街头巷尾的中心话题。涵丽死后仍然被人怜爱着，人们描述涵丽是地窖里长出的鲜花，必将是好景不长的。你知道这实际上影射了十八号里复杂隐晦的人际关系。香椿树街无法排除老舒和丘玉美对一双儿女的影响，而涵丽舒工式的情死因此蒙上了一层传奇的悲壮的色彩。

十八号的黑漆大门此后经常是紧紧关着的，送牛奶的人把牛奶放在小木箱里，隔着门缝看见房子里的沉沉幽暗。这是一种感觉，这是林家的女孩早夭的结果，十八号拒绝你进入。你若留意，仰起头便能看见楼上丘玉美的房间窗子的变化，窗上现在钉满了铁皮，远看像是一座鸽房的门。

敏感的人们猜测谁在那窗上钉满了铁皮，风骚的女人丘玉美将终日待在黑暗中，谁干的？他们问涵贞，涵贞说不知道，她说你们别来管我家的事。他们问舒农，舒农不说话，但舒农狡黠丰富的眼神告诉人们，我看见了，什么也逃不出我的眼睛。

譬如涵丽溺水而死的当天夜里，老林拖着一捆旧铁皮和工具箱撞进丘玉美的房间，老林举起锤子在窗框上当当当先敲了三下。

“你要干什么？”

“把狗洞堵起来。”

“该死，你要把阳光堵死的。”

“堵起来好。你心里明白。”

“不行，你疯了？”

“你别嚷。这是为你好。”

“你想让我闷死吗？南窗怎么能堵起来？”

“我怕涵丽的阴魂来拽你，窗外就是那河。”

“别吓唬我，我不怕。我没得罪涵丽。”

“我怕你夜里梦游，从这窗往下一跳就完了。”

丘玉美从床上爬起来又坐下。她把头蒙在被子里哭泣，她在被子里说，那你就钉吧。老林没听见。老林专心致志地往窗上钉铁皮，他的手其实也很巧，把南窗钉得密不透风。我说过了，远看就像黑夜中的一座鸽房。

死而复生是什么感觉？舒工回忆那次自杀仿佛做了一个梦，

他醒来的时候仍然浑身精湿，一家人都站在门那儿看着他。舒工觉得很难受，他对母亲说，“给我拿一套干衣服来，我要换衣服。”但老舒把母亲推了出去，老舒说，“不准换！死不了就能把衣服焐干，你不怕死还怕湿？慢慢焐吧，你这王八蛋。你这畜生！”

舒工疲惫地躺着，他想起在河中下沉的一刹那涵丽的手指疯狂地搜寻他而他却闪开了。他不想和涵丽挤在一堆死。涵丽的手指像一条小鱼在他脸上嘬了一下就消失了。涵丽真的死了。他还活着。他看见父亲注视他的目光充满憎恶和鄙视。从老式挂镜里他也看见自己的眼睛，冰冷的只有敌意和戒备。你们走吧。舒工说。我们之间谁也不需要谁，无论死了还是又活了。舒工跳起来把门撞上，他不想看见他们。他慢慢脱下湿衣服，打开抽屉，门吱地响了一下，舒农闪了进来。舒农扶着门框看舒工换衣服。

“我看见你们了。”舒农突然说。

“滚开。”舒工将衣服遮住羞处。

“我看见了。”舒农说。

“你看见什么了？”

“什么都看见了。”

“你就告诉了别人？”舒工说着一步步走过去，他先把门插上，然后一把揪住舒农的头发。舒工一只手捂住舒农的嘴不让他喊叫，另一只手就揪住舒农往墙上撞。他听见墙上响起嘭嘭的反弹声，舒农小小的身体像散沙一样往下陷。舒工吐出一口气，他觉得他必须这么干，他从中偿还了一些失落的东西。只能这么干，揍扁讨厌的舒农！

我看见舒农在初冬冷清的街道上游逛，他的书包松松垮垮地拖在地上，头发像刺猬一样又长又乱。他一路踢着树叶朝家走，他喜欢朝热闹的地方走，站在人群外侧张望一会儿，然后离开。当他发现什么事也没发生的时候他就离开，而真正让舒农感兴趣的事物是不多的。

有人在街上追赶舒农。舒农抱着一杆气枪在前面跑。追赶者是沿街打麻雀的人，他朝我们喊，"抓住他，偷枪的小孩！"舒农比那杆气枪长不了多少，枪把舒农绊了一下。舒农跌在石桥下面，他累得爬不起来，伏在那儿，伸手摸了一下黄杨木的枪把，然后他把枪丢在那儿，一个人上桥了。

"别追他了，让他去吧。"桥边茶馆的人对追赶者说，"那孩子有点傻。"

你如果了解舒农就知道这说法不准确。舒农不是傻孩子。你如果到过香椿树街，你会知道这是一个聪明孩子的故事。

舒农看见他床上放着一双崭新的白色回力鞋，与舒工一模一样的一双鞋，放在他的枕头边上。舒农把新鞋抓着翻来覆去地看着，突然听见背后传来父亲的声音，"穿上试试。"这也是舒农十四岁时的大事，他有了一双白色回力鞋。

“给我的？”舒农回过头来问。

“你的，喜欢吗？”老舒坐到了舒农的床上，查看被单。

“我没尿床。”

“没尿就好。”

舒农慢慢往孔里穿着鞋带，他的动作犹犹豫豫，他心里有点疑惑，不时地偷看父亲的表情。舒农从来没想到父亲会给他买这种鞋子穿，他从来都穿舒工穿旧的鞋子。

“现在就可以穿出去吗？”舒农说。

“随便你什么时候穿。”老舒说。

“可是现在离过年还早。”舒农说。

“那就过年穿吧。”老舒说。

“可是到过年要等多久啊。”舒农又说。

“那就现在穿，现在就穿上吧。”老舒烦起来，走来走去的。

舒农穿好鞋感觉一切都轻捷起来，他在屋子里跑一圈然后想跑到街上去，老舒这时候喊住了他。老舒说你别急着出去，先答应我一件事。舒农愣在那里，他惊惶地张大嘴，脱口而出喊我没尿床！老舒说不是尿床的事，你给我过来。舒农拉住门框低下头一动不动，隐约觉得新鞋子是一个什么圈套。老舒提高了嗓门，你他妈给我过来，狗杂种！舒农复又走过去，他的手便被父亲牢牢抓住了。

“夜里我到你房间睡觉。”老舒说。

“为什么？你跟妈吵架了？”

“没有。我是说有时候，比如今天夜里。”

“你来睡好了。你跟我一起睡？”

“不，我搭地铺。”

“为什么搭地铺？有床呢。”

“你别管。到时候要把你绑在床上，要把你的眼睛蒙起来，还要把你的耳朵用棉花团塞住，你要忍一忍。”

“你跟我捉迷藏吗？”

“对，捉迷藏。”

舒农看了看父亲，不再吱声，他摸着脚上新鞋子的鞋面，过了一会儿，他说，“我知道你要干什么。楼上的窗子堵起来了。”

“到时候你只管睡你的觉，不准出声。明白吗？”

“明白。窗子堵起来你就爬不进去了。”

“要是你妈来敲门，你就说你睡觉了，其他一句话也不要说，要是别人来敲门也一样，明白了吗？”

“明白。那你们为什么不到板箱里去呢？你们钻不进去？”

“这事情不准告诉别人。反正你知道我的厉害，是吗？”

“知道。你会卡我的脖子，卡死我。你说过的。”

“对，卡死你。”老舒的浓眉跳了一下，“你刚才叨咕什么？”

说到这里父子俩的神情都变得平淡起来。老舒伸出小拇指，舒农也伸出小拇指，他们默默地勾了手指，达成某种特殊的协议。

就这样舒农迎来了他少年时代最难忘的夜晚。他记得他被黑布蒙住眼睛被绳子绑住手脚被棉花团塞住耳朵的那些夜晚。父亲和丘玉美就在他的身边做爱。他和他们在一个房间里。什么也看不见。什么也听不见。但他能感觉到黑暗中那两个人的位置和位移，他能判断谁在上面，谁在下面，谁在干什么。有一种强烈的蓝光刺穿沉沉黑暗弥漫了舒农的眼睛，舒农无法入睡，也无法活动身子。他大口地吸进屋子里那股甜腥的气味，又大口地吐出去。他浑身燥热难耐，他想也许是那种暗蓝色光芒的缘故，它像火一样炙烤被缚的舒农，使他的灵魂像背负火焰的老鼠一样凄凉地叫着。舒农说我热，我热死了。当老舒后来解开绳子时，他听见舒农梦呓般的声音。老舒摸他的额头，额头上却是冰凉的。老舒说舒农你病了？舒农在黑暗中说，我没病，我睡觉了。老舒把舒农眼睛上的黑布拉开又听见舒农说，我看见了。老舒把舒农耳朵里的棉花团抠出来时又听见舒农说，我听见了。老舒揪住舒农的耳朵说，你看见谁了？舒农说，她很蓝。谁很蓝？老舒狠狠地揪舒农的耳朵，你他妈说梦话。舒农疼得跺床，他喊，我说猫，猫的眼睛很蓝。老舒松开手，他贴着舒农的耳朵说，记着，对谁也不能说。舒农蜷着身子往被窝里缩，他把头埋在被窝里说，你再打我我就说出去，我不怕死，死了我就变一只猫，你们谁也管不到我了。

涵贞是这样一种女孩，疯疯癫癫，刁蛮任性，嘴很馋，又很漂亮。香椿树街上有许多这样的女孩，她们的事没有什么可多说的，要说的只有那些突如其来的新闻。

你在街上看到涵贞，更多的是想到涵丽，一个早早弃世而去的女孩。妇女们拉住涵贞说，“你姐姐到底为什么要去死？”涵贞说，“她不要脸。”妇女们又问，“你姐姐死了你伤心不伤心？”涵贞不吱声了，过后又说，“她的裙子毛衣都给我穿了。”倘若她们还继续缠着她，涵贞会不耐烦，她会柳眉竖起尖叫一声，“你们真讨厌。什么也不干，就会在街上东张西望！”妇女们当着涵贞面评价她们姐妹，她们说涵贞不如涵丽，活着的不如死去的。

谁也料不到，涵丽死后三个月，涵贞也成了香椿树街人话题的中心。现在想想，这与香椿树街的艰难尘世无关，事情更多体现的是故事的悲剧意义，悲剧是一只巨大的匣子，它一旦打开，有的人就会被关在匣底，如果不是涵贞也会是别人。我这么说不知你能否理解？

一切都要从糖果店说起。有一天涵贞放学路过糖果店，看见玻璃罐里新装了许多蜜饯。涵贞走进店门的时候正好看见老史把一块小木牌挂在门上，木牌上写着“现在盘点”。涵贞摸摸口袋里的钱，正好够买一包甜话梅。涵贞想她可以赶在盘点前买到这包话梅。老史一边拉上店门，一边问，涵贞你买什么？涵贞敲着玻璃罐说，我要话梅，话梅。涵贞根本没在意门已经拉上了。她看老史走到柜台里去，老史坐下来打算盘。涵贞说，我要买一包话梅。老史说等一等，马上就好。涵贞等着他打完算盘。涵贞盯着那只装满话梅的玻璃罐，根本没在意糖果店的门已经拉上了，只有她和老史在里面。老史终于把算盘一放，他说，话梅？你进里面来买，我给你另外称，称多一点。涵贞害羞地一笑，她迅速地钻进了柜台，把攥着的钱递给老史。老史看着那张皱巴巴的纸币，但他抓住的是涵贞的手。老史说，不要钱，算我送你的。涵贞睁大眼睛，为什么不要钱？老史说我们交换，我送你话梅吃，你也给我一样东西。涵贞说，你要什么？我回家去取。老史弯下腰在一只铁盒里抓了大把的话梅，他说涵贞你张开嘴，涵贞就张开了嘴，老史嘻嘻笑着把话梅扔进涵贞嘴里，好吃吗？好吃。老史一共扔了五颗话梅在涵贞嘴里，然后他说，现在要交换了，我什么也不要，我只要看看你的肚脐眼。涵贞含着五颗话梅，说不出话，她只能摇头。她发现老史的神色很古怪很陌生，但已经晚了。老史猛地把她抱起来按倒在地上，老史把手里的话梅全都塞进她嘴里，不让她出声，然后她感觉到老史汗湿的手掀开了她的小背心，摸着她的肚脐，随后那只手撑开了裤带向下滑去。涵贞吓晕了，她想喊但话梅几乎把她的嘴堵满了。她听见老史气喘吁吁地说，别出声，别喊，我给你十包话梅，再给你三袋奶糖，不能喊，千万不能喊，涵贞拼命点头，摇头，她不知道老史在自己身上干什么，只看见老史花白的头发抵在她胸前。紧接着涵贞觉得下面一阵尖利的刺痛感，她觉得她快被老史弄死了，涵贞抓住那把白头发，她喊，不要脸！不要脸！但一点也听不见自己的声音，一切都像一个离奇古怪的梦。

涵贞走出糖果店的时候天快黑了。她拎着书包靠墙走，慢慢走回去。书包里装满了各种蜜饯，那就是老史塞给她的，老史说你只要不说出去，你想吃什么就来问我要。涵贞一路走一路嚼着话梅。她觉得被老史弄过的地方仍然很疼，好像留着一把刀。涵贞低下头猛然发现淌血了，血从裤腿里流下来，滴在她的鞋上，滴在地上，涵贞看着那股红的血，"噗"地吐出嘴里的话梅，涵贞坐在地上哭起来，她抱着鼓鼓的书包哭，路过的人都没在意。后来老舒下班了，老舒推着自行车过去问她，涵贞就边哭边嚷起来，老史不要脸，老史不要脸！

香椿树街上唯一一个锒铛入狱者就是糖果店的老史。老史曾被押到学校来斗。我们都坐在台下，看见老史花白的头发和萎靡绝望的脸。涵贞就坐在前面，好多人都朝涵贞看，她对此一无所知，她看着五花大绑的老史，神情茫然。涵贞的仇人是舒农。舒农走过去朝涵贞的口袋偷偷摸了摸，回来对我们说，她还吃话梅，她口袋里还有话梅！舒农说林涵贞最不是东西，她们一家都不是好东西。对此少年们没有异议，少年们已经把涵贞归入"破鞋"一类，暗地里他们喊涵贞就喊"小破鞋"。甚至有人编了一首恶毒的儿歌唱给涵贞听，涵贞的母亲丘玉美说是舒农编的。

走到香椿树街来，无法逃避的就是这条河的气息。河就在我们的窗下面流着。我说过它像锈烂的钢铁侵蚀着香椿树街的生活，你无法忽略河的影响，街的岁月也就是河的岁月。

但是香椿树街的居民已经无法忍受街边的河。河里脏得不辨颜色了，乡下来的船不再从河上过，有一天从上游漂来一个破包裹，桥边的老头手持竹竿去打捞，捞到岸上一看，包裹里卷着一个死孩子。是一个出世不久的男婴，满脸皱纹，那模样很像一个沉睡的老人。

对于街边这条河，香椿树街的居民们毫无办法。河能淹死人，但人对河确实毫无办法。

有一天舒农突发异想，他朝桥下撒了很多面粉，然后专心地钓鱼，他钓了很长时间，猛然觉得钩子沉了，他把钩子提起来，发现钓上了一只皮鞋。是一只小巧的丁字形女皮鞋。围观的人群中有人认识那只皮鞋，说那是涵丽跳河时穿的皮鞋。舒农一下子就把皮鞋扔回河里去了，他自言自语说："倒霉。"

舒农闯祸的原因一下子说不清。

譬如这是个寻常的冬日早晨，舒农吃完早饭就找书包，他总是在上学前找书包。舒农看见他的书包掉在舒工的行军床下面，他就钻下去捡。他往床下钻的时候被舒工推了推，舒工睡意蒙眬地说，别捣乱。舒农说谁跟你捣乱，我找书包。舒工仍然摁住舒农，他咕噜着说："先给我把粥端到炉子上再走。"实际上舒工的要求很简单，但舒农说："我才不管你，你自己起床端。"舒工半闭着眼睛说："真不端？"舒农说："不端，你自己起床端。"舒工猛地从床上挺起来掀掉了被子。"好，我起床。"舒工叨咕着跳下床，他先把剩粥端上炉子，然后站在炉边上斜睨着舒农。他蹦着蹦着取暖，径直蹦到舒农的小房间里。舒工说了一句："小杂种看我都懒得揍你。"他掀开舒农的被子摸摸，是干的。舒工笑了笑就解开棉毛裤，朝舒农的床单上撒了一泡尿。撒完尿舒工打了个响指，"等会儿让爸看，你又尿床了，我不揍你让爸来揍你。"舒农抱着书包惊呆了，他的脸涨得通红，他想了想就冲到水缸那儿舀了一瓢水，浇到舒工的床上。舒工随他浇，他一边穿衣服一边说，"浇吧浇吧，反正谁也不相信我会尿床，挨揍的只有你。"

舒农浇完那瓢水就去学校了。中午放学回家时他已经忘了早晨的事。他看见被子已被母亲晾到窗台上了。老舒沉着脸盯着他，舒农说，"我没尿，是舒工先尿的。"老舒就吼起来："撒谎，尿了床还撒谎！"舒农又说："是舒工先尿到我床上的。"老舒气得跳起来，"还撒谎？舒工从来不尿床，他怎么会尿到你床上去？"舒农说，"你去问舒工。"舒农坐到饭桌前端起饭碗，这时候老舒冲上来夺走了碗，就势把舒农拎起来摔到门外，老舒说，"操你个小杂种，不给你吃不给你喝，看你还尿不尿床？看你还撒不撒谎？"

舒农坐在门槛前，朝父亲看了几眼，他的手在地上画着字，有一个字是“操”。门被老舒砰地关上了，舒农无可奈何地砸了几下门，然后就站起来拍着屁股上的灰。他们的猫这时从窗户里跳出来，猫朝舒农叫了一声，它好像咬着一条烧好的鱼。

“喵呜。”舒农学着叫了一声。他跟着猫朝街东走着，一直走到汽车修理厂，猫不知跑到哪里去了。舒农走到厂里去，看一群工人满身油腻地爬在汽车肚子里修汽车。舒农蹲在地上看他们修车。工人说，你怎么跑进来了？快出去。舒农说，我看看，看看也不行吗？

破汽车前面放着一桶汽油，舒农就蹲在那桶汽油前面，舒农耸着鼻子使劲地嗅汽油味，舒农说，我知道，这是汽油，一点就烧起来了。工人说，你说得对，千万别玩汽油，烧起来就完了。舒农在那儿蹲了很长时间，后来修汽车的工人发现那小孩走了，少了一桶汽油，他们没想到是舒农偷走了汽油。

舒农拎着汽油桶走回家。有人在街上看见他了，问题是没有人知道他拎着汽油桶去干什么。舒农走到十八号的黑房子前面，他推开门，先把汽油桶放在门背后，然后他蹑手蹑脚走到屋里，他看见父亲在睡觉，舒工也在睡觉。他先轻轻地把父亲房间的门带上。用一把牙刷插在门鼻里，然后他走到舒工的床边。舒工的头埋在被窝里，发出了鼾声。舒农对着被窝轻轻骂了一声，王八蛋，看我怎么收拾你。他去拿汽油桶的时候，发现猫也回家了，猫伏在汽油桶上，绿莹莹的猫眼注视着他。舒农对猫做了个鬼脸，他把猫推开，拎着桶走到舒工的床边。舒农开始往舒工的床下倒汽油，他闻到汽油的香味在房子里悄悄地弥漫，干燥的地板也发出了轻微的呼吸声。舒农一路走一路倒，他看见水一样的汽油从门缝里渗进了父亲的房间。舒农想差不多了，火肯定能烧起来了，他放下桶四处看了看，一切都在午睡，包括那些陈旧霉烂的破家具，只有猫看着他，猫眼绿得发亮。舒农心里说，猫，你看我怎么收拾他们。他从舒工的衣服口袋里掏出了一盒火柴，他的手有点颤，他想他心里也许有点怕，他咬了咬牙，擦亮了第一根火柴，火柴掉在地板上，顿时有一股红色火苗蹿了起来。火首先是从舒工床底下烧起来的，火烧起来的时候舒农听见猫凄厉地叫了一声，在火焰中一闪而过。

舒农拼命往楼上跑。他不知道自己为什么要往楼上跑，林家的门都开着，丘玉美和涵贞从厨房里伸出头看，丘玉美说："他怎么啦？"涵贞说："他发神经了。"舒农没有理睬她们，他一直朝楼顶平台上爬去，当他爬到平台上的时候，听见下面已经响起了最初的混乱的杂音。他好像听见舒工失魂落魄的惊叫，听见父亲在拼命拉那扇被牙刷柄别住的门，他还听见涵贞从楼上滚到楼下的砰然响声，而丘玉美已经推开楼窗朝外喊，火火火火火火——舒农看不到火，他想为什么看不到火呢？舒农在楼顶上东张西望，紧接着他看见顶洞那儿红了一下，猫卷着一团火苗爬了上来。猫叫着燃烧着，发出一股奇怪的焦味。猫的眼睛由绿变紫，猫似乎要朝舒农扑来。舒农想上去抱住它，但猫身上的火使他有点害怕，猫怎么烧起来了呢？猫怎么跟他上楼顶了呢？舒农看见猫又往前跑了几步，然后就趴着不动了，它身上的火骤然熄灭，变成焦黑的一团。至此舒农发现他的猫先被烧死了。舒农伸手去摸了一下，猫的残骸很烫，他去摸了摸猫的眼睛，猫眼还活着，是绛紫色的，很亮。

香椿树街上有好多人朝十八号跑，舒农觉得人群像仓皇的老鼠一样朝他家涌来一片嘈杂声。他想脚下这栋楼房马上就会烧起来了，他们怎么还往里跑？舒农探出头朝下看，看见所有的窗子都冒着黑烟，却看不到火。怎么没有火呢？舒农这样想着就听见下面有人在喊，舒农，舒农，他在房顶上！是舒工的声音，舒工朝他挥舞着拳头，他穿着短裤，身上没有一丝火苗。舒农想舒工怎么没烧着呢？也许他刚才装睡？舒农看见有人扛来一把长梯往墙上架，架梯子的是老舒。舒农的头就晕了，他发现事情没有按照他的设想发展，全都错了。舒农拼命去推那架梯子，推不动，老舒满脸油黑朝梯子上爬着。舒农扒着梯子喊起来："别上来，你别上来！"老舒一声不吭朝梯子上爬着，舒农拼命去推那架梯子，还是推不动。他看见父亲被火烤黑的脸越来越近，他觉得心中有冰凉的东西在滴下来。"你别上来！"舒农高声狂叫起来，"你再上来，我就跳下去！"楼下的人群顿时静下来，他们都仰着脸观望舒农，长梯上的老舒也停了下来，他们都仰着脸观望舒农，老舒大概在长梯上停留了三秒钟，又继续往上爬，当他的手痉挛地搭到楼顶上时，看见舒农的身体像猫一样凌空跳起，掠过他的头顶。

香椿树街的居民们都目睹了舒农坠楼的情景。在一片惊叫声中最响亮的是舒农自己发出来的声音，像猫叫或者就像舒农发出的声音。

这是一九七四年秋天的一个傍晚，在我们的香椿树街上。印象中这天是南方的某个节日，到底是什么节我记不清了。

傍晚时分有两个年轻的北方佬从街的一头朝另一头走，他们是沿沪宁线旅行的。他们从香椿树街的一头朝香椿树街的另一头走，看见一辆白色救护车在狭窄的街道上飞驰而过，许多人朝一幢黑房子那里跑，他们也跑过去。房子的里里外外簇拥着男人、妇女和孩子，他们都在说话，但两个北方佬一句也听不懂，他们只是闻到房子里隐隐散出一股汽油味，有个女人对他们说普通话："是小孩子玩火！"

后来两个北方佬站在石桥上看河上的风景，青黑色的河水从他们视线里流过，没有声音。上游漂下来的浮物穿过桥栏时，在石墩上撞来撞去。他们同时发现水上漂着一只白色的小套子，两个北方佬相视而笑，一个不说话，另一个拍了拍桥栏，说："我操。"他们盯着水面上看，后来又发现一具被烧焦的小动物的尸首，它在暮色中沉浮，时隐时现，一个北方佬指着它说，"是什么？"另一个说："好像是一只猫？"